Guido Krain hat die erste Mondlandung um ein knappes Jahr verpasst, weil er bis zum Juni 1970 zu beschäftigt war, um den Mutterleib zu verlassen. Dieses Trauma versucht er seitdem mit einer Fixierung auf die phantastische Literatur zu bewältigen.

Nach dem Abitur hatte er die phantasievolle Vorstellung, mit einem Studium der Biologie, Japanologie und Medienkultur in Hamburg und Bochum einen anspruchsvollen Beruf ergattern zu können. Doch erst nach einer journalistischen Ausbildung gelang es ihm, seine ersten größeren Brötchen zu verdienen. Er veröffentlichte Sachbücher, arbeitete mehrere Jahre in Online- und Printredaktionen, wurde aber nie von seiner Besessenheit geheilt.

So ergab er sich schließlich seinem Schicksal und begann seine Phantasien zu Papier zu bringen. Und da Papier geduldig ist, hat er mittlerweile einige Romane und eine ganze Flut von Kurzgeschichten veröffentlicht.

Heute lebt Guido Krain als freier Autor und Journalist in Süddeutschland.

DER MÄDCHEN SAMMLER

SO TIEF DER ABGRUND

GUIDO KRAIN

Erstausgabe Juni 2022

Copyright © 2022 dp Verlag, ein Imprint der
dp DIGITAL PUBLISHERS GmbH
Made in Stuttgart with ♥
Alle Rechte vorbehalten

Der Mädchensammler

ISBN 978-3-96817-951-3
E-Book-ISBN 978-3-96817-870-7

Covergestaltung: Buchgewand
Umschlaggestaltung: ARTC.ore
Unter Verwendung von Abbildungen von
stock.adobe.com: © LeitnerR, © Jakub Krechowicz, © alona_s
Lektorat: Birgit Förster
Satz: dp DIGITAL PUBLISHERS GmbH
Druck und Bindung: Books on Demand GmbH, Norderstedt

Dieser Roman enthält potentiell triggernde Inhalte:

Explizite Darstellung körperlicher, sexueller und
seelischer Gewalt
Wenn du mehr erfahren willst, dann gehe ans Ende
des Romans (Achtung Spoiler!)

Kapitel 1 – Die Sache mit der Neugier

Vielleicht ist es doch keine so gute Idee, dachte Philine. Leider war die junge Adelige zu stur, um einen einmal gefassten Entschluss für ein dummes Bauchgefühl über den Haufen zu werfen. Voller Unbehagen folgte sie dem fahlen Schein der Taschenlampe, der sie nur noch tiefer in das Gemäuer hineinführte. Die einzigen Geräusche waren das leise Klicken ihrer High Heels und ihr eigener Atem.

Stufe um Stufe stieg sie tiefer hinunter, aber die Treppe schien nirgendwohin zu führen. Wie in einem Albtraum. Statt eines Bodens wartete unter ihr nur ein undurchdringlicher Schlund aus Dunkelheit. Für einen irrationalen Augenblick fürchtete Philine, dass die alte Stiege nur dazu diente, ihre Opfer möglichst weit von der rettenden Oberfläche zu entfernen. Der Schlund wollte seine Opfer ungestört verschlingen.

„Ja, dann sind draußen die Kaugeräusche nicht so gut zu hören", zog sie sich auf.

Philine schmunzelte über sich selbst. Wenn man nicht die Nerven für eine Geisterjagd hatte, durfte man nachts nicht allein in Ruinen herumkriechen. Sie musste sich schon zwischen Angst und Sturheit entscheiden. Wie immer gewann die Sturheit.

Selbst die Ruine beugte sich ihrem Dickkopf. Schon nach wenigen weiteren Stufen schälte das Licht der Taschenlampe das Ende der Treppe aus dem Nichts. Kurz darauf stand sie auf einem uralten Boden aus dunklem

Naturstein. Die gähnende Dunkelheit wurde von gemauerten Wänden und einem kleinen Torbogen ersetzt. Dem Hall ihrer Schritte nach zu urteilen wartete dahinter ein großer, aber überschaubarer Raum.

Philine wollte schon erleichtert aufatmen, als sie das Summen bemerkte. Der Ton lag nur knapp oberhalb der Hörschwelle und klang beinahe wie ein Flüstern.

„Aus", raunte sie sich selbst zu, als rede sie mit einem Hund. In dieser Situation Angst zu haben, war einfach dumm. Sie war schließlich hier, um unheimliche Vorgänge zu untersuchen. Ein Flüstern war da ein guter Anfang. Besonders wenn man als aufgeklärte Mitteleuropäerin wusste, dass Gespenster nicht flüstern konnten. Sie existierten nämlich nicht. Ärgerlich überwand sie die abergläubische Furcht und durchschritt den Torbogen.

Tatsächlich lauerte keine gemarterte Seele in der Dunkelheit, sondern die Errungenschaften der Neuzeit. Das Blinken blauer Dioden markierte den Standort eines Computers. Es gab weder einen Monitor noch eine offensichtliche Bedienmöglichkeit. Dafür war das Gerät in Begleitung mehrerer turmartig gebauter Maschinen, deren Zweck Philine nicht einmal ansatzweise erahnen konnte. Es war genau die Art Technik, die man im Labor von Dr. Frankenstein oder Dr. Doom erwarten würde.

Die beiden Herren gibt es aber ebenso wenig wie Gespenster, rief sie sich erneut zur Ordnung. Offenbar waren Kinobesuche für fantasiebegabte Menschen mit gewissen Nebenwirkungen verbunden. Ihre überreizte Einbildungskraft war aber keine Erklärung dafür, was diese wahrscheinlich sündhaft teure Ausstattung in einer verfallenen Ruine zu suchen hatte. War das eine Art Spukausstattung, mit der irgendein Spaßvogel diese Phänomene erzeugte? Immerhin entdeckte Philine den Ursprung des unheimlichen „Flüsterns". Es war nur das leise Summen diverser Gerätelüfter, das unheimlich verzerrt von den Wänden zurückgeworfen wurde.

Der Maschinenpark war beachtlich. Immer neue Geräte wurden vom Licht der Taschenlampe aus der Dunkelheit geschält. Je länger sie den Raum erkundete, desto durchdringender wurde der Geruch von Ozon. Vergiftete sie sich gerade selbst?

Eine berechtigte Frage, die sie nur einen Herzschlag später wieder vergaß. Ein glitzerndes Augenpaar schien sie aus der Dunkelheit heraus zu beobachten. Philine erstarrte. *Das sind keine Augen*, versuchte sie sich einzureden.

Sie glaubte sich nicht.

Aber wenn dort wirklich jemand im Dunkeln hockte, durfte sie sich nichts anmerken lassen. Der Gedanke brachte sie immerhin dazu, ruhig weiterzuatmen. Sie tat, als hätte sie den vermeintlichen Beobachter nicht bemerkt, und schwenkte die Taschenlampe in eine andere Richtung. Angespannt horchte sie, ob sich hinter ihr jemand bewegte.

Stille.

Das sind keine Augen, sagte sie sich erneut. Und wenn es welche waren, gehörten sie wahrscheinlich zu einem Tier. Einer Katze vielleicht?

Der Gedanke ließ Philine ruhiger werden und sogar schmunzeln. Als Kind hatte sie sich einmal vor einem Katzenbaby im Dunkeln gefürchtet. Leises Schnaufen und ein glitzerndes Augenpaar hatten ausgereicht, um sie für Stunden in ein ängstliches Bündel unter der Bettdecke zu verwandeln.

Heute war sie erwachsen.

Ansatzlos fuhr sie herum. Erbarmungslos riss das kalte Licht der Taschenlampe den vermeintlichen Beobachter aus der Dunkelheit. *Er* war eine *Sie* und konnte ihr noch weit weniger gefährlich werden als ein Katzenbaby. Denn sie war tot.

Wie versteinert sah Philine auf die nackte Leiche eines jungen Mädchens hinab. Jemand hatte sie auf eine mit roter Seide gepolsterte Liege gelegt.

Nein, das war das falsche Wort.

Jemand hatte sie *drapiert*. Die blonden Locken waren sorgfältig auf dem Seidenkissen ausgebreitet worden. Unaufdringliche Schminke brachte die fein geschwungenen Lippen und die hohen Wangenknochen perfekt zur Geltung. Eine sorgfältig manikürte Hand lag mit elegant gespreizten Fingern auf dem flachen Bauch. Die Beine waren nicht einfach ausgestreckt, sondern um eine Nuance gedreht, als wolle jemand ihre Länge und Biegsamkeit unterstreichen.

Obwohl sie vor Grauen kaum atmen konnte, drang die unirdische Schönheit des Mädchens zu Philine durch. Sie war perfekt. So perfekt, dass die junge Frau daran zu zweifeln begann, eine Leiche vor sich zu haben. Dann bemerkte sie den Blick des Mädchens. Sie schien sie *anzuschauen*. Philine hatte noch nie einen Toten gesehen, aber sie wusste, dass Leichen niemanden mehr ansahen. Ihr Blick *brach*. Die leuchtend grünen Augen des Mädchens schienen ihr jedoch direkt in die Seele zu schauen.

Erleichtert begriff sie, tatsächlich eine Puppe vor sich zu haben. Nein, nicht einfach eine Puppe. Ein makelloses, monströs realistisch aussehendes Meisterwerk!

Morbide fasziniert trat sie näher an das Mädchen heran. Zaghaft berührte sie die Schulter der Nachbildung. Die bleiche „Haut" war weich wie ein Blütenblatt. Philine bemerkte winzige Fältchen um die Augen und sogar Papillarleisten auf den Fingerkuppen. Bei genauem Hinsehen waren feinste Härchen auf den Oberarmen zu erkennen. Alles wirkte so unglaublich echt. Einzig die steil aufgerichteten Brustwarzen schienen nicht zur entspannten Körperhaltung der Kleinen zu passen.

Eine Sexpuppe?

Philine war in ihrem Leben auch schon mal mit Frauen im Bett gelandet und konnte sich der Schönheit des Mädchens nicht entziehen. Dennoch stieß sie die Vorstellung ab, dass jemand derartige Gelüste hegen mochte. Dafür war die Puppe einer Leiche viel zu ähnlich. Sie war ein Kunstwerk. Aber selbst als Kunstwerk erschien sie zu monströs, als dass man ihren Anblick lange ertragen konnte. Es war, als berühre das Mädchen etwas im tiefsten Innern des Betrachters. Etwas, von dem Philine nicht wusste, ob sie es berühren lassen wollte.

Mit gemischten Gefühlen riss sie sich von dem Anblick los und ging an der Liege vorbei. Sie kam nicht weit. Nach kaum drei Schritten nagelte sie das Grauen erneut an Ort und Stelle fest.

Sie sah ein weiteres nacktes Mädchen. Dieses schwamm jedoch in irgendeiner Flüssigkeit und war offensichtlich eine Leiche. Der Blick der toten grauen

Augen würde sie noch in hundert Jahren in ihren Albträumen heimsuchen. Aus den Körperöffnungen des Mädchens schien irgendein rotbraunes Zeug in die klare Flüssigkeit des Tanks überzutreten.

Philine überwand ihr Entsetzen und wirbelte zu der „Mädchenpuppe" herum. *Puppe.* Die junge Adelige spürte, dass sie kurz vor einer Panikattacke stand. Sie ertrug den Blick der toten Augen in ihrem Rücken nicht, sie wollte aber auch nicht noch einmal so nah an der monströsen „Puppe" vorbeigehen.

„Mist, Mist, Mist", murmelte sie hyperventilierend.

Plötzlich hörte sie eine hastige Bewegung hinter sich. Ehe sie sich Gedanken über aus Becken steigende Leichen machen konnte, wurde ihr etwas in die Augen gesprüht. Der Schmerz war so überwältigend, dass Philine sicher war, für immer entstellt zu sein. Sie verlor die Taschenlampe und schlug blind um sich, doch sie traf nur irgendeine Maschine, die scheppernd zu Boden ging.

Wie aus dem Nichts legte sich eine Art Riemen um Philines Hals und wurde gnadenlos zugezogen. Kopflose Panik machte die Gräfin zu einer leichten Beute. Sie zappelte eher, als dass sie kämpfte, aber ihrem Angreifer schien auch das noch zu viel Gegenwehr zu sein. Mit einem Ruck zog er sie noch näher an sich heran. Die junge Frau verlor den Boden unter den Füßen und wurde regelrecht erhängt. Die erschreckende Brutalität ließ ihren Adrenalinspiegel in unerreichte Höhen schießen und schenkte Philine einen Moment allumfassender Klarheit.

Mit aller Kraft trat sie nach hinten aus. Sie traf so heftig, dass ihr linker Absatz im Fleisch des Angreifers stecken blieb und der Schuh von ihrem Fuß glitt. Die Verletzung musste unglaublich schmerzhaft sein. Die einzige Reaktion war jedoch ein dumpfes Schnaufen.

Wie von einem Tier.

Bunte Flecken begannen vor Philines Augen zu tanzen.

Verzweifelt schlug sie hinter sich. Dorthin, wo sie das Gesicht des Angreifers vermutete. Tatsächlich spürte sie, wie ihre langen Fingernägel auf etwas Weiches trafen. Eine Flüssigkeit spritzte über ihre Hand, und ein furchtbarer Schrei zerriss ihr beinahe das Trommelfell.

Plötzlich war sie frei. Ihr verbliebener High Heel knickte einfach unter ihr weg. Blind fiel sie vorwärts, versuchte ihren Sturz mit den Armen abzufangen. Doch dann knallte ihre Stirn mit voller Wucht gegen eine Kante. Die Liege mit der *Mädchenpuppe!*

Philine lief das Blut über das Gesicht. Irgendjemand schrie mit einer Stimme, die nichts Menschliches an sich hatte, und nur die nackte Todesangst hielt sie bei Bewusstsein. Dennoch drang das Gefühl der leblosen, weichen Hand, die ihr Aufprall in Bewegung gesetzt hatte, überdeutlich zu ihr durch. Seltsam zärtlich schien sie ihr über Kopf und Nacken zu streichen, bis die weichen Fingerkuppen in ihrem Kragen hängen blieben.

Es war das Grauenvollste, was Philine je erlebt hatte. Und zugleich ... *tröstlich?*

Ihrer Panik war Trost egal. Wie ein in sie gefahrener Geist zwang sie die überwältigende Furcht auf die Beine. Blind humpelte sie vorwärts, rannte gegen Maschinen und stolperte über Kabel. Irgendwo verlor sie ihren verbliebenen Schuh und brach sich beinahe die

Zehen an den steinernen Stufen. Alles war egal. Auf allen vieren kroch sie die rettende Treppe nach oben und stieß die schwere Tür wie ein Spielzeug beiseite.

Nachtluft! Was für ein Sinne vernebelnder Genuss! Ihre Panik interessierte sich nicht für Nachtluft. Ihr war sogar egal, dass sie noch immer nichts sehen konnte – sie gestattete ihr nicht einmal die Sorge um ihr Augenlicht. Stattdessen trieb sie Philine unbarmherzig vorwärts. Die junge Frau rannte gegen Bäume und brach durch Gestrüpp. Dann fehlte ihr plötzlich der Boden unter den Füßen. Das Gefühl des Fallens war das Letzte, an das sie sich erinnern sollte.

Kopfschmerzen.
Im Rhythmus des in ihren Schläfen pochenden Blutes wummerten sie von innen gegen die Stirn. Fast schien es, als wollten sie Philine die Augen aus dem Schädel drücken. Als erfahrenes Migräneopfer konnte sie jedoch damit umgehen.

Beunruhigender als ihr platzender Kopf war seine Langsamkeit. Ein Salat zerfasernder Gedankengänge zog wie verlaufender Pudding durch ihn hindurch.
Unentwirrbar.
Unerträglich.
Nur langsam setzte sich ein Bild der vergangenen Nacht zusammen.
Ehe es jedoch vollständig war, erwachten endlich ihre Instinkte. Sie konnte nichts sehen! Nackte Panik wollte sie hochfahren lassen, doch ihr Körper reagierte nur schleppend auf Anweisungen. Ungelenk ertastete sie eine dicke Kruste auf ihren Augen. Ihre Hand war kalt

und nass. So gefühllos, dass sie auch von einer Fremden stammen konnte.

Schlagartig kamen die Bilder der vergangenen Nacht zurück. Die überirdisch schöne *Puppe*, die ihr über den Kopf gestrichen hatte. Die Leiche, der Angreifer ...

Für einen irrationalen Moment fürchtete sie, dass ihr jemand die Hand einer Fremden angenäht hatte. Es war eine Erlösung, als ihr Verstand wieder einsetzte. *Kälte*, begriff sie. *Es ist nur Kälte.* Bis tief in die Knochen war sie der jungen Frau gekrochen. Ihre Hände waren nass, und sie lag im Freien. Deutlich konnte sie das Rauschen von Wasser hören. Auch die Kruste konnte sie endlich einordnen: Dr. Frankenstein hatte ihr etwas in die Augen gesprüht.

Erneut kämpfte sie die Panik nieder. *So schnell wird man nicht blind*, sagte sie sich. Immerhin konnte sie erkennen, dass es hell war. Wahrscheinlich hatte er nur Reizgas oder Pfefferspray benutzt.

Philine setzte sich mühsam auf und versuchte vorsichtig, die Augen freizubekommen. Blinzelnd erkannte sie das Rheinufer. Die steilen Hänge auf der gegenüberliegenden Seite kamen ihr vertraut vor, doch sie sah zu verschwommen, um sich wirklich orientieren zu können.

Sie selbst saß auf dem schmalen Rand einer steil über ihr aufragenden Klippe. Beim Blick nach oben erkannte sie Bäume und Gestrüpp, die womöglich ihren Sturz gebremst haben mochten. Vermutlich war sie ins Wasser gestürzt und auf den schlammigen Rand gespült worden. Bis eben war ihre Hand ja noch im Wasser gewesen.

Nein, wurde ihr bewusst. Auch wenn sie zu wenig erkannte, um sich orientieren zu können, war ausgeschlossen, dass sie sich noch in der Nähe der Ruine befand. Sie musste in den Fluss gestürzt und weit abgetrieben sein. Damit hatte ihr der geliebte Rhein wahrscheinlich das Leben gerettet.

Beinahe hätte sie gelächelt, doch dann fuhren ihre Fingerkuppen über nackte Haut, wo sie den Stoff ihrer Hose erwartet hätte.

Ihr Herz übersprang einen Schlag.

Ungläubig sah sie an sich hinunter. Sie trug keinen Faden am Körper. Schlimmer noch: Der vertraute feuerrote Streifen zwischen ihren Beinen war fort. Zitternd tastete sie nach ihrem immer sorgfältig frisierten Schamhaar, doch sie fand nur zarte, empfindliche Haut. Als hätte sie nie Schamhaar besessen.

Drei-, vier-, fünfmal blinzelte sie, unfähig, die Tatsachen zu verarbeiten. Die Tränen schossen ihr in die Augen. Sie fühlte sich nackt, erniedrigt und vergewaltigt, doch Philine gönnte sich nur einen kurzen Moment der Schwäche. Ihr Überleben mochte davon abhängen, was sie als Nächstes tat.

Die Tränen hatten ihre Augen so weit gereinigt, dass sie wieder ein annähernd scharfes Bild bekam. Ihre Kleidung war fort. Wer auch immer sie genommen hatte, war vermutlich auch für den unglaublichen Übergriff verantwortlich. Allerdings konnte das kaum Dr. Frankenstein gewesen sein – der hätte sie wohl umgebracht. Philine versuchte nachzufühlen, ob sie vergewaltigt worden war, aber die Kälte machte ihren Körper nahezu gefühllos. Womöglich war das ein Segen.

Die Flucht und der Sturz hatten zahlreiche Blessuren hinterlassen.

Egal, versuchte sie sich einzureden. Wenn sie sich nicht den Tod holen wollte, brauchte sie etwas zum Anziehen. Und sie musste so schnell wie möglich zur Polizei.

Philine hatte Glück. Ein schmaler, schwer einsehbarer Pfad führte an den Kopf der Klippe. Es gab sogar ein altersschwaches Geländer. Dennoch wusste die junge Frau im Nachhinein nicht mehr, wie sie die Strecke bewältigt hatte. Steif und wackelig kroch sie den steilen Weg eher hinauf, als dass sie ihn ging.

Immer wieder glaubte sie, vorbeirauschenden Verkehr zu hören. Eine Straße? Naheliegend. Fast überall am Rheinufer verliefen Straßen. Die Vorstellung, splitterfasernackt ein Auto anzuhalten, schien ihr jedoch wie die Aussicht auf eine weitere Vergewaltigung. *Du wurdest nicht vergewaltigt,* versuchte sie sich einzureden. Leider glaubte sie sich nicht.

Tatsächlich stellte sich heraus, dass es nicht erforderlich war, ein Auto anzuhalten. Der Pfad führte direkt zu einem Parkplatz. Derzeit war er bis auf einen Sattelschlepper und einen Reisebus jedoch ungenutzt. Der Busfahrer saß in der offenen Tür und war in seine Zeitung vertieft.

Philine ging unwillkürlich in Deckung.

Was soll das?, fragte sie sich. Irgendjemanden würde sie ansprechen müssen!

Sie nahm allen Mut zusammen und wollte gerade aufstehen, als hinter ihr plötzlich eine Stimme erklang.

„Wow", hörte sie viel zu nah neben sich.

Philine fuhr wie von der Natter gebissen herum und sah sich einem fetten, vierschrötigen Kerl gegenüber, der sich soeben die Hose zumachte. Offenbar hatte er sich gerade an einem Baum erleichtert. Wie hatte sie den übersehen können?

Der Schreck war zu viel für ihre Beine. Ihre Knie gaben nach und sie drohte, den Pfad wieder hinunterzustürzen. Ehe sie aufschlug, war der Fette jedoch bei ihr. Der Geruch von Rauch und Schweiß ließ die Adelige würgen.

Instinktiv wollte sie sich wehren, aber sie war dem Mann so sehr unterlegen, dass er die Gegenwehr nicht einmal zu spüren schien. Sie wollte schreien, aber die Stimme gehorchte ihr nicht mehr. *Der Schock*, wurde Philine bewusst. *Du stehst so was von unter Schock.*

„Mein Gott, Mädel!", sagte der Fette. „Ist dir was passiert?" Er riss sich förmlich das Holzfällerhemd vom Körper und legte es ihr über die Schultern. Der speckige, stinkende Stoff war derartig ekelerregend, dass Philine sich beinahe übergab. Dennoch war die Geste so tröstlich, dass in der jungen Frau alle Dämme brachen. Wahrscheinlich erlitt sie einen Heulkrampf, war aber zu wenig bei sich, um sicher zu sein. Sie bekam kaum mit, wie ihr Retter sie auf die Arme nahm und in seinen Truck setzte.

Er musste wohl den Notruf gewählt und eine Weile mit ihr an Ort und Stelle gewartet haben. Für Philine erschien es aber eher so, als sei schlagartig alles voller Menschen, die ihr Fragen stellten. Sanitäter, Ärzte, Polizisten ... Es war wie ein psychedelischer Rausch. In einem wachen Moment begriff Philine, dass ihr Zustand nicht allein mit einem Schock zu erklären war.

Plötzlich, ohne jeden Übergang, befand sie sich in einem Behandlungszimmer und wurde von einer Ärztin untersucht. Eine Krankenschwester hielt ihre Hand und lächelte sie an. Unwirklich helle, grüne Augen. Schwarze, lange Haare. Wunderschön. Als wäre eine der Puppen wieder lebendig geworden.

Es war der letzte Gedanke, an den Philine sich erinnern konnte.

Laute Stimmen rissen sie aus dem Schlaf. Zu ihrem eigenen Erstaunen war sie schlagartig hellwach und wusste, wo sie sich befand: in einem Krankenhausbett.

Allerdings hatte sie kaum genug Platz darin, weil sich jemand aufdringlich an sie schmiegte und leise in ihr Ohr schnarchte.

Philine drehte vorsichtig den Kopf. Verblüfft erkannte sie die schmalen Züge ihrer kleinen Schwester. Seit dem Tod ihrer Eltern war der zierliche Teenie eher in sich gekehrt und hatte in den Vollflegelmodus geschaltet. Der Altersunterschied von zehn Jahren machte Philine nun mal eher zu einer Mutter als zu einer Schwester für die Vierzehnjährige. Jemanden, gegen den man rebellieren konnte. Dass Jo sie trotz allem ebenso liebte, wie sie geliebt wurde, war an ihren verheulten Augen zu sehen. Sie musste sich regelrecht in den Schlaf geweint haben.

Plötzlich fiel Philine auf, wie sehr die Kleine aufgeblüht war. Gemeinsam waren ihnen die roten Haare, aber Jo hatte trotz der verquollenen Augen eine elfenhafte Schönheit an sich, die selbst die der Puppe noch in den Schatten stellte. Es war, als wäre die gerade Erwachte von der Horrornacht sensibilisiert worden. Für den Hauch des Überirdischen, der mit weiblicher Perfektion einherging.

Philine war bewusst, wie absurd – möglicherweise sogar krank – der Vergleich mit der monströsen Puppe war. Gerade in Bezug auf ihre Schwester. Aber der Gedanke erschreckte sie nicht. Traumatische Erlebnisse gingen an niemandem spurlos vorüber, und sie war rational genug, das einzusehen. Wie sie es gewöhnt war, konnte sie auch ihre bizarren Gedanken einordnen. Endlich wieder über einen rational arbeitenden Verstand zu verfügen, befreite sie sogar vom Gefühl der Hilflosigkeit. Sie war kein Opfer mehr, sondern eine Überlebende. Wenn ihr veränderter Blick auf weibliche Perfektion die einzige Macke blieb, war das ein geringer Preis.

Die lauten Stimmen vor der Tür waren noch immer unverständlich, ihre Besitzer schienen sich aber endlich darauf geeinigt zu haben, zu ihr hereinzukommen. Jedenfalls schloss Philine dies daraus, dass die Klinke heruntergedrückt wurde. Dennoch machte niemand Anstalten, zu klopfen, die Tür aufzuschieben oder das weiterhin in voller Lautstärke laufende Gespräch zu beenden.

Es war eine jener Respektlosigkeiten, die Philine aus ganzem Herzen verachtete. Sie bestand nicht auf ritualisierte Manieren, wie sie heute ohnehin nur noch die wenigsten besaßen. Rücksichtslose Menschen, denen jede Höflichkeit und Selbstreflexion abging, waren der Adeligen aber zu *klein*, um sich mit ihnen zu befassen.

Statt sich zu ärgern, konzentrierte sich Philine auf die wichtigen Dinge. Sie spürte, wie sie nach den schwierigen Monaten mit einem pubertierenden Teenie den

Liebesbeweis ihrer kleinen Schwester gebraucht hatte. Lächelnd fuhr sie Jo durch die verwuschelten Haare. Das Mädchen wurde leise schmatzend wach und brauchte offenbar einen Herzschlag länger, um zu begreifen, wo sie sich befand.

„Philly!", rief sie außer sich. Gleich darauf brach sie jedoch in Tränen aus und schlang die Arme um sie. Philine wurde so fest gedrückt, dass sie kaum noch Luft bekam.

„Ist ja gut", flüsterte sie dem Wuschelkopf ins Ohr. „Ich bin hier ..."

Das Geräusch der sich öffnenden Tür erklang eindeutig vor dem Klopfen. Die drei Männer standen schneller im Zimmer, als Philine aufblicken konnte. Den ältesten von ihnen wies der Kittel als Arzt aus. Die beiden anderen trugen zerknitterte Anzüge und gehörten sicher nicht zur Krankenhausbelegschaft.

„Was hat das zu bedeuten?", fuhr der Kittelträger Josephine an. Es entsprach wohl nicht gerade der Hausordnung, wenn Patienten *in* ihrem Bett besucht wurden.

„Das frage ich mich auch", ging Philine dazwischen. Sie fühlte, wie das Adrenalin ihre Schläfen kalt werden ließ. „Da Sie Ihre Erziehung offenbar in der Drehtür erhalten haben, will ich über das nachträgliche Klopfen hinwegsehen. Immerhin haben sie uns ja vorsorglich durch Ihr minutenlanges Herumgebrülle geweckt, und das fehlende Klopfen harmonierte gut mit dem Verzicht auf den Gruß, der beim Betreten eines Zimmers obligatorisch sein sollte." Sie lächelte kalt. „Zumindest unter zivilisierten Menschen." Für einen Moment entließ sie den perplexen Mediziner aus ihrem Fokus, um seine Begleiter mit einem demonstrativen Seitenblick zur Kenntnis zu nehmen. „Auch ohne Vorwarnung Außenstehende an das Bett einer praktisch nackten Patientin zu führen, mag für einen Rüpel nichts Außergewöhnliches sein", räumte sie großzügig ein. „Wenn Sie aber meine Schwester anfahren, weil sie Angst um mich hatte, werden Sie mich kennenlernen." Entgegen ihrer sonstigen Art hatte sie beim letzten Satz sogar die Stimme erhoben.

Nein, sie war kein Opfer, stellte Philine fest. Wie sie am Wechsel der Gesichtsfarbe des Arztes ablesen konnte, wirkte sie für einen Moment sogar einschüchternd. Dann sah sie Wut in den Augen des Mediziners aufflackern.

Jo giggelte leise.

„Ich lehne jede weitere Behandlung ab", presste der Kittelträger wütend hervor. Er machte auf den Hacken kehrt und verließ den Raum.

„Wir freuen uns, dass es Ihnen wieder besser geht", begann der jüngere der beiden Anzugträger nach einer peinlichen Pause das Gespräch. Philine schätzte ihn auf Ende zwanzig. Sein kugelrunder Kopf ließ ihn etwas seltsam aussehen. Im Gegensatz zu seinem vielleicht zehn Jahre älteren Begleiter wirkte er aber nicht unsympathisch. „Wir wünschen Ihnen einen guten Morgen", beeilte er sich hinzuzufügen, als die von ihm Geweckten nicht sofort reagierten. Offenbar legte er keinen Wert darauf, einen ähnlichen Vortrag wie der Arzt zu bekommen.

Jos Giggeln wurde zu leisem Lachen.

Philine erschien die Situation aber eher verwirrend. „Entschuldigen Sie – kennen wir uns?"

„Oh ja, Frau von Montenbrück – die Kommissare Bein“, er wies auf sich, „und Kaltbeisser.“ Der Dumme nannte sich eben immer zuerst. Offenbar waren die elementarsten Höflichkeitsregeln auch bei der Polizei nicht weit verbreitet.

„Oberkommissar Kaltbeisser“, stellte der Ältere mit merkwürdig durchdringendem Blick klar. Er war unangenehm hager. Aussehen und Nachname hätten auch gut zu einem Untoten gepasst, stellte Philine fest.

Erfreulicherweise übernahm der Jüngere nach einem genervten Seitenblick wieder das Reden. „Wir haben uns gestern schon ausführlich miteinander unterhalten, Frau von Montenbrück. Wir bearbeiten Ihre Anzeige.“

„Und wir haben keine Zeit für die Märchen reicher Adeliger, die ...“ Kaltbeissers Tonfall war unverschämt. Auch die Tatsache, dass ihn sein jüngerer Kollege unterbrach, machte den Ausbruch nicht entschuldbarer.

„Joseph!“, fuhr Bein seinem Vorgesetzten in die Parade. Der Hagere reagierte mit einem durchdringenden Blick.

Philine brach jede weitere Auseinandersetzung zwischen den beiden ab. „Vielleicht warten Sie draußen, damit meine Schwester und ich uns etwas anziehen können“, schlug sie unterkühlt vor. Bein reagierte wie ein verschüchterter Schuljunge. In Kaltbeissers Blick glaubte sie aber etwas Beunruhigendes aufflackern zu sehen. Fast als würde er den Impuls unterdrücken, sie zu schlagen.

„Gegenüber gibt es eine Bäckerei“, erinnerte Jo fröhlich. „Vielleicht besorgen Sie Frühstück, und wir treffen uns an den Bänken unter der großen Linde vor dem

Haus." Der Vorschlag war so frech, dass Philine kaum glauben konnte, ihn aus dem Mund ihrer Schwester zu hören. Aber er lockerte die Atmosphäre entscheidend auf. „Du bist doch fit, oder?", fragte sie ihre große Schwester.

Philine nickte irritiert.

„Das ist eine hervorragende Idee", fand Bein. „Und das Mindeste, was wir nach unserem missglückten Auftritt hier tun können."

Die Tür hatte sich kaum hinter den Polizisten geschlossen, als Jo ihr erneut um den Hals fiel. „So was darfst du nie, nie, nie, nie wieder machen, Philly", flüsterte sie. „Ich brauche dich doch noch."

Als Jo und Philine den Treffpunkt erreichten, warteten die Beamten bereits. Nach Kaltbeissers Miene zu schließen sogar schon einen ganze Weile. Bein war dafür umso freundlicher. Als hätte er die Zeit für einen Blick in den Knigge genutzt, behandelte er die Damen mit ausgesuchter Höflichkeit. Er hatte sogar mehrere Kaffeespezialitäten besorgt, um seinen „Gästen" eine Auswahl bieten zu können.

Philine wurde so weit besänftigt, dass sie den Mann sogar anlächelte, als sie auf das eigentliche Thema des Treffens zu sprechen kam. „Ich habe leider keine Erinnerung an unser Gespräch von gestern", gab sie zu. „Meine Schwester erklärte mir jedoch, dass mein Bericht weitgehend kohärent und gut verständlich gewesen sei."

„Das stimmt", bestätigte Bein. „In Anbetracht der Tatsachen waren Sie erstaunlich klar und präzise. Nach unseren ersten Ermittlungen haben wir aber noch einige Fragen."

„Natürlich." Philine nickte höflich und nahm ihren ersten Schluck Kaffee.

Kaltbeisser schnaubte, aber ehe der neuerliche Ausbruch zu einer weiteren peinlichen Pause führen konnte, riss Bein das Gespräch wieder an sich.

„Was haben Sie bei der Ruine gemacht?", fragte er. Als sie nicht sofort antwortete, glaubte er offenbar, die Frage erklären zu müssen. „Immerhin ist Burg Steinwiesen recht unbeliebt. Nicht mal die Jugendlichen trauen sich dorthin. Dann auch noch nachts ...", plapperte er.

„Spukerscheinungen kann man besser nachts untersuchen", erklärte Philine.

„Sind Sie so eine Art Geisterjägerin?"

Die Adelige zog unwillig die Stirn in Falten. „Ach was. Ich glaube nicht an so einen Unsinn. Meine Kunden leider schon. Ich habe die Anlage für einen Locationscout untersucht."

„Sie sind die *rote Gräfin*", entfuhr es dem Kommissar. Er erinnerte Philine zunehmend an einen kleinen Jungen. Unwillig verzog sie das Gesicht.

„Ja, so hat man mich leider schon häufiger genannt."

„Aber darauf können Sie doch stolz sein. Sie haben schon eine Menge Scharlatane ..."

„Können wir beim Thema bleiben?", unterbrach Kaltbeisser. Es klang wie die Drohung, irgendeine geheime Abmachung zwischen den Beamten für nichtig zu erklären.

„Ja, natürlich“, riss sich der Jüngere zusammen. Deutlich aus dem Konzept gebracht, blätterte er in seinem Block.

„Das Finanzamt haben Sie aber vorsichtshalber nicht von Ihren Einkünften als Geisterjägerin unterrichtet“, riss Kaltbeißer das Gespräch an sich.

„Soll das hier ein Verhör werden?“, fragte Philine aufgebracht. Versuchte man ihr jetzt Steuerhinterziehung anzuhängen?

„Natürlich nicht“, beschwichtigte Bein und warf seinem Kollegen einen strafenden Blick zu. „Da der Grund Ihrer Anwesenheit aber mit einer Tätigkeit zusammenhängt, von der das Finanzamt nichts weiß ...“ Offenbar hoffte er, dass Philine die Frage beantwortete, ohne dass er sie stellte. Als sie ihm den Gefallen nicht tat, beendete er den Satz: „... wirft das natürlich gewisse Fragen auf.“

„Das Finanzamt weiß nichts davon, weil ich kein Geld einnehme. Ich arbeite für Spenden an von mir gewählte Organisationen“, erklärte sie wütend. „Die zugehörigen Spendenquittungen einzureichen, würde mir unanständig vorkommen.“

„Unanständig?“, entfuhr es Kaltbeißer, als hätte sie ein neues Wort erfunden.

„Ja. Unanständig. Unsere Eltern haben uns genug Geld hinterlassen, um den Rest unseres Lebens nicht arbeiten zu müssen. Geld vom Staat zu fordern, dass unter anderem Menschen erarbeiten mussten, die am Ende des Monats nicht mehr wissen, wie sie Essen auf den Tisch bringen sollen, empfinde ich als unanständig.“

„Das bedeutet, Sie sind Privatier?", erkundigte sich Bein.

„Wenn Sie mit dem Finanzamt gesprochen haben, sollten Sie das wissen", entgegnete Philine kurz angebunden. „Aber vielleicht hätten Sie Ihre Zeit besser in das Aufspüren des Täters und nicht in die Durchleuchtung des Opfers investiert. Diese Art der Befragung scheint mir allgemein eher für das Verhör eines Verdächtigen geeignet zu sein."

Die Polizisten wechselten einen Blick. Philine schien die Befragungsstrategie der beiden durcheinandergebracht zu haben.

„Haben Sie die Ruine untersucht?", nutzte sie die Gelegenheit für eine Frage. „Was haben Sie gefunden?"

„Zerstörung", gab Kaltbeisser mit durchdringendem Blick zurück.

„Die Ruine ist eingestürzt", konkretisierte sein Kollege. „Offenbar gesprengt."

Für einen Moment glaubte Philine, dass die Männer sich über sie lustig machten. Dann wurde ihr bewusst, dass eine Sprengung wahrscheinlich die einzige Möglichkeit gewesen war, innerhalb einer Nacht die Beweise verschwinden zu lassen. Ein Verbrecher hatte vermutlich keine Hemmungen, wenn er zum Verwischen seiner Spuren einen unwiederbringlichen Zeugen der Geschichte zerstören musste. „Oh, mein Gott. Was für eine Barbarei."

„Das sehen wir auch so." Kaltbeisser sah sie so durchdringend an, als wäre sie dafür verantwortlich.

„Dann müssen Sie sofort mit den Ausgrabungen beginnen", verlangte Jo.

„Selbstverständlich werden wir alle Beweise sichern.“ Bein wirkte vorsichtig, als wüsste er nicht, wie er es den beiden Adeligen beibringen sollte. „Auf Weisung unserer Vorgesetzten ermitteln wir deshalb auch gegen Sie, Frau von Montenbrück.“

„Gegen mich?“ Philine war fassungslos.

Kaltbeisser schnaubte abfällig. „Die Beweise ...“

Ehe er den Satz zu Ende bringen konnte, wurde er von seinem jüngeren Kollegen unterbrochen. „Selbstverständlich möchten wir Ihnen gerne glauben“, versicherte Bein. „Aber unsere bisherigen Ermittlungen stellen Ihre Geschichte sehr stark infrage. Und wir haben Beweise dafür gefunden, dass Sie uns nicht alles erzählt haben.“

Kaltbeisser schnaubte erneut, als hätte sein Kollege die Untertreibung des Jahres ausgesprochen.

Jo wollte gerade wütend werden, aber Philine legte ihr die Hand auf den Unterarm. Ihr eigener Zorn wurde von Vorsicht im Zaum gehalten. „Was für Beweise sollen das sein?“, fragte sie unterkühlt.

„Wir haben Ihren Porsche in der Nähe der Ruine gefunden“, erklärte Bein. Er sah sie an, als müsste sie diese Tatsache in Bedrängnis bringen.

Vergeblich wartete Philine darauf, dass er weitersprach. Nach wenigen Augenblicken begriff sie jedoch, dass er seine Darlegung offenbar als Ersatz für eine Frage verstanden wissen wollte. Widerwillig tat sie ihm schließlich den Gefallen. „Wieso ist das belastend? Hätte ich zu Fuß dort hinaufgehen müssen?“

„Nein, aber Sie waren nicht gründlich genug beim Saubermachen“, teilte Kaltbeisser mit. Zum ersten Mal lächelte er. „Wir haben Spuren von Sprengstoff entdeckt.“

Philine konnte ihn für einen Moment nur verblüfft anstarren. In ihrem Kopf rasten die Gedanken. Jemand versuchte ihr den Mist auch noch anzuhängen.

„Ach, kommen Sie“, mischte sich Jo ein. „Meine Schwester fährt aus Jux zu einer Ruine und sprengt sie in die Luft. Im Anschluss ist sie aber zu doof, um eines unserer anderen Autos, mit dem sie keinen Sprengstoff transportiert hat, in der Nähe abzustellen.“

„Wir gehen davon aus, dass Sie vielleicht wegen der Drogen nicht im Vollbesitz ihrer geistigen Kräfte waren.“ Bein konnte sie nicht ansehen und starrte während des Sprechens auf seinen Block.

„Welche Drogen?“, platzte es aus Philine heraus.

„Das konnten uns die Ärzte leider auch nicht sagen“, räumte der Kommissar ein. „Dass Sie unter Drogeneinfluss standen, war aber offensichtlich. Erweiterte Pupillen, unregelmäßiger Herzschlag, erhöhte Temperatur und Ähnliches.“

„Das muss aber ein beeindruckend potentes Mittel sein“, gab Philine ätzend zurück. Sie spürte, wie der Zorn ihren Kopf heiß werden ließ. „Es versetzt mich in die Lage, ohne jede Vorbildung ein Gewölbe zu sprengen und mir eine unglaubliche Geschichte auszudenken. Zugleich bin ich aber so entrückt, dass ich splitterfasernackt in den Rhein springe und nur durch Zufall, nach einer halben Nacht im Wasser, überlebe.“

„Sie waren keine halbe Nacht im Wasser“, korrigierte Kaltbeisser. Sein Ausdruck passte hervorragend zu seinem Namen. Wie ein Hai, der sie aus toten Augen anstarrte.

Sein Kollege bemühte sich sogleich darum, die Fakten freundlicher zu verpacken. „Die Mediziner sind sich einig: Sie lagen höchstens eine Viertelstunde im Freien auf dem Boden. Die Spurensicherung hat praktisch keine Spuren von Flusswasser auf Ihnen gefunden."

„Sie waren so sauber, dass die Spurensicherung kaum in der Lage war, überhaupt irgendetwas an Ihnen zu finden", ergänzte Kaltbeisser.

Diese Auskunft erschreckte Philine bis ins Mark. Wenn der Rhein sie nicht fortgetragen hatte, war es ein Mensch gewesen. Dieser Mensch war bestimmt nicht der Puppenmacher gewesen – der hatte nicht nur alles daran gesetzt, sie umzubringen, sondern hätte sie wohl eher verschwinden lassen, als sein Labor zu vernichten. Gab es etwa noch einen weiteren Verrückten? Und wie lange war sie in seiner Gewalt gewesen?

„Was für ein Quatsch!", rief Jo. „Wer hat meine Schwester dann vergewaltigt und ihre Schambehaarung entfernt?"

Philine zuckte zusammen. *Vergewaltigt* ... War das für Jo nur ein Wort? Aber fühlte sie sich wirklich, als hätte jemand ...?

„Es gibt keinerlei Anzeichen für eine Vergewaltigung", schnappte Kaltbeisser.

Kommissar Bein blieb freundlich, beinahe vorsichtig. „Es gibt auch keine Anzeichen dafür, dass Ihre Schwester jemals Schambehaarung besessen hat. Die Ärzte gehen von einer genetischen Anomalie aus."

Das war ja völlig verrückt! Im ersten Moment wollten Philines Instinkte mit Wut reagieren. Doch dann wurde ihr bewusst, dass es keinen Weg gab, Schamhaare spurlos zu entfernen – wenn es den gäbe, wäre das ein Milliardengeschäft. Diese Technik gab es einfach nicht!

Verunsichert drehte sie den Kopf, um Jo bestätigen zu lassen, dass sie sehr wohl Schamhaar besessen hatte. Aber ihre Schwester wirkte ebenso verunsichert wie sie selbst. Kein Wunder. Philine rasierte sich erst seit einem Jahr nicht mehr vollständig. Jo hatte sie vermutlich noch nie frisiert gesehen.

Plötzlich sah sie die Situation mit den Augen der Polizei. Ihre Geschichte als bizarr zu bezeichnen, war noch untertrieben. Mutterseelenallein schleicht sie sich nachts in eine Ruine und trifft einen unheimlichen Würger im Burgverlies, der aus jungen Mädchen Puppen machte? Sie selbst blieb bis auf ihre Schambehaarung ungeschoren? Das klang schon fast lächerlich. Die Geschichte von einer dekadenten Adeligen, die im Drogenrausch dumme Sachen machte, klang nicht nur glaubwürdiger, sondern wurde auch von den Beweisen gestützt.

Nein, es war schlimmer. Ihre Geschichte war nicht nur unglaubwürdig, sondern ergab auch keinen Sinn: Erst die Geschichte vom Würger und den Mädchenpuppen – dann die Wahl zwischen zwei völlig idiotischen Möglichkeiten, wie das Ganze weitergegangen war.

Möglichkeit eins: Der Würger findet sie – statt sie aber einfach umzubringen, um Spuren zu verwischen, sprengt er lieber seine sündhaft teure Ausrüstung in die Luft. Währenddessen nimmt sich der sicher schwer verletzte Mann die Zeit, sie stundenlang – bis zum Morgen – bei sich zu behalten, sie auszuziehen, ihr Schamhaar auf unbekannte Weise zu entfernen und sie dann am Rhein abzuladen. Nebenher legt er noch ein paar falsche Spuren an ihrem Auto.

Möglichkeit zwei: Die Sache mit dem Schamhaar und der Unterbringung am Rheinufer verdankt sie einem anderen Irren, der ebenfalls *zufällig* mitten in der Nacht an derselben verlassenen Ruine herumhängt. Dieser Irre Nummer zwei ist aber so außergewöhnlich fortschrittlich in seinen Methoden, dass er über Drogen und medizinische Techniken verfügt, die der modernen Medizin unbekannt sind.

Beides war ebenso wahrscheinlich wie die Entführung durch Aliens. Wobei die Entführung durch Aliens schon fast glaubwürdiger klang, weil bei dieser Möglichkeit wenigstens die unbekannten Drogen und die spurlose Haarentfernung leichter zu erklären wären.

Was bedeutete es, wenn die Fakten nicht mit den eigenen Erinnerungen übereinstimmten?

Philines Herz übersprang einen Schlag. Das erste Mal in ihrem Leben zweifelte sie ernsthaft an der eigenen Wahrnehmung. Wurde sie womöglich verrückt? Sie spürte, wie sich das Blut in ihren Bauch zurückzog. Ihre Hände wurden bleich und kalt wie die einer Vampirin.

„Geht's dir nicht gut?", fragte Jo.

„Ich weiß es nicht."

Allein.

Allein zu sein, machte Philine nichts aus – sich allein zu fühlen, war aber die widerlichste aller Empfindungen. Mit einer Tasse Kakao saß sie auf einer Zinne ihrer Burg und sah den Bulli der sechsköpfigen Putzkolonne durch das Haupttor rollen. Damit war sie wieder allein in dem jahrhundertealten Gemäuer. Gewöhnlich atmete sie in diesen Momenten auf. Sie war gern allein.

Mehr noch – sie ließ es sich ein Vermögen kosten, die Burg ohne Tourismus oder Mieteinnahmen zu halten. Zu zweit eine Burg zu bewohnen, war ohne Zweifel verrückt, aber sie wäre wohl auch ohne Jo mieterlos geblieben.

Aber heute ... heute konnte sie es kaum erwarten, dass die Kleine aus der Schule kam. Den ganzen Tag über hatte sie nach Ausflüchten gesucht, die Mitglieder der Putzkolonne anzusprechen. Oder zumindest in Hörweite zu bleiben. Fast als fürchte sie, mit sich allein zu sein.

Und vielleicht war das tatsächlich so. Philine fürchtete sich vor sich selbst. Davor, den Verstand zu verlieren. Nicht mehr zwischen Realität und Fantasie unterscheiden zu können.

Sie musste mit jemandem reden, das war ihr klar. Nur mit wem? Es gab nur einen Menschen auf der Welt, dem sie wirklich vertraute, und das war Jo. Aber Jo war erst vierzehn und hatte genug eigene Sorgen. Nicht nur, weil sie ein Teenie war, sondern weil sie seit dem Flugzeugabsturz ihres Vaters unter extremen Verlustängsten litt. Vor nicht ganz drei Jahren hatte sie nicht nur den wichtigsten Menschen in ihrem Leben verloren, sondern musste danach hautnah miterleben, wie der Rest ihrer ach so ehrenwerten Verwandtschaft versucht hatte, die Schwestern um ihr Erbe zu bringen. Tante Margaret hatte sogar heimlich versucht, Philine entmündigen zu lassen. Selbst der Familienanwalt hatte dabei mitgemacht. Auch wenn Jo damals noch sehr jung gewesen war, traute sie praktisch niemandem mehr.

Philine würde eher in ein Klärwerk ziehen, als Jo auch nur den Hauch von Instabilität zu zeigen. Sie musste die eine unerschütterliche Säule sein, an der sich ihre kleine Schwester festhalten konnte.

„Aber du musst mit jemandem reden", murmelte sie zu sich selbst. Die Frage war nur: Mit wem? Sie kannte Gott und die Welt, wurde zu Partys und Empfängen der High Society eingeladen – aber wirklich *kennen* tat sie niemanden. Nicht mal die Menschen, die sie als ihre Freunde betrachtete.

Ein Freund war jemand, auf den man sich bedingungslos verlassen konnte. Weil man sich mochte. Sie konnte aber nur Beziehungen vorweisen, die zum beidseitigen Vorteil waren. Zumindest glaubte sie das. Niemand konnte sie wirklich um ihrer selbst willen mögen, weil sie niemanden in ihr Innerstes hineinschauen ließ. Daran waren auch ihre beiden Beziehungen gescheitert.

Schlimmer noch. Selbst wenn sie jemandem zutrauen würde, die freundschaftliche Beziehung zu ihr aufrechtzuerhalten, nachdem sie ihn mit ihren seelischen Nöten konfrontiert hatte, würde das Vorhaben an ihr selbst scheitern. Sie konnte sich niemandem öffnen. Sie konnte das nur vorspielen.

Eine normale Person wäre an dieser Stelle zu einem Therapeuten gegangen. Das war auch der Vorschlag, den die Polizei ihr nahelegte.

Philine hatte aber ihre eigenen Erfahrungen mit Therapeuten. Nach dem Selbstmord ihrer Mutter war sie mit zwölf Jahren einer Horde von Psychiatern und Psychologen in die Hände gefallen. Jeder von ihnen hatte eine andere Diagnose gehabt, dafür war ihr keiner von ihnen auch nur annähernd geistig gesund vorgekommen. Am Ende war sie der Bande nur entkommen, weil sie ihnen gesagt hatte, was sie hören wollte. Jo hatte nach dem Tod ihres Vaters ähnliche Erfahrungen gemacht.

Bevor sie sich wieder in die Hände dieser Quacksalber begab, würde sie nicht nur ins Klärwerk ziehen, sondern auch täglich im Klärbecken baden.

Nein. Sie wusste, was ihr Fels in der Brandung des Lebens war: ihr Verstand. Um in ihre Mitte zurückzukommen, musste sie herausfinden, was wirklich geschehen war. Sie musste einfach sicher sein, sich auf sich selbst verlassen zu können. Und wenn sich herausstellen sollte, dass sie tatsächlich nicht alle Latten am Zaun hatte, würde sie wenigstens eine rationale Irre sein.

Philine fühlte sich schon etwas besser. Der erste Schritt dazu, kein Opfer zu sein, war, sein Schicksal in die eigenen Hände zu nehmen.

„Verdammtes Scheißding!", schrie Philine aus vollem Hals. Völlig außer sich drosch sie auf das Lenkrad ein, konnte sich aber nicht beruhigen. Ihr Wutausbruch schlug mit nie gekannter Wucht über ihr zusammen. Buchstäblich rotsehend, sprang sie aus dem Elektro-Smart und trat immer wieder gegen die Tür.

Zugleich schien die *wahre Philine* sie von innen heraus zu beobachten. Eine Philine, die kaum fassen konnte, was sie sah. Blinde Wut war nicht Teil ihres Wesens. Schon gar nicht Gewalt. Die junge Adlige war darauf gedrillt worden, niemals die Beherrschung zu verlieren. Sich selbst auf ein unschuldiges Auto eintreten zu sehen, war ebenso surreal wie Puppenmädchen in Spukschlossruinen zu finden.

Vier ... fünf ... sechs Mal trieb ihr Fuß die Delle tiefer in die Tür hinein. Dann schien *Wut-Philine* endlich ruhiger zu werden. Der rote Schleier lichtete sich, und sie begann, endlich wieder ihre Umgebung wahrzunehmen.

Schwer atmend realisierte sie, dass der Smart mitten auf einer Kreuzung stehen geblieben war. Ihr Ausbruch schien aber zumindest das obligatorische Hupkonzert verhindert zu haben. Aus Dutzenden von Autos heraus wurde sie angestarrt. Mehrere Fußgänger glotzten sie an wie Kühe, wenn es donnert, und eine Gruppe von Halbstarken hielt ihren Ausbruch für die Nachwelt mit dem Handy fest.

Das konnte doch gerade nicht wirklich passieren. Das war ein Albtraum.

„Ist alles in Ordnung?"

Die Männerstimme ließ sie zusammenfahren. Zugleich drohte die dumme Frage das Pochen in ihren Schläfen wieder hochkochen zu lassen. *Na klar. Ich halte meinen Smart jeden Donnerstag auf dieser Kreuzung an, um ihm die Tür einzubeulen.*

Im letzten Moment schluckte sie die Antwort herunter und drehte sich zu dem Trottel um.

Aber es war weder *ein* noch *irgendein* Trottel. Es waren die Kommissare Bein und Kaltbeisser, die sie mit den ihr bereits vertrauten Gesichtsausdrücken ansahen.

Das auch noch. Ausgerechnet die beiden Nervensägen mussten zufällig ebenfalls auf dieser Kreuzung ... *Zufällig?*

Wohl kaum. Philine spürte, wie ihre Wangen kalt wurden. Die beiden beschatteten sie!

War so etwas denn nicht nur bei Morden oder organisierter Kriminalität üblich? Glaubten sie die Sache mit den toten Mädchen, verdächtigten aber sie? Übersah sie etwas? Wusste sie etwas nicht?

„Haben Sie ein Problem mit Ihrem Auto?", fragte Bein freundlich.

Bevor die beiden die Zwangsjacke herausholten und sie einweisen ließen, schaltete Philine auf *überforderte junge Dame*.

„Ja", gab sie verschmitzt zu. „Ich bin den ganzen Tag mit dem Wagen unterwegs gewesen, und dafür ist ein Elektro-Smart wohl nicht gemacht." Philine rang sich ein schuldbewusstes Lächeln ab. „Dass er einfach stehen blieb, hat mich wohl überfordert. Ich bin Benziner gewöhnt und habe mich da wohl bei der Akkuleistung verschätzt."

Bein lächelte nickend. „Verständlich, dass einem bei dem, was Sie durchgemacht haben, irgendwann die Nerven versagen. Wir sind ja alle nur Menschen. Wir sind bestimmt auch bald mit Ihrem Porsche fertig."

Philine witterte eine Falle, lächelte aber weiterhin devot. Wahrscheinlich konnte ihr der Polizist sogar den Führerschein wegnehmen. Sie musste zugeben, dass er damit sogar im Recht gewesen wäre. Wer so ausflippte, gehörte nicht hinter das Steuer.

„Was halten Sie davon, wenn ich Sie nach Hause fahre, während sich Oberkommissar Kaltbeisser um Ihr Auto kümmert?"

Irgendein Bauchgefühl warnte Philine davor, zu Bein in den Wagen zu steigen. Kaltbeissers empörter

Seitenblick auf seinen Kollegen versöhnte sie aber mit dem Gedanken. Zudem stand noch immer der Entzug des Führerscheins im Raum. Es wäre dumm, es sich mit dem Mann zu verderben. Sie gab sich einen Ruck.

„Sehr freundlich", antwortete sie mit aufgesetztem Lächeln, das Bein aber nicht zu durchschauen schien.

Im Gegenteil. Sichtlich erfreut öffnete er die Beifahrertür seines Passats und half ihr beim Einsteigen. Formvollendet. Hatte der Mann im Knigge geschmökert? Wollte er sie beeindrucken?

Er wartete, bis sie angeschnallt war, und setzte dann den Wagen in Bewegung. Für einen Moment breitete sich unangenehmes Schweigen aus. Bein lächelte auf schwer zu deutende Weise. Philine bekam zunehmend den Eindruck, dass das Interesse des Polizisten an ihr zumindest teilweise persönlich war. Ein wenig flirten konnte ihr womöglich das Leben erleichtern.

Sogleich schämte sie sich für den Gedanken. Was war nur los mit ihr?

„Sie sind also herumgefahren?", brach Bein das Schweigen mit einer überflüssigen Frage. Offensichtlich hatte er sie beschattet. Er wusste genau, wo sie gewesen war.

Philine entschied mitzuspielen. „Ich habe alle Krankenhäuser der Umgebung abgeklappert", sagte sie wahrheitsgemäß.

„Immer noch auf der Suche nach dem Mann mit der Bein- und Augenverletzung?", fragte Bein betont neutral.

Statt zu antworten sah Philine aus dem Seitenfenster. Natürlich versuchte sie weiterhin, den Angreifer zu finden. Was sollte sie sonst tun? Die Polizei würde nicht nach einem Hirngespinst suchen – die konzentrierten sich offensichtlich auf sie. Irgendjemand musste den Mörder aber zur Rechenschaft ziehen.

Ach Quatsch. Wem machte sie etwas vor? Für sie ging es nicht wirklich um die Mädchen. Es ging um sie selbst. Philine musste sich selbst beweisen, dass sie nicht verrückt war.

Und sie musste den Mann zur Rechenschaft ziehen, der ihr die Schambehaarung genommen hatte.

Verdammt war das armselig.

„Hatten wir uns nicht darauf geeinigt, dass Sie uns die Ermittlungen überlassen?", fragte Bein in ihre Gedanken.

Nein. Hatten sie nicht. Bein hatte darum gebeten, dass sie sich raushielt. Zugesagt hatte sie nichts. Vielleicht sollte er sich auch lieber fragen, warum eine Schuldige auf eigene Faust nach dem Täter suchte.

„Es tut mir leid", log sie. „Aber ich kann nicht einfach auf den Händen sitzen."

„Ich bitte Sie." Der Kommissar lächelte jovial. „Die Tat ist erst drei Tage her. Geben Sie uns – und vor allem sich – etwas Zeit."

Wie lange sollte sie denn seiner Meinung nach warten, bis sie untersuchen durfte, ob sie den Verstand verlor?

Ihr Schweigen hinderte Bein nicht daran, das Gespräch aufrechtzuerhalten. „Immerhin darf ich sie beruhigen. Sie haben wahrscheinlich keine Leiche gesehen."

„Wie kommen Sie darauf?"

„Mehrere Gründe." Er lächelte, als würde er jeden Augenblick mit beruhigendem Armtätscheln beginnen.

„Zum einen wird niemand vermisst, der auch nur entfernteste Ähnlichkeit mit den mit Ihrer Hilfe angefertigten Phantomzeichnungen hat."

Philine zog eine Augenbraue hoch. Selbst wenn es einen zuverlässigen Weg gäbe, unzählige Vermisstenfälle mit ihrem Phantombild abzugleichen, konnten die Mädchen ja von sonst wo stammen.

„Zum anderen entspricht auch der von ihnen geschilderte Zustand der Mädchen nicht dem einer Toten. Die Haut ..."

„Ich weiß", kürzte Philine ab.

Erfreut blickte er sie an. „Also geben Sie zu, dass ...?"

„Ich gebe zu, dass meine Geschichte keinen Sinn ergibt. Aber ich habe Sie nicht angelogen."

„Das würde ich Ihnen auch nie unterstellen wollen", meinte der Ermittler lächelnd. „Vielleicht hat Ihnen jemand ohne Ihr Wissen bewusstseinsverändernde Drogen verabreicht, und Sie glauben nur, das alles erlebt zu haben."

Als wäre Philine nicht selbst schon auf diese Idee gekommen. Sie zweifelte mittlerweile an allem. Vielleicht hatte sie wirklich niemals Schamhaar besessen und sich die Psychokiller-Episode zusammengesponnen. Möglicherweise war sie auch splitterfasernackt im Drogenrausch den Rhein entlanggestolpert und am Fuß einer Klippe eingeschlafen.

Aber selbst dann passten die Fakten nicht zusammen: Drogen erklärten weder die Sprengstoffspuren an ihrem Auto noch die Zerstörung der Ruine. Sie hatte absolut keine Ahnung von Sprengstoff! Selbst wenn man also unterstellen mochte, dass sie sich freiwillig eine völlig unbekannte Droge eingeworfen hatte, musste es da noch jemanden im Hintergrund geben. Jemanden mit Antworten.

„Wir werden der Angelegenheit schon auf den Grund gehen", versprach Bein und tätschelte ihr tatsächlich die Hand. Offenbar waren ihr die Selbstzweifel deutlich anzusehen gewesen.

„Danke."

Endlich erreichte der Passat die Auffahrt zur Burg und arbeitete sich den schmalen Pfad neben der Ringmauer hinauf. Bein war sichtlich beeindruckt von der wuchtigen Anlage. Es wäre wohl sehr einfach gewesen, das Gespräch auf Burg Montenbrück zu lenken, aber Philine wollte den Mann so schnell wie möglich loswerden.

Sie ließ sich am Torhaus absetzen und flüchtete regelrecht hinter die dicken Mauern ihres Familiensitzes.

Als sich das gewaltige Tor hinter ihr schloss, war es wie eine Erlösung. Wenigstens hier war sie sicher.

Philine schreckte hoch. Mit weit aufgerissenen Augen starrte sie in die nahezu vollkommene Dunkelheit ihres Schlafzimmers. Einen Moment saß sie einfach verwirrt da und versuchte ihren Herzschlag zu beruhigen. Was war denn nur los?

Ein Albtraum?

Nein ... Oder doch? Ein seltsam unbestimmtes Gefühl ließ ihre Hände zittern. So als würde sich etwas Furchtbares aus der Finsternis immer näher an sie heranschieben.

Die Nerven, sagte sie sich. *Du bist traumatisiert.*

Aber wenn sie sich nicht mal mehr im Schlafzimmer ihrer Burg sicher fühlen konnte – wo dann? *Stell dich nicht so an*, mahnte sie sich.

Ärgerlich über sich selbst wollte sie sich wieder hinlegen, doch dann stutzte sie. Etwas war anders als sonst. Mehrere Herzschläge lang horchte sie in die Dunkelheit. Bis auf den sanft durch das Gemäuer säuselnden Wind und ihren Untermieter – einen alten Uhu – war alles ruhig. Über eine Minute saß sie mit angehaltenem Atem einfach nur da und lauschte. Dann musste sie fast lachen. Mit einer Mischung aus Belustigung und Ärger schob sie das seltsame Gefühl beiseite und sank langsam in die Laken zurück.

Dann sah sie es.

Besser gesagt: Sie sah es nicht. Die grüne Diode ihrer Überwachungsanlage war erloschen.

Erneut fuhr sie hoch. *Das muss nichts bedeuten*, versuchte sie sich zu beruhigen. *Auch so eine Diode geht mal kaputt.*

Mit zittrigen Händen nahm sie ihr Handy vom Nachttisch. Sie war so aufgeregt, dass sie drei Anläufe brauchte, bis sie die Überwachungsapp fand. Leider fand die App nichts. Die scheißteure Superalarm-, Steuerungs- und Überwachungsanlage ihrer Burg gab keinen Pieps von sich. Etwas, was angeblich gar nicht möglich war!

Einbrecher!

Dass ihr dieser Gedanke erst jetzt kam, war irgendwie absurd. Noch surrealer war der Gedanke, dass sie schon fast hoffte, dass es nur Einbrecher und keine Mädchenpuppenmacher oder Schamhaardiebe waren.

Dennoch zögerte sie, die Polizei zu rufen. Wenn das ein Fehlalarm war, würden die Beamten sie erst recht für eine Spinnerin halten.

Egal. Wozu gab es die Polizei, wenn man …? *Kein Netz* blinkte in ihrem Display. Kein Netz? Was für ein Blödsinn! Ihr Burgfried trug eine gewaltige Mobilfunkantenne, mit der mehrere Ortschaften in der Umgebung versorgt wurden!

Ein Eisklotz bildete sich in ihrem Magen. Sie versuchte gar nicht erst, sich irgendetwas einzureden. Dafür gab es etwas zu viele *Zufälle.*

Du musst dich beruhigen, mahnte sie sich. *Auf keinen Fall darfst du jetzt den Kopf verlieren.* Es war nicht so schlimm, wie es aussah. Jo hatte morgen Schule, also übernachtete sie bei ihrer Freundin Katja in der Stadt. Damit war sie außer Gefahr. Sie selbst konnte sich hinter ihrer dicken Schlafzimmertür verbarrikadieren, was zumindest einen gewöhnlichen Einbrecher aufhalten mochte.

Einem gewöhnlichen Einbrecher wäre es wohl kaum möglich gewesen, die Sicherheitsanlage auszuschalten, schoss ihr durch den Kopf. *Schon gar nicht hätte er meinen Zugang zum Mobilfunknetz unterbrechen können.*

Also war der Killer im Haus?

Egal, wer durch die Burg schlich: Wahrscheinlich war er ihretwegen hier. Sie brauchte eine Waffe! Auf Anhieb fielen ihr nur die Schrotflinten ihres Vaters ein. Sie befanden sich in einem Waffenschrank im Jagdzimmer, nur ein Stockwerk unter ihr. Selbst wenn die Munition nicht mehr funktionieren sollte, könnte sie damit jemanden in Schach halten.

Mit wackeligen Knien sprang sie aus dem Bett und schlüpfte in ihren Morgenmantel. Um sich möglichst leise bewegen zu können, verzichtete sie auf Hausschuhe. Die Proteste ihrer verwöhnten Füße realisierte Philine nicht einmal. Ihr Kopf war zu sehr damit beschäftigt, sich mordlüsterne Gestalten auszumalen, die auf der Suche nach ihr durch die Burg geisterten. Als ob sie noch nicht genug Angst hätte, jagte ihre Fantasie entstellte Gestalten mit rostigen Messern und irrem Blick durch das alte Gemäuer.

Ihre Schlafzimmertür zeigte sich kooperativer als ihre Fantasie. Das erste Mal, seit sie sich erinnern konnte, öffnete sich das massive Monstrum vollkommen lautlos. Stockdunkel lag der Korridor vor ihr, doch in diesem Fall war die Dunkelheit ihr Verbündeter. Sie war in diesen Räumen aufgewachsen. In diesem verwinkelten Trakt kannte sie jede Nische.

Von neuer Zuversicht erfüllt, wagte sie sich in die Finsternis hinaus. Die Stille war so allumfassend, dass sie beinahe an der Einbruchshypothese zu zweifeln begann.

Beinahe.

Am Kopf der Stiege angekommen, hörte Philine eine Stimme aus dem zweiten Stock. *Was für eine Sprache ist das?*, fragte sie sich. *Ist das deutsch?* Sie wusste es nicht, war aber sicher, es mit einem Mann zu tun zu haben. Oder vielmehr einem Mann und einer weiteren Person.

Oder einem Verrückten, der vor lauter Mordlust Selbstgespräche führte.

Nicht hilfreich, stellte Philine fest.

Lautlos wie ein Geist huschte sie die Stufen hinunter. Egal, wie viele Häscher dort lauerten – sie brauchte eine von Papas Flinten. Im Augenblick erschienen ihr die Waffen als einzige Chance, die Nacht zu überleben. Wenn die Häscher sie in die Finger bekämen, würden sie …

Nicht hilfreich, erinnerte sich Philine.

Am Fuß der Stiege angekommen, zerschlug sich ihre Hoffnung jedoch von selbst. Das fahle Licht einer Taschenlampe fiel aus dem Jagdzimmer in den Korridor. Entgegen ihrer Erwartung durchsuchten die Eindringlinge nicht die Schlafzimmer, sondern hatten irgendetwas in Papas Heiligtum zu schaffen.

Also doch einfache Einbrecher?

Auch diese Hoffnung wurde sogleich zunichtegemacht.

„Ich bin hier so gut wie fertig. Geh sie schon mal holen", verstand Philine undeutlich, aber eindeutig.

Die junge Frau spürte, wie sich ihr Magen zusammenzog. Das Grauen war so lähmend, dass sie fast vom Strahl der Taschenlampe getroffen wurde, als einer der Gangster in den Korridor einbog. Im letzten Moment gelang es ihr, hinter der steinernen Stiege in Deckung zu gehen. Schwere Schritte, fast schleppend, arbeiteten sich den Flur entlang und die Stufen hinauf. Philine bildete sich ein, dass der Mann humpelte, was sie sogleich an die kreative Verwendung ihres Stilettos denken ließ. Der Mädchensammler war hier, um die Sache zu Ende zu bringen …

Das ist nur eine Vermutung, sagte sie sich. *Und vollkommen scheißegal.* Irgendjemand war hier, um etwas mit ihr zu tun, was sie freiwillig nicht tun würde. Es war ihr absolut Wurst, ob es der Mädchensammler, der Schamhaardieb, der Yeti oder Aliens waren. Sie durfte ihren Besuchern auf keinen Fall in die Finger geraten! Und im Augenblick verlor sie wertvolle Zeit, in der ihre Besucher angreifbar – weil allein – waren. Die einzige wichtige Entscheidung war also *Angriff* oder *Weglaufen*.

Weglaufen müsste sie allerdings wahrscheinlich den Rest ihres Lebens. Und wenn die Kerle das nächste Mal kamen, geriet vielleicht auch Jo in Gefahr. Nein. Das war keine Option.

Also Angriff.

Die Entscheidung gab ihr eine unerwartete Ruhe zurück. Sie war keine große Kämpferin, schon gar nicht war sie körperlich einem Mann gewachsen.

Aber ich komme aus einer Familie von Kriegern, versuchte sie sich mit einem Blick auf die Rüstungen ihrer Vorfahren, die im Gang Spalier standen, Mut zu machen. Sie alle präsentierten ihre Waffen, als wollten sie ihrer Urahnin die bewährten Mordwerkzeuge anbieten. Fast war es, als stünde sie tatsächlich nicht mehr allein da.

Schon als kleines Mädchen hatte sie das elegante Langschwert von Kuno, dem Kahlen, fasziniert. Aber es bedurfte sehr viel Kraft und Übung, um eine solche Waffe sinnvoll einzusetzen. Handlicher war der Kriegshammer von Herbert, dem Bärenhasser. Aber auch dieser gemein aussehende Totmacher war viel zu schwer für eine zierliche Frau wie sie.

Für ungelernte Kämpfer waren Speere und Spieße die effektivsten Waffen, hatte Papa immer gesagt. Philine entschied sich, ausnahmsweise auf ihren alten Herrn zu hören. Auf Zehenspitzen huschte sie zu einer an der Wand hängenden Saufeder hinüber. Lautlos hob sie die Waffe aus dem Ständer.

Aus dem Jagdzimmer war unterdessen ein seltsames Geräusch zu hören. Irgendetwas knarrte. Zugleich schien etwas gezogen zu werden. Philine kannte alle Geräusche in der alten Burg, aber dieses hatte sie noch nie gehört. Aus irgendeinem Grund lief es ihr eiskalt den Rücken hinunter.

Doch sie hatte keine Zeit. Jeden Moment mochte der andere Scherge die Stufen herunterkommen. Die junge Adelige nahm all ihren Mut zusammen und schlich zur Tür des Jagdzimmers hinüber. Vorsichtig spähte sie um die Ecke. Das Entsetzen strich ihr wie ein eiskalter Finger über den Nacken.

Das Knarzen wurde von dem gemächlichen Hin-und-her-Schaukeln des Kronleuchters verursacht. Philine hatte dieses Geräusch noch nie zuvor gehört, weil das riesige Monstrum viel zu schwer war, um von selbst in Schwingung zu geraten. Wenn man jedoch eine Henkersschlinge daran befestigte und ein großer Mann sich probeweise am Seil hochzog, geriet selbst der antike Deckenschmuck in Bewegung.

Die Kerle wollten sie aufhängen, wurde ihr voller Grauen bewusst. Offenbar mit seiner Arbeit zufrieden, ging ihr Über-den-Jordan-Helfer zu der von ihrem Großvater eingebauten Bar hinüber. Philine brauchte einen Moment, um zu begreifen, dass sich der Mann nicht mit einem Drink belohnen wollte. Nein, der Scherge suchte sich einen Hocker aus. Einen, von dem aus sich auch eine zierliche Frau wie die „zu

Versterbende" bequem die Schlinge um den Hals legen
konnte. Es sollte nach Selbstmord aussehen.

Philine hatte so viel Angst, dass ihr Verstand nicht
mehr mitkam. Ihr Denken setzte einfach aus. Stattdessen übernahm wohl so etwas wie Panik die Regie. Statt
aber wie eine normale angstgesteuerte Person kopflos
die Flucht zu ergreifen, tat sie genau das Gegenteil. Immerhin stellte sie sich ähnlich dämlich an. Ohne auf
ihre Deckung zu achten, und mit einem völlig überflüssigen Kampfschrei auf den Lippen, rannte sie auf ihren
Häscher zu. Immerhin hatte sie das Überraschungsmoment auf ihrer Seite.

Sie musste sich förmlich durch den Saal gebeamt haben. Sie war so schnell, dass ihr Häscher sich gerade
noch zu ihr umdrehen konnte, bevor Philine ihm die
Saufeder durch die Brust trieb. Die Hausherrin traf den
Mann mit solchem Schwung, dass sie selbst über die
Bar rutschte und in das Weinregal krachte, während
ihr Opfer mehrere Hocker umriss und polternd mit
ihnen zu Boden fiel.

Hatte der Mann geschrien? Philine wusste es nicht.
Sie war so auf Adrenalin, dass sie weder den Aufprall
mitbekam noch sich bewusst vom Boden hochrappelte.
Ihre nächste Erinnerung war, wie sie vor dem offenen
Waffenschrank ihres Vaters stand und den Kipplauf einer doppelläufigen Nitro Express einrasten ließ. Allerdings war sie viel zu fahrig, um wirklich mitzubekommen, was sie tat. Irgendjemand schrie wie am Spieß –
vielleicht sogar sie selbst –, jemand rannte mit schweren Schritten den Korridor entlang. Irgendetwas
knallte auf den Boden ... Philine war unfähig, die Wirklichkeit zu ordnen.

Als würde sie von jemand anders gesteuert, rannte sie auf die Tür zu. Oder war es umgekehrt? Alles ging so schnell. Kaum zwei Schritte trennten sie noch von dem Eingang, als eine hünenhafte Gestalt in den Saal stürmte. Eine Taschenlampe blendete. Nur ein Schatten. Irgendetwas donnerte ohrenbetäubend, als würde die Welt einstürzen. Ein Pferd schien der jungen Frau gegen die Schulter zu treten. Sie fiel. Alles war nass. Dann ...
Nichts mehr.

Philine erwachte mit brüllenden Kopfschmerzen. Sobald sie den Schmerz zur Kenntnis nahm, meldete sich auch der Rest ihres Körpers zu Wort. Wie ein Chor, der nur darauf gewartet hatte, dass der lauteste Sänger Publikum anlockte, und dann zu einer Kakofonie brutalen Ausmaßen ansetzte. Ihr war entsetzlich kalt. Jeder Knochen tat ihr weh. Sie konnte ihre Schulter kaum bewegen, ihre Haut spannte überall, als sei sie ihr über Nacht entwachsen, und ihr Gesicht schien eine einzige Wunde zu sein.
Erst als sie die verklebten Augen so weit aufbekam, dass sie ihre Umgebung wahrnehmen konnte, begriff sie, wo sie sich befand. Sie lag auf dem harten Steinboden des Jagdzimmers! Schlagartig erinnerte sie sich an die gedungenen Mörder und an ihren Kampf. Oder vielmehr an das, an was sich jemand erinnerte, der im Adrenalin-Delirium um sein Leben gekämpft hatte. Erneut übernahm das Adrenalin die Führung. Als hätte ihr Körper nicht das kleinste Problem, sprang sie auf die Füße, rutschte aber sofort in einer bräunlichen,

schmierigen Masse aus. Nur mit Glück konnte sie sich am Türrahmen festhalten und blieb auf den Beinen.

Dann erst sah sie die Leiche. Ein bulliger Mann ohne Kopf. Es brauchte zwei weitere Herzschläge, bis Philine begriff, dass das nicht stimmte. *Der Kopf hat sich nur in winzige weiße Splitter und rotbraune Schmiere verwandelt*, erkannte sie. Die Situation war so unwirklich, dass das Grauen zurücktrat und dem Gefühl wich, einen unfreiwillig komischen Horrorfilm anzusehen.

Der alte Kristallspiegel neben der Tür zeigte ihr seltsam verzerrtes Lächeln. Philine erschrak bis ins Mark. Die junge Adelige im Spiegel war nicht sie. Die albtraumhafte Erscheinung war von oben bis unten mit Blut besudelt. In ihrem Haar klebten Brocken seltsam gräulicher Masse, Glas- und Knochensplitter. Aber das Schlimmste waren ihre Augen. Eine schwer zu beschreibende Form von Wahnsinn schimmerte in ihnen, der ihr Angst vor sich selbst machte.

Als fühlte sich die Frau im Spiegel ertappt, näherte sie sich wieder Philines gefühltem Selbst an. Eine kreidebleiche, zutiefst verstörte junge Frau, die sich gerade eher wie ein Mädchen fühlte. Am ganzen Körper zitternd, atmete sie durch. *Was wäre passiert, wenn ich keinen Spiegel gehabt hätte?*, fragte sie sich. *Hätte ich den Rest meines Lebens in der Zwangsjacke zugebracht?*

Irrelevant, meldete sich ihr Verstand zurück. Sie musste die Polizei rufen! Sofort! Es war erlösend, endlich wieder klar denken zu können.

Ihr Handy lag irgendwo im Schlafzimmer. Wenn sie da hochging, würde sie das Blut, und damit die Spuren, überall verteilen. Außerdem funktionierte der

Mobilfunk wahrscheinlich noch immer nicht. Das einzige Festnetztelefon in diesem Stockwerk war hinter der Bar.

War es noch intakt? Kam sie da hin, ohne Spuren zu verwischen? Sie ertappte sich bei dem Versuch, logisch zu rechtfertigen, warum sie nicht mal dorthin sehen, geschweige denn gehen konnte. Sie wusste warum: Da drüben lag mit Sicherheit noch eine Leiche ... und die konnte sie noch ansehen.

Stell dich nicht so an! Ärgerlich über sich selbst wendete sie den Blick zur Bar hinüber. Tatsächlich konnte die Leiche sie noch ansehen. Die Saufeder hatte den Brustkorb durchschlagen, war aber wohl nicht sofort tödlich gewesen. Der Mann hatte offenbar versucht, aufzustehen, war aber nicht weit gekommen. Zusammengesunken lehnte er an der Wand. Der gebrochene Blick ging Philine durch und durch. Allerdings war der Anblick des Toten nicht das Schlimmste an der Situation.

Philine kannte den Mann. Es war der unangenehmere der beiden Polizisten, die sie nach der Begegnung mit dem Mädchensammler befragt hatten. *Oberkommissar Kaltbeisser*, fiel es ihr wieder ein.

Erneut drohte ihr Denken zu zerfasern. *Reiß dich zusammen*, fuhr sie sich selbst an. *Den Nervenzusammenbruch kannst du dir nehmen, wenn das hier erledigt ist.* Erledigt? Was hieß hier erledigt?

Sie war in ihrem Zuhause von gedungenen Mördern überfallen worden und hatte zwei Menschen getötet. Einer von beiden war auch noch Polizist! Was gab es da zu erledigen?

Aber was war, wenn sie sich auch die Mördergeschichte nur einbildete? Was, wenn Kaltbeisser ihr einen dienstlichen Besuch abgestattet hatte? Vielleicht war er als Personenschützer hier gewesen. Oder um nach ihr zu sehen. Dann hatte sie in ihrem Wahn zwei Polizisten ermordet!

Philine spürte, wie sie zu hyperventilieren begann. Langsam, voller Angst um ihren Verstand, wendete sie den Kopf, um zum Kronleuchter hinüberzusehen. Die noch immer auf sie wartende Henkersschlinge war vielleicht der beruhigendste Anblick ihres ganzen Lebens. Nein. Sie hatte sich das nicht eingebildet. Kaltbeisser war tatsächlich hier gewesen, um sie umzubringen.

Sie begriff, was ihr rationales Ich bereits begriffen hatte: Wahrscheinlich war es die Polizei gewesen, die ihr die Sache mit dem Sprengstoff untergeschoben hatte.

Überhaupt hatte sie all die Fakten, die nicht zueinanderpassten, von der Polizei bekommen. Sie war nicht im Wasser gewesen? Unbekannte Droge? Das Gewölbe gesprengt? Sie wusste buchstäblich nichts, was nach ihrer Flucht und ihrem Erwachen am Rheinufer geschehen war, aus erster Hand.

Ihr Blick zuckte zu der kopflosen Leiche hinüber.

Nein. Der Mann war viel zu bullig, um Kommissar Bein gewesen zu sein. Außerdem hatte er doch gehinkt, oder? Hatte sie den Mädchensammler erschossen? *Irrelevant*, begriff sie. Sie musste sich entscheiden, was sie jetzt tun sollte.

Wenn Kaltbeisser versucht, dich umzubringen, kannst du der Polizei nicht trauen, sagte sie sich. Aber das stimmte natürlich nicht wirklich. Wenn es eine korrupte Zelle in der Polizei gab, betraf das wohl kaum die gesamte Polizei, sondern nur Kaltbeissers Dienststelle.

Leider hatte Philine keine Ahnung von polizeilichen Organisationsstrukturen.

In Filmen riefen die Helden in solchen Fällen immer das FBI, erinnerte sie sich. Allerdings war das wohl kaum für das Rheinland zuständig ... *BKA*, schoss es ihr durch den Kopf. Das Bundeskriminalamt könnte ihr helfen! Das hatte nichts mit der Kripo des Landeskriminalamts zu tun.

Philine überwand sich, zum Festnetztelefon hinüberzugehen. *Freizeichen! Gott sei Dank!* Dann begriff sie, dass sie eine Telefonnummer brauchte. Für jemanden, der die letzten fünf oder zehn Jahre nur noch mit dem Handy telefoniert hatte, stellte das ein Problem dar. Keine Nummernsuche, kein Telefonverzeichnis ...

Sie staunte, als ihr die Nummer der Telefonauskunft wieder einfiel. Gab es die überhaupt noch?

Philine bekam ein Freizeichen. Drei- ... sechs- ... achtmal klingelte es. Philine wollte schon auflegen, als sich endlich eine Männerstimme meldete.

„Auskunft."

„Ja! Ich bin so froh, dass ich Sie erreiche!", brabbelte Philine in einer Mischung aus Heulen und Aufregung. „Ich brauche die Nummer des BKA."

„Ich verbinde", sagte ihr Gegenüber emotionslos. Für einen Moment war nichts zu hören. Sie fürchtete schon, ihre Verbindung zur Außenwelt wieder verloren zu haben.

„BKA", zerstreute eine barsche Männerstimme ihre Befürchtungen.

Es war, als würde ein Damm brechen. Philine begann laut, ohne Punkt und Komma, auf den Mann einzureden. Sie stopfte dem Beamten die Geschehnisse der letzten Nacht wie einen riesigen, verworrenen Brocken aus Hysterie und Grauen ins Ohr.

„Frau von Montenbrück?", unterbrach der Polizist irgendwann den Redestrom. Es war wohl schon das dritte Mal, dass er zu Wort zu kommen versuchte. Diesmal war er laut genug gewesen, um zu ihr durchzudringen.

„Ja?"

„Wir sind unterwegs. Bleiben Sie, wo Sie sind. Tun Sie nichts. Fassen Sie nichts an. Wir sind gleich bei Ihnen."

„Okay." Die Verbindung zur Außenwelt wurde unterbrochen. Aber das machte nichts. Hilfe war unterwegs. Es war so unglaublich tröstlich, nicht mehr allein vor diesem Wahnsinn zu stehen. Alles würde gut werden.

Leider verdarb ihr langsam wieder erwachender Verstand ihr den Spaß. *Gleich?*, fragte sie sich. *Was bedeutete in diesem Fall gleich?* Hatte das BKA einen eigenen Kriminaldauerdienst, der im gesamten Bundesgebiet aktiv war? Oder schickte man ihr jetzt womöglich jemanden vom LKA? Philine lief es eiskalt den Rücken hinunter. Nein, das musste sie doch klar genug gemacht haben.

Und was bedeutete *bleiben, wo sie war?* Selbst wenn sie nicht in einer Burg wohnen würde, hätte der Beamte sie doch auffordern müssen, ihm die Tür zu öffnen ...

Du denkst zu viel darüber nach, sagte sie sich. *Bestimmt glaubt er, wie überall, einfach klingeln zu können.*

Ja, das war es wohl. Er konnte ja nicht wissen, dass auch die Klingel und der Öffner am Tor Teil des defekten Sicherheitssystems waren. Sie konnte kaum glauben, hier, im Horrorzimmer, überhaupt darüber nachdenken zu können.

Nervös fuhr sie sich durch die verklebten Haare. Mehrere feine Glassplitter blieben an ihren Fingern kleben. Sie zwang sich, das unangenehme Gefühl und die undefinierbaren weichen Brocken auf ihrem Kopf nicht zu nah in ihren Fokus rutschen zu lassen. Sie musste Ruhe bewahren.

Philine wusste nur nicht, wie lange sie das konnte. Die Hysterie nagte an ihrer Seele. Sie ertrug den süßlichen Geruch und den Anblick der Leichen nicht mehr.

Und ihr war so schrecklich kalt.

Zitternd setzte sie sich in Richtung Tür in Bewegung. Der Polizist hatte gesagt, dass sie das Zimmer nicht verlassen sollte, aber sie musste doch sicherstellen, dass die Beamten hereinkommen konnten, rechtfertigte sie ihren Entschluss. *Die Mörder sind auch hereingekommen. Bestimmt steht das Tor offen,* widersprach eine innere Stimme. Ja, aber ob die Polizei den Weg zu ihr herauf finden würde?

Verzweifelt nach einer Rechtfertigung suchend, warf Philine einen Blick aus dem Fenster. Zu ihrem Erstaunen sah sie zwei Männer im Anzug über den Hof gehen. Die Polizei! Endlich!

Die Erleichterung war ebenso überbordend, wie die darauf folgende Ernüchterung niederschmetternd war.

Seit dem Anruf waren nicht mal fünf Minuten vergangen. Aus Erfahrung wusste sie, dass sogar ein Krankenwagen fast eine Viertelstunde brauchte, bis er hier war. Das BKA saß aber bestimmt nicht in einer Alarmzentrale irgendwo herum, um dann mit Blaulicht zum Einsatz zu fahren. Und das BKA hätte wohl einfliegen müssen. Saßen die nicht in Wiesbaden und Bonn? Zudem schienen die beiden Männer exakt zu wissen, wo sie hinmussten. Zielstrebig passierten sie zwei weitere Türen, nachdem sie auf dem Weg hierher an einem halben Dutzend weiterer Zugänge vorbeigekommen sein mussten.

Philine fühlte, wie ihr das Blut aus dem Gesicht wich.

Warum war eigentlich das Festnetztelefon nicht abgestellt?, fragte sie sich plötzlich. Sie war zwar keine Fachfrau, aber eine Landleitung zu sabotieren war im Vergleich zum Abschalten des Mobilfunks sicherlich banal.

Ihre Rettungsgeschichte fiel wie ein Kartenhaus zusammen. Die Auskunft meldete sich sicherlich nicht mit *Auskunft* und fragte nach, ob man die Nummer haben oder direkt verbunden werden wollte. Und das BKA hatte bestimmt eine Begrüßungsformel, die über drei Buchstaben hinausging. Zum Beispiel enthielt sie wahrscheinlich den Namen der Person, die den Anruf entgegennahm.

Das Szenario passte eher zu Komplizen, die in der Nähe mit dem Fluchtwagen auf die Mörder warteten. Techniker vielleicht, die die Verbindung nach außen gekappt hatten.

Aber ... Es war mittlerweile hell. Wie lange hatten die da draußen gewartet? Wenn es nur darum gegangen wäre, sie umzubringen, hätten die Männer schon lange fliehen oder hereinkommen müssen. Philine konnte sich keine andere Erklärung zusammenreimen, als dass Kaltbeisser beabsichtigt hatte, nach dem Mord nach etwas zu suchen. Aber wonach?

Irrelevant, stellte sie erneut fest. *Du verschwendest Zeit.* Im Augenblick ging es nur darum, diesen Tag zu überleben. Auf einer neuen Welle Adrenalin reitend, hob sie die Schrotflinte ihres Vaters auf, entfernte die Hülsen der verschossenen Munition und lud nach. Dann verstaute sie den kümmerlichen Rest von vier weiteren Patronen in ihrem Bademantel und rannte aus dem Zimmer. Hoffentlich waren die Männer wirklich nur Techniker. Vielleicht waren sie ja nicht mal bewaffnet, wagte Philine zu hoffen.

Hinter einem Torbogen, der den repräsentativen Korridor in zwei Bereiche teilte, fand sie Deckung. Der Eingang zum Jagdzimmer war vielleicht fünf Schritte entfernt, der Treppenaufgang etwa dreimal so weit.

Philine war kaum in Position, als schwere Schritte und Keuchen hörbar wurden. Die Erkenntnis, dass die Männer offenbar nicht besonders gut in Form waren, ließ die Hände der Hausherrin ruhiger werden.

„Du überlässt mir das Reden", war undeutlich zu hören.

„Wie ... has ... efds ...", kam es verzerrt zurück. Aber Philine hatte ohnehin nicht die Ruhe, das Gespräch ihrer Häscher zu analysieren. Ihr Denken war vollkommen darauf fokussiert, den richtigen Moment für ihren Auftritt abzupassen.

Schon kam der Erste der beiden Anzugträger in Sicht. Sein schmales Gesicht wurde von einem penibel gepflegten Bart geziert, als wolle er seine fliehende Haarlinie und den ungesund bleichen Teint kompensieren. Die Kombination aus tonnenförmiger Brust und spindeldürren Beinen ließ ihn völlig verbaut erscheinen. Ein dürrer Mann, der ein Fass unter dem Hemd trug. Viel beunruhigender war jedoch die Waffe, die sich deutlich unter dem Jackett abzeichnete.

Dem Dürren folgte ein kleiner Kerl mit Dutzendgesicht und einem deutlich schäbigeren Anzug. Er schnaufte wie eine Dampflok, als er seinem Kumpan den Flur hinunterfolgte. Er hatte das Jackett ausgezogen, sodass man seine im Schulterhalfter steckende Waffe kaum übersehen konnte.

Philine war so sehr auf die Waffe fixiert, dass sie kaum noch auf dessen Besitzer achtete. Er war stehen geblieben und starrte auf den Boden. Als die junge Frau es ihm gleichtat, schien ihr Herz für einen Moment auszusetzen. Aus dem Jagdzimmer führte eine Spur direkt bis zu ihrem Versteck herüber. Die rötlich braunen Abdrücke ihrer nackten Füße waren wie gemalt. Als wären sie Teil irgendeines absurden Cartoons. Der Blick des Dürren folgte der Spur, bis er sie direkt ansah. Es war wie einer jener Träume, in denen es kein Entrinnen gab.

Philine handelte, ohne nachzudenken. Mit der Flinte im Anschlag rannte sie auf die überraschten Männer zu.

„Hände hoch!", brüllte sie, als wäre das hier ein Western.

Die Reaktionen fielen jedoch nicht so aus, wie das im Film vorgesehen war.

„Immer mit der Ruhe, Frau von Montenbrück", bat der Dürre, während er eine Hand hob und mit der anderen eiskalt nach der Waffe griff. Dutzendgesicht drehte sich hingegen um und versuchte offenbar, davonzulaufen.

Beides begriff Philine erst im Nachhinein. Sie war zu sehr darauf fokussiert, beim geringsten Anzeichen von Widerstand den Abzug durchzuziehen. Und in ihrer vom Tunnelblick beherrschten Welt zählte derzeit alles, was nicht Händeheben war, als Widerstand.

Die Waffe brüllte dem Dürren eine Ladung groben Schrots in die Brust und brach Philine beinahe die Schulter. Die alte Munition erzeugte dabei eine Stichflamme, die ihr Opfer fast erreichte. Der Mann fiel rückwärts, als sei er umgeblasen worden, und riss die Rüstung von Herbert, dem Starken, mit sich zu Boden.

Als hätte die Flinte ein blutdürstiges Eigenleben, ruckte sie zum nächsten Ziel herum und spie dem zweiten Häscher eine Schrotladung in den Rücken. *War das Mord?*, durchzuckte es sie. Der Kerl war weggelaufen – da zählte das wohl nicht mehr als Notwehr.

Fast war sie erleichtert, als die Eindringlinge nicht einfach liegen blieben. Dutzendgesicht schrie auf, schlug der Länge nach hin und versuchte, wimmernd davonzukriechen. Der Dürre erwies sich tatsächlich als dürr. Unter seinem zerfetzten Hemd war eine Schutzweste sichtbar geworden, die das Schrot offenbar zum größten Teil gestoppt hatte. Nur ein einziges Korn hatte ihn getroffen. Er blutete stark aus einem Loch in der Wange.

Sie war also noch keine Mörderin geworden und konnte endlich Antworten bekommen. Sie musste die

Männer nur zum Reden bringen. Philine staunte darüber, wie nüchtern ihr Verstand arbeitete. Während der eine Angreifer weiter davonkroch und eine Blutspur hinter sich herzog, rang der Dürre sichtlich geschockt nach Atem. Der ideale Zeitpunkt, Forderungen zu stellen.

Wer auch immer diese Gedanken dachte, schien jedoch keine Gewalt über ihren Körper zu haben. Statt die Pause zum Reden zu benutzen, kippte sie unbeeindruckt den Lauf nach unten und lud die Doppelläufige nach. Wie eine Maschine. Was hatte sie vor? Wollte sie die Männer einfach erschießen?

Den Dürren schienen ähnliche Befürchtungen umzutreiben. Ehe die Hausherrin die Flinte einrasten lassen konnte, warf er den neben seinem Kopf liegenden Rüstungshandschuh nach der Hausherrin und griff nach seiner Waffe.

Philine riss reflexartig die Flinte hoch, konnte jedoch nicht vermeiden, an der Schulter getroffen zu werden. Der schwere Handschuh traf sie so hart, dass ihr die Taubheit wie ein elektrischer Schlag durch den Arm raste. Der Griff glitt ihr aus den kraftlosen Fingern, sodass sie die Flinte nur noch am Lauf hielt. Gleichzeitig riss der Dürre die Pistole aus seinem Halfter. Wie in Zeitlupe sah Philine die Waffe hochkommen. Sah den Tod nach sich greifen ... Sie fühlte sich wie gelähmt. Aber ihr Körper handelte, als hätte er mit ihrem viel zu langsamen Verstand nichts zu tun.

Ansatzlos sprang sie einen Schritt nach vorn und schlug mit der Flinte nach dem Dürren. Der Kerl riss die Hand mit der Waffe hoch, um sein Gesicht zu schützen, konnte einem schmerzhaften Treffer aber nicht entgehen. Die Flinte traf seinen Mittelhandknochen und schlug ihm die Pistole aus der Hand. Leider schleuderte der Treffer der aufgeklappten Doppelläufigen auch die beiden Patronen aus den Kammern. Philine und ihr Gegner waren also beide entwaffnet.

Leider war der Dürre eindeutig kampferfahrener und stärker. Unbeeindruckt riss er Philine die Flinte aus der Hand. Erneut handelte ihr Körper, während ihr Denken versteinerte. Sie trat dem Mann mit aller Kraft, die ihre adrenalingefluteten Muskeln besaßen, zwischen die Beine. Der Schmerz musste so überwältigend sein, dass der Dürre nicht mal schreien konnte. Mit verdrehten Augen bäumte er sich auf. Philine – oder vielmehr der seltsame Kriegergeist, der ihren Körper steuerte – nutzte die Gelegenheit, ihm die Flinte wieder aus den Händen zu reißen. Gleich darauf rammte sie ihm den Schaft mit aller Kraft ins Gesicht. Das Geräusch der brechenden Nase ging der jungen Adeligen durch Mark und Bein. Der Dürre legte sich lang, als sei er von Philines G-Modell überfahren worden. Ihrem Körper reichte das aber noch lange nicht. Immer wieder gab sie dem Mann den Schaft zu fressen, bis sein Gesicht nicht mehr als solches zu erkennen war.

Schwer atmend stand sie über der Leiche. Sie fühlte praktisch nichts.

Doch.

Ihr Hals war rau. Sie begriff, dass sie die ganze Zeit geschrien hatte.

Zu keinem klaren Gedanken fähig, sah sie zu, wie ihre Hände die letzten beiden Patronen aus ihrem Bademantel nahmen und die verschmierte Doppelläufige luden. Dann folgte sie der Blutspur, die zur Treppe hinüberführte.

Dutzendgesicht hatte es fast bis ins nächste Stockwerk geschafft. Wimmernd kroch er weiter vorwärts, aber der Blutverlust hatte ihn sichtlich geschwächt. Der Mann war halb tot. Philine hob die Waffe und hätte beinahe abgedrückt. Nein, nicht einfach abgedrückt. Eher, als sei es die natürlichste Sache der Welt, einen Hilflosen zu exekutieren.

„Bitte …“, röchelte der Kerl plötzlich. „Krankenhaus …“

Ins Krankenhaus wollte der Mann? Diese Männer kamen zu viert in ihr Haus, um sie, eine einzelne Frau, heimtückisch umzubringen, und jetzt sollte sie dem Kerl auch noch das Leben retten?

Ja, antwortete sie sich selbst. *Zivilisierte Menschen machten das so. Sie riefen die Polizei und ließen die Behörden das Ganze erledigen.*

Na klar. Und die Behörden glaubten natürlich auch nicht den Polizisten, sondern ihr, der Verrückten, die unter Denkmalschutz stehende Ruinen sprengte und sich idiotische Geschichten ausdachte. Wenn sie jetzt die Polizei rief – egal, welche –, wanderte sie entweder lebenslang in den Knast oder in die Klapsmühle.

„Wer seid ihr?“, fragte Philine. Ihre Stimme klang so rau, dass sie kaum zu erkennen war.

„Olaf Meister“, röchelte ihr Gefangener. „BKA.“

Philine glaubte für einen Moment, den Boden unter den Füßen zu verlieren. Die Männer waren wirklich vom BKA?

Quatsch, wies eine innere Stimme sie zurecht. Die Eindringlinge hatten offensichtlich versucht, sie umzubringen ... Es sei denn, sie war verrückt und bildete sich das Ganze nur ein.

„QUATSCH!", wiederholte Philine den Redebeitrag ihrer inneren Stimme. Allerdings brüllte sie das Wort so laut, dass es kaum zu verstehen war, und rammte dem Schwerverletzten beinahe die Doppelläufige in den Rachen. Es war seltsam, die Hysterie in der eigenen Stimme zu hören, ohne sich hysterisch zu fühlen.

Der Ausbruch schien den Halbbewusstlosen wieder etwas wacher zu machen. „Wir sind ... Es ist nicht meine Schuld ... Bitte ... Krankenwagen ..." Der weinerliche Tonfall ließ Philine einen seltsamen Ekel empfinden. Das Gefühl war so überwältigend, dass sie beinahe abgedrückt hätte.

„Wer hat euch geschickt?", fauchte sie den Schwerverletzten an.

„Das darf ich nicht. Bitte ..." Das Gejammer wurden von einem lauten Schmerzensschrei unterbrochen. Nur mit Verzögerung begriff Philine, dass sie dem Mann zwischen die Beine getreten hatte.

„WER?", schrie sie ihn an.

„Krankenwagen ..." Die Augen des Mannes waren glasig geworden, als würde er durch sie hindurchsehen. Dann begriff sie, dass er tot war.

Du stehst unter Schock, wiederholte die innere Stimme, die sich heute Nacht zu einem Plappermäulchen entwickelt hatte. *Plappermäulchen.* Philine grinste und hoffte im gleichen Moment, dass das nicht ein Zeichen von Wahnsinn war. Aber sie stand nicht nur unter Schock, sondern auch seit mindestens einer halben Stunde unter der Dusche. Es wurde Zeit, sich zusammenzureißen.

Sie hüllte sich in den Bademantel ihrer Schwester und ging in die Küche hinunter, um sich einen Kaffee zu kochen. Ja, wahrscheinlich blieb ihr nicht viel Zeit zum Handeln – die Männer wurden bestimmt bereits vermisst. Aber noch wichtiger als Handeln war, intelligent zu handeln. Sie musste nachdenken. Es ging um ihr Leben, ihre Freiheit und vielleicht auch um das Leben von Jo.

Als die Kaffeemühle zu röhren begann, wurde ihr bewusst, dass es gar nicht viel zu überlegen gab. Ihr blieben im Prinzip nur zwei Optionen: Entweder sie benahm sich wie eine anständige Staatsbürgerin und rief die Polizei – oder eben nicht.

Im ersten Fall würde sie es wahrscheinlich mit einem ebenfalls korrupten Polizisten zu tun bekommen. Vielleicht sogar mit Kommissar Bein. Und selbst wenn nicht. Welcher rational denkende Polizist würde bei den vorliegenden Beweisen ihrer Version der Geschehnisse Glauben schenken? Würde ein Polizist wirklich glauben, dass sich Kollegen von zwei verschiedenen Polizeibehörden zu einem nächtlichen Mord in der Burg verabredet hatten? Oder würde man eher glauben, dass die Verrückte, die sich schon den Mädchensammler eingebildet hatte, im Wahn vier Polizisten umgebracht hatte?

Himmel! Sie war ja selbst verunsichert!

Natürlich hatte sie Beweise: Was hatten die Männer hier mitten in der Nacht zu suchen? Warum war ihre Überwachungsanlage und Telefonverbindung sabotiert? Das Henkersseil ...

Andererseits konnte sie das Seil selbst dort befestigt haben. Sie kannte sich auch zu wenig aus, um zu wissen, ob man die Sabotage der Technik nachweisen konnte. Und wahrscheinlich würde ein unabhängiger Ermittler es auch plausibler finden, dass sie die Männer hergelockt hatte, als dass die Kollegen einem Nebenjob als gedungene Mörder nachgegangen waren. Philine würde im Knast oder in der Klapsmühle landen und wahrscheinlich „Selbstmord begehen". Jo würde auch noch ihren letzten Halt, ihre große Schwester, verlieren und einen Fremden als Vormund bekommen.

Philine hatte sich ihr Leben lang an die Gesetze gehalten und immer versucht, gradlinig durchs Leben zu kommen, aber das war keine Option. Blieb nur noch die zweite Möglichkeit: Sie musste das Ganze vertuschen.

Entschlossen leerte Philine den Kaffeebecher und stand auf. Sie fühlte sich beinahe wieder wie ihr altes, rationales Selbst.

Fünf Minuten später war sie in Blaumann und Arbeitsschuhen zum Haupttor unterwegs, um ihren Tatort zu sichern. Schließlich wäre es schon etwas unerfreulich, wenn Jo, Lieferanten oder sonst wer die Burgherrin beim Wegschaffen von Leichen überraschten. Leider hatte sie auch die Putzkolonne abbestellen müssen. So verführerisch es klang, jemanden dafür zu bezahlen, die Sauerei im und vor dem Jagdzimmer zu entfernen, so sicher würde das unbeantwortbare Fragen nach sich ziehen.

Wie erwartet stand das Tor offen. Wenn man darüber nachdachte, war es wohl auch nicht wirklich ein Hindernis gewesen. Funksteuerungen waren nun mal nicht sicher. Warum hatte Philine es nicht einfach, wie in alten Zeiten, über Nacht mit einem Balken gesichert? Daran hätten sich die Hightech-Einbrecher womöglich schon deshalb die Zähne ausgebissen, weil sie nicht damit gerechnet hätten.

Wenige Minuten später stellte Philine fest, dass ihre eigene Expertise eher zu der ihrer mittelalterlichen Behausung passte. Sie war nämlich zu dämlich, um das Tor zu schließen. Sie begriff natürlich, dass die elektronischen Antriebe blockierten, hatte aber keine Ahnung, was sie dagegen tun konnte. Wahrscheinlich gab es irgendeine manuelle Möglichkeit. Aber wo?

Sie war so konzentriert bei der Arbeit, dass sie das Auto erst bemerkte, als es knirschend auf dem kiesbedeckten Platz unmittelbar vor dem Tor ausrollte.

Philine zuckte zusammen und drehte sich viel zu hastig um. Sicher sah man ihr an, wie sehr sie sich ertappt fühlte. Als sie den Passat von Kommissar Bein erkannte, stieg ihr auch noch das Blut in den Kopf. Sie hätte sich genauso gut ein Schild mit der Aufschrift *SCHULDIG* über den Kopf halten können.

Der Beamte stieg jedoch mit seinem üblichen Lächeln aus dem Fahrzeug. Wenn er ihren Gesichtsausdruck bemerkte, ließ er es sich jedenfalls nicht anmerken.

„Guten Morgen, Frau von Montenbrück", begrüßte er sie freundlich.

„Guten Morgen." Philine rasten die Gedanken durch den Kopf. Sie musste den Mann irgendwie abwimmeln. Als er näher an sie herantrat, schien die Situation immer bedrohlicher zu werden. Womöglich wollte Bein ihr nicht wie üblich auf die Nerven gehen, sondern sie unter die Erde bringen ... Sie fühlte, wie ihr das eben noch in den Kopf geschossene Blut aus dem Gesicht wich.

„Machen Sie sich keine Gedanken", bat der Polizist schmunzelnd. „Sie sehen ganz reizend aus."

Philine brauchte mehrere Herzschläge, bis sie begriff, dass der Beamte ihr seltsames Benehmen auf ihren Aufzug schob. Tatsächlich war sie es nicht gewöhnt, Gäste in Blaumann und Gummistiefeln zu empfangen. Aber hielt er sie wirklich für so eitel, dass sie sich deshalb wie ein beim Knutschen erwischter Backfisch benehmen würde?

„Hätten Sie vielleicht einen Kaffee für einen durstigen Polizisten?", überspielte Bein ihr verblüfftes Schweigen.

„Das kommt gerade ungelegen", begann Philine. Sie sprach extra langsam, um mehr Zeit für eine passende Ausrede zu gewinnen. „Wir sprühen den Hof mit Unkrautvernichtungsmitteln ein. Ohne Schutzkleidung ist das nicht ungefährlich."

Beins Lächeln wurde etwas gezwungener. Er glaubte ihr nicht. *Natürlich nicht,* musste sie zugeben. Er konnte ja in den Hof hineinsehen. Keine Spur von Unkraut, keine Spur von irgendwelchen Sprühvorrichtungen und auch keine Spur von einer Atemschutzmaske.

Dann fiel sein Blick auch noch auf ihre Hosentasche. Philine sah nicht hin, aber ihr war klar, warum er so überrascht aussah. Sie hatte vorsorglich die Pistole eingesteckt, die sie der Tonnenbrust aus der Hand geschlagen hatte. Zumindest zu dem Zeitpunkt war ihr das als eine gute Idee erschienen. Allerdings musste sich die schwere Waffe überdeutlich abzeichnen.

Nach einem Moment unangenehmer Stille warf der Beamte einen kurzen Blick die Auffahrt hinunter und machte einen vorsichtigen Schritt zurück.

Die seltsame Reaktion ließ bei Philine alle Alarmglocken klingeln. Was hatte der Blick zu bedeuten? War er nicht allein? Oder wollte er sichergehen, dass es im Moment keine Zeugen gab?

„Ich will sie auch nicht lange stören", versprach Bein deutlich ernüchtert. „Ich vermisse meinen Partner Oberkommissar Kaltbeisser. Sie haben ihn nicht zufällig gesehen?"

„Wie kommen Sie darauf, dass er hier ist?" Philine hätte sich ohrfeigen können, aber sie spürte nur zu genau, wie ihr das Blut wieder in den Kopf schoss. Sie war eine grauenvoll schlechte Lügnerin mit einem furchtbar lästigen Gewissen.

Beins Blick wurde kühler. „Sein Auto steht auf Ihrer Zufahrt. Wenn Sie einen Schritt herauskommen, können Sie es sehen."

„Das ist ja merkwürdig. Ich habe ihn nicht getroffen", versicherte sie, ohne auch nur daran zu denken, herauszukommen. Dabei versuchte sie, so unschuldig wie möglich auszusehen. Wäre sie nackt gewesen, hätte sie als Streichholz zum Karneval gehen können.

„Möglicherweise ist er unbemerkt hereingekommen und hat sich verlaufen." Beins Lächeln war jetzt nicht mehr wächsern, sondern geradezu feindselig. „Vielleicht sollte ich suchen helfen. Nicht dass ihm noch etwas passiert, wenn Sie das Pflanzengift sprühen."

„Keine Sorge, in Innenräumen ist er außer Gefahr", versicherte Philine. „Und hier draußen würde ich ihn ja sehen. Der taucht bestimmt wieder auf."

„Hat er Sie womöglich gestern Abend besucht und das Auto stehen lassen?"

„Nein", wiederholte die Hausherrin. „Das letzte Mal habe ich ihn gesehen, als er in meinen Smart eingestiegen ist." Nach einem Moment lastender Stille beeilte sie sich hinzuzufügen: „Danke noch mal dafür. Meine Werkstatt hat mir schon geschrieben, dass ich den Wagen abholen kann."

Wieder ein Moment unangenehmen Schweigens.

„Sind Sie sicher?", fragte er. Es klang wie eine Drohung.

„Bin ich. Danke." Philine bedankte sich ständig, wenn sie nervös war. Wieder so eine Schwäche.

Der Beamte warf einen kurzen Blick auf ihre Hosentasche, um ihr danach wieder in die Augen zu sehen.

„Wenn Sie sich doch an etwas erinnern. Oder es sich anders überlegen ..."

„Habe ich Ihre Karte. Vielen Dank."

Nach einem weiteren durchdringenden Blick wandte sich Bein um und ging langsam zu seinem Wagen zurück. Als könne er dadurch doch noch etwas erfahren, ließ er den Blick über die Mauern schweifen, aber die Mauern der von Montenbrücks waren im Gegensatz zur Hausherrin undurchschaubar.

Philine erwartete beinahe, dass er sich in alter Colombo-Manier noch einmal umdrehte und sie mit einer letzten Frage doch noch überführte. Aber dann stieg der Mann endlich ein, wendete den Wagen und fuhr mit missmutigem Blick die Zufahrt hinunter.

Als er außer Sicht war, schien endlich wieder Luft in die Lungen der Gräfin zu passen. Dabei hatte sie keinen Grund zum Aufatmen. Bein würde garantiert sofort zum Staatsanwalt laufen, um einen Durchsuchungsbefehl zu beantragen. Und das würde er unabhängig davon tun, ob er mit drinhing oder nicht. Im ersten Fall würde er Philine aus dem Verkehr ziehen, im zweiten seine Pflicht erfüllen. Sie hatte absolut keine Zeit zu verlieren. Spätestens jetzt würde ihr auch niemand mehr glauben. Ein Beamter, der zu seinem Nebenjob als Killer mit dem eigenen Auto fuhr?

Philine ließ das Tor einfach offen stehen, holte die von den Restaurierungsarbeiten im letzten Jahr übrig gebliebenen Bauplanen aus dem Schuppen und lief so schnell, wie sie den schweren Kunststoff die Stufen hinaufwuchten konnte, zum Tatort.

Die Hektik machte das Wegschaffen der Leichen auf seltsame Weise sogar einfacher. Keine Zeit für Ekel, Zweifel oder Pietät. Zudem schloss die gebotene Eile auch den konventionellen Weg aus. Statt die Männer also ordentlich zu verpacken und Stufe für Stufe nach unten zu befördern, rollte sie die Leichen in ihre Planen, verschnürte sie, zerrte sie zum Fenster und warf sie aus dem dritten Stock in die Pferdekoppel hinunter. Die Angst vor dem Entdecktwerden peitschte ihren Adrenalinspiegel so hoch, dass sie über die eigene Kraft nur staunen konnte.

Kaum waren die Leichen über die Brüstung gehievt, lief Philine in die Garage hinunter und startete das Quad, mit dem ihr Vater während seiner Jagdausflüge unterwegs gewesen war. Im Geist gratulierte sie sich dazu, Jo erlaubt zu haben, mit dem bulligen Mobil über ihr Grundstück zu brettern. Ohne Wartung wäre das Ding wohl sonst nicht mehr angesprungen. Sie kuppelte Vaters alten Anhänger ein und fuhr so eilig aus der Garage, dass sie einen langen, hässlichen Kratzer in der frisch renovierten Wand hinterließ.

Selten war ihr etwas so egal gewesen.

Als sie die Leichen erreichte, wurde ihre Arbeit fast zur Routine. Wie sie es von ihrem Vater mit frisch erlegtem Wild gelernt hatte, schlug sie den Fleischerhaken in ihre *Beute* und ließ sie von der eingebauten Winde auf den Anhänger ziehen. Was für die kleine Philine ein wirklich traumatischer Vorgang gewesen war, berührte die große Philine nicht mehr. Vielleicht weil die Winde keine unschuldigen Hirsche und Wildschweine, sondern in undurchsichtige Folien verpackte Möchtegernmörder am Haken hatte. Womöglich stand die Adelige auch einfach zu sehr neben sich, um die eigenen Gefühle zu registrieren.

Während sie mit ihrer Ladung zur Außenburg hinunterrumpelte, wurden in der Ferne Sirenen hörbar. Die Polizei! Sie kamen, um die Hausdurchsuchung durchzuführen! Philine begann so sehr zu zittern, dass sie beinahe die Kontrolle über das instabile Fahrzeug verloren hätte. Erst nach mehreren tiefen Atemzügen war ihr Verstand in der Lage, sie zu beruhigen.

Die Polizei kam mit Sicherheit nicht mit Blaulicht zu einer Hausdurchsuchung. Und so schnell mahlten die Mühlen der Justiz auch nicht ... hoffte sie. Tatsächlich wurden die Martinshörner kurz darauf leiser, bis sie vollends mit den weit entfernten Verkehrsgeräuschen verschmolzen.

Endlich erreichte Philine den Rand ihres Privatwaldes. Ungeschickt rangierte sie den Anhänger vor das „Feuerchen“. Ein kleines Krematorium, das Philines Vater erbaut hatte, um Tierkadaver und deren Reste zu verbrennen. Morbiderweise war es einem historischen Vorbild aus Frankreich nachempfunden. Inklusive Symbolen und Inschriften. Ihrem Vater hatte es so sehr gefallen, dass er hier verbrannt werden wollte. Leider hatte die Bürokratie die Erfüllung seines Wunsches unmöglich gemacht. Philine fand es ironisch, dass ausgerechnet die Männer, die Vaters Lieblingstochter töten wollten, seinen Wunsch erfüllt bekommen sollten. Wie stillos. Weise Leute ließen doch angeblich die Leichen ihrer Feinde im Fluss an sich vorbeitreiben.

Philine begann lauthals loszulachen. Dabei fand sie den Witz gar nicht lustig. Es klang auch nicht wie ihr Gelächter, was da aus ihrem Hals kam und ihren Körper schüttelte. Etwas *Fremdes* schien sie zum Ausdruck der eigenen Heiterkeit zu benutzen.

Nein, nicht Heiterkeit. *Vergnügen.* Etwas Dunkles in ihr genoss es, hier zu sein. Fühlte sich mächtig, weil sie vier Männer getötet hatte und sich nun den Regeln, an die sie sich ihr Leben lang gehalten hatte, widersetzte.

Philine fürchtete um ihren Verstand. Für einen Moment wollte sie in den Rückspiegel des Quads sehen, aber sie wagte es nicht. Sie ahnte, dass sie wieder die Fremde erblicken könnte, die ihr aus dem Spiegel im Jagdzimmer in die Augen geschaut hatte.

Gerade wollte sie sich für diese Feigheit schämen, als sie bemerkte, dass sie bereits die erste Leiche vom Anhänger zerrte. Wie schon beim Kampf gegen ihre Häscher schien ihr Körper ein Eigenleben zu führen.

Vielleicht ... vielleicht brauchte sie diese *andere* Philine. Um nicht ganz allein zu sein. Nur so lange, bis all das ausgestanden war ... Nur so lange, dass sie nicht den Verstand verlor.

Cyndi Lauper riss Philine aus tiefstem Schlaf. Desorientiert brauchte die Gräfin einen Augenblick, um zu realisieren, dass Cyndi nicht persönlich neben ihr stand. Es war nur ihr Handy, das *Girls just wanna have fun* zum Besten gab. Den Klingelton, den Philine ihrer kleinen Schwester zugeordnet hatte.

Wieso aus dem Schlaf? Sie hatte sich doch nur umziehen wollen, nachdem sie stundenlang geputzt hatte. Und ... ihr Handy funktionierte?

Verwirrt nahm Philine den Anruf entgegen. „Ja?"

„Musstest du erst noch ein paar Kartoffeln für das Abendessen erlegen, bevor du ans Telefon gehen konntest?", fragte Jo hörbar vergnügt.

„So ähnlich."

„Und was ist aus *Sie sprechen mit Philine von Montenbrück, guten Tag* geworden?" Dabei ließ sie die Philine-Parodie mit näselnder Stimme sprechen.

Es ging Jo gut. Ihre Welt war vollkommen in Ordnung. Philine hätte vor Glück in Tränen ausbrechen können.

„Ich habe meinen Begrüßungsspruch an Hollywood verkauft. Die machen einen Film daraus", blödelte sie mit.

Jo giggelte in ihrer unnachahmlichen Art. So wie früher. Seit sie neben ihr im Krankenhaus aufgewacht war, waren sich die Schwestern wieder viel näher gekommen.

„Ich würde ja gerne mit dir anstoßen", beteuerte Jo. „Aber Katja und ich haben Kinokarten ..."

„Du willst heute wieder bei ihr übernachten?"

„Ja."

Eigentlich hatten sie sich darauf geeinigt, dass Jo nur zweimal die Woche bei ihrer Freundin schlief. Aber heute war es Philine ganz recht, wenn Jo nicht hier war. Vor allem freute sie sich, dass Jo von sich aus um Erlaubnis bat. Kein *Du bist nicht meine Mutter* oder *Du hast mir gar nichts zu sagen.*

„Dann wünsche ich euch viel Spaß", sagte Philine aufrichtig. „Die erbeuteten Kartoffeln musst du dann morgen essen."

„Nein, nein. Morgen schlafe ich ja regulär bei Katja." Jo klang so fröhlich, dass es Philines Herz erwärmte.

„Dann lasse ich sie einfach im Ofen, bis sie verbrannt sind", drohte die ältere Gräfin.

„Sadistin!"

„Ich ... Ich hab dich lieb, Jo." Der Satz kam Philine einfach über die Lippen und klang unangemessen ernst. Aber er hatte rausgemusst.

„Ich dich auch ... bist du okay?" Jo klang besorgt. „Ich kann auch nach Hause kommen. Wirklich kein Problem."

„Ach was. Ich denke im Moment nur über vieles nach. Es tut mir gerade ganz gut, allein zu sein", versicherte Philine.

„Okay. Aber wenn du mich brauchst, musst du nur Bescheid sagen, ja?"

„Mach ich. Versprochen. Grüß Katja von mir."

Als die Verbindung beendet war, wich das warme Gefühl in ihrem Bauch nach und nach Verwirrung. Sie hatte splitterfasernackt auf ihrer Tagesdecke geschlafen, ohne sich bewusst hingelegt zu haben. Doch das ließ sich erklären: Nach fast sechs Stunden Horrorputzdienst hatte sie ihren Blaumann und ihre

Unterwäsche in eine Mülltüte gesteckt und unten stehen lassen. Dann war sie in ihr Schlafzimmer gegangen, um sich wieder anzuziehen. Offenbar war sie so fertig gewesen, dass sie einfach eingeschlafen war.

Aber das Telefon funktionierte wieder. War die Telekom in der Burg gewesen, um die Funkanlage zu reparieren? Oder war womöglich nur ihr Handy vom Netz getrennt gewesen?

Die Diode ihrer Überwachungsanlage leuchtete jedoch noch immer nicht. Sogleich versuchte Philine, sich über die App in das System einzuloggen – was kein Problem war. Laut App hatte sie heute Nacht um kurz vor elf das Tor geöffnet und danach die gesamte Anlage deaktiviert. Also ein Hackerangriff. Wobei sich die Gräfin fragte, warum es überhaupt die Deaktivierungsfunktion gab. Was zum Geier konnte es für eine Situation geben, in der man nicht nur die Alarmanlage und die Kameras, sondern auch die Türbedienung, Gegensprechanlage, Feueralarm und den automatischen Notruf deaktivieren wollte?

Egal. Philine hatte noch viel zu tun, und es dämmerte bereits.

Sie aktivierte die gesamte Anlage, zögerte und schaltete die Kameras wieder ab. Sie wollte nicht bei ihren letzten Aufräumarbeiten gefilmt werden. Dann schwang sie die Beine aus dem Bett und zog sich an.

Auf dem Weg nach unten rang sie zunächst mit der Erkenntnis, dass ihr Körper auf den Putzdienst noch weit schlechter als aufs Kämpfen reagierte. Beine, Füße und Arme taten ihr so weh, dass sie kaum die Treppe hinunterkam. Dann jedoch setzte das Grübeln wieder ein.

Bein war vor über acht Stunden weggefahren. Bestimmt hätte er schon lange wieder mit einem Durchsuchungsbefehl hier sein können. Wo blieb er? War sie doch nicht verdächtig genug gewesen? Oder brauchte er mehr Beweise? Zum Beispiel ein Logfile, in dem von ihrem Handy aus kurz vor der Ermordung von vier Polizisten die Überwachungsanlage ausgeschaltet und nach ihrem Putzdienst wieder aktiviert worden war? Hatte es vielleicht länger gedauert, ihr Handy wieder mit dem Netz zu verbinden? Stürmte die Polizei gleich das Haus?

Blödsinn, sagte sie sich. Es wäre viel eindeutiger gewesen, die Mörderin mit blutverschmiertem Blaumann beim Reinigen des Tatorts zu erwischen.

Philine warf im Vorbeigehen einen kritischen Blick ins Jagdzimmer und in den Flur. Es war wohl noch nie so sauber gewesen, weil die Familie immer Wert auf sanfte Reiniger zur Schonung des Bodens und der Oberflächen gelegt hatte. Jetzt roch es nach Bleiche. Jo würde staunen. Philine machte sich aber keine Illusionen. Wenn die Spurensicherung hierherkam, würde sie wahrscheinlich auch etwas finden. Sie konnte nur hoffen, dass die Mörderbande ihren Kumpanen nicht gesagt hatte, wo im Schloss man die Gräfin über den Jordan zu bringen gedachte.

Sie griff den Sack mit den blutverschmierten Klamotten und ging in den Hof hinunter. Wahrscheinlich wäre auch ein Kamin mit den textilen Überbleibseln ihres Putzeinsatzes fertiggeworden. Da die Gummistiefel aber sicherlich stinken würden und sie ohnehin nach dem Krematorium sehen musste, schlenderte sie den Weg zu ihrem Privatwald hinunter.

Ja – *schlenderte*.

Wieso war sie nur so entspannt? Vielleicht, weil es nichts mehr zu tun gab? Sicher nicht.

Sie könnte noch Müll und Abfall zusammenkramen, um ihn ebenfalls im Krematorium zu entsorgen. So hätte sie eine Antwort für neugierige Frager, und wenn die Spurensicherung die Asche untersuchte, würde sie wahrscheinlich nichts Verdächtiges mehr finden. Sie könnte auch andere Bereiche der Burg mit Bleiche putzen, um die Spurensuche zu erschweren.

Und sie könnte einen Sicherheitstechniker anheuern, der ihre Anlage überprüfte. Oder sogar einen Leibwächter. Sie musste auch noch frische Munition für Papas Flinte besorgen. Sicher fielen ihr noch hundert weitere Dinge ein, die sie erledigen konnte oder sogar musste.

So viel zu tun, aber sie schlenderte. Vielleicht war es auch nur die *andere Sie*, die gerade ihren Körper steuerte.

Als das Krematorium in Sicht kam, stieg kaum noch Rauch aus dem Schornstein. Philine staunte, dass überhaupt noch etwas zu sehen war. Umso einfacher würde es sein, ihre letzte Fracht dem Feuer zu überantworten.

Wenige Augenblicke später stand sie endlich vor dem Gemäuerchen und stutzte. Ein Stück Plastik lag direkt vor dem Eingang. War jemand hier gewesen? Philine fühlte, wie sich ihre Kopfhaut zusammenzog. Die Pistole des mageren Häschers sprang ihr geradezu in die Hand, was, so wurde ihr gleich darauf bewusst, wohl die dämlichste Reaktion von allen war. Schlimmstenfalls hatte die Polizei sie entdeckt. Dann lauerten die Beamten oder sogar das SEK hinter irgendwelchen

Bäumen und hätten jetzt eine tolle Ausrede, sie über den Haufen zu schießen. Viel wahrscheinlicher waren es aber wieder irgendwelche Halbstarken, die sich auf ihrem Grundstück herumtrieben. Die würden eher neugierig oder – noch schlimmer – riefen die Polizei, wenn die Eigentümerin gleich zur Waffe griff.

Dennoch blieb der Schießprügel in ihrer Hand. Er gab Sicherheit. Oder die *andere* Philine mochte das Gefühl von Sicherheit. Von *Macht.*

Das Stück Plastik war etwa so groß wie eine Kreditkarte, aber bis auf ein Logo und die Zahl 304 unbedruckt. Zögernd hob sie das Ding auf. Es war eine Schlüsselkarte. Offenbar für das Zimmer 304 des *Corvus Hotel & Spa.*

Philine blinzelte. Dann erst begriff sie, dass ihr Fund von einem ihrer Opfer stammen musste. Zu stürzen, grob in Folie eingerollt und aus dem Fenster geworfen zu werden, mochte das eine oder andere aus den Taschen zutage fördern. Wahrscheinlich war die Karte schon lose innerhalb der Folie herumgeflogen und hatte sich beim Ausladen selbstständig gemacht.

Warum zum Teufel hast du die Leichen nicht durchsucht?, fragte sie sich. Nein: *schrie sie sich an.* Sie hätte wichtige Spuren und Beweise finden können! Und womöglich hatte sie jetzt auf dem ganzen Weg weitere Spuren hinterlassen.

Ich bin nach Beins Besuch in Panik gewesen, verteidigte sie sich. Es hatte alles so schnell gehen müssen.

Du musst das anders sehen, schien sich eine dritte Stimme einzumischen. *Das Schicksal ist auf deiner Seite und hat dir diese Karte geschenkt.*

Das mochte stimmen. Nur leider war mit der Karte allein nicht viel anzufangen. Also erwartete das Schicksal wohl, dass sie sich in einen kameraüberwachten Bereich begab, um in das Zimmer eines Polizisten einzubrechen …

Danke, Schicksal.

Philine fühlte sich, als würde sie in einem schlechten Film mitspielen. Verborgen hinter einer Sonnenbrille, die jede Fliege vor Neid erblassen lassen musste, in einem dicken Mantel, Handschuhen und unter einer offensichtlich als solche zu erkennenden Perücke betrat sie die großzügige Lobby des *Corvus Hotel & Spa.*
Zunächst freute sie sich, dass der Empfang bis auf einen Mitarbeiter des Hotels und zwei Gäste verwaist war. Erst als die Drehtür hinter ihr lag, wurde ihr bewusst, dass bei so einer knappen Besetzung jeder weiteren Person zwangsläufig für einen Moment die ungeteilte Aufmerksamkeit aller Anwesenden zuteilwurde. Vor allem, wenn die Person in einer warmen Nacht im Wintermantel und mit Sonnenbrille hereinstolzierte. Jeder hier würde sich an sie erinnern, verdammt!
Philine versuchte sich nichts anmerken zu lassen und ging mit gesenktem Kopf auf den Fahrstuhl zu. Im Augenwinkel konnte sie die Blicke der Männer wahrnehmen … Aber sie schienen ihr vor allem auf den Hintern zu schauen, der unter dem Mantel allerdings kaum auszumachen sein konnte.
Erst als sie in der Fahrstuhlkabine angekommen war und frech angegrinst wurde, begriff sie: Die Kerle hielten sie für eine Fremdgeherin, die sich schlecht

verkleidet hatte. Und vermutlich glaubten sie, dass sie unter dem Mantel nackt war.

Philine spürte, dass sie rot wurde. Dabei sollte sie sich freuen, die Zeugen würden sich wahrscheinlich an sie erinnern – bestimmt würde sie aber niemand mit einem Mord in Verbindung bringen.

Ihr Gedankengang wurde durch das Zurückgleiten der Türen unterbrochen. Sie blickte direkt in die Gesichter von zwei jungen Männern, die offenbar auf den Fahrstuhl gewartet hatten. Die beiden grinsten sie genauso dämlich an wie die Typen in der Lobby.

„Der Junggesellenabschied ist im vierten Stock", sagte einer von ihnen, als sie ausstieg. Himmel! Hielten die sie für eine Stripperin?

„Danke, ich suche nur das Klo", plapperte sie und wurde rot. Die beiden lachten schallend los.

„Zimmer 308", sagte einer von ihnen augenzwinkernd.

„Vergiss aber nicht, dir wieder was anzuziehen, bevor du hochkommst", mahnte der andere anzüglich. Dann schloss sich endlich die Fahrstuhltür hinter ihnen.

Mist, Mist, Mist! Die beiden würden sich ebenfalls an sie erinnern. Schlimmer noch: Sie würden im Nachhinein begreifen, dass sie nicht die Stripperin und damit verdächtig war. Und sie hatten ihre Stimme gehört!

Sinnlos, sich aufzuregen, stellte sie fest. Und dämlich, hier herumzustehen, bis der Nächste vorbeikam.

Schnellen Schrittes ging sie den Flur hinunter. Dabei fiel ihr eine dunkle *Beule* in der Decke auf. War das ein Feuermelder? Durch die Sonnenbrille konnte sie es nicht genau erkennen. Aber Feuermelder waren gewöhnlich weiß. Solche Beulen kannte sie eigentlich nur aus der U-Bahn. Und da waren es Kameras.

Also musst du dir wegen der menschlichen Zeugen keine Sorgen mehr machen, fand die *andere* Philine. Sie klang vergnügt. Sie spürte, wie sie zu schmunzeln begann.

Erst als sie endlich vor Zimmer 304 stand, kam der angemessene Ernst zurück. Ein Schild mit der Aufschrift *„Bitte nicht stören"* hing an der Klinke. Philine war nicht beeindruckt. Ohne zu zögern, holte sie die Schlüsselkarte aus dem Mantel und öffnete die Tür.

Ein generisches Hotelzimmer in hellen Holztönen erwartete sie. Nicht gerade stylish, aber bis auf das benutzte Kondom auf dem Kopfkissen auch keine Beleidigung fürs Auge. Schnell trat sie ein und schloss die Tür hinter sich. Ein seltsames Gefühl von Sicherheit breitete sich in ihrem Magen aus. Hier würde sie keine weiteren Zeugen befürchten müssen. Es fühlte sich erstaunlich normal an, in die Privatsphäre eines anderen einzudringen.

Weniger philosophieren, mehr umschauen, mahnte sie sich. Sie wusste zwar nicht, wonach genau sie suchte, aber immerhin war der Suchbereich begrenzt: Ein Zimmer und ein kleines Bad. Ein Set zur Waffenreinigung lag offen auf dem Tisch im Schlafzimmer herum. Daneben ein Pornoheft. *Pornoheft?*

Sie war nicht gerade eine Fachfrau, aber ihres Wissens nutzte der moderne Mann eher Internetpornos für den Handbetrieb. Gerade auf Reisen. War das ein Hinweis?

Mit spitzen Fingern nahm sie das Schmuddelmagazin in die Hand und blätterte es durch. Schlecht fotografierte nackte Frauen mit grotesk großen künstlichen Brüsten und verlebten Gesichtern auf jeder Seite. Viele von ihnen Jahrzehnte älter, als Philines Mutter es heute gewesen wäre. Mit jedem Umblättern war sich Philine sicherer, dass niemand so ein Heftchen aus erotischen Gründen dabeihatte. Während sie Seite um Seite nach geheimen Botschaften oder verborgenen Papierstückchen absuchte, begann die Übelkeit langsam ihren Hals hinaufzukriechen. Als sie dann auf eine Seite stieß, die mit der darauf folgenden zusammenklebte, war sie regelrecht erleichtert. Hier konnte der Hinweis verborgen sein!

Vorsichtig versuchte sie, die Seiten zu trennen. Die Verklebung war nur an wenigen Stellen. Als hätte jemand willkürlich dünnflüssigen Klebstoff daraufgetropft. Es war also möglich, einen Blick zwischen die Seiten zu werfen ...

Nichts.

Schlagartig dämmerte ihr, welcher Natur der *Klebstoff* tatsächlich war. Ihr wurde so übel, dass sie sich beinahe übergab. Angewidert ließ sie das Heft auf den Tisch fallen und kämpfte den sauren Geschmack in ihrem Mund nieder.

Aber sie hatte keine Zeit für Übelkeit. Philine riss sich zusammen und suchte weiter.

Auf dem Tisch stand noch eine benutzte Tasse. Der Mülleimer war bis auf eine Coladose und Taschentücher leer. Auch der Kleiderschrank war bis auf einen Satz Wechselkleidung und eine leere Reisetasche ungenutzt. Der Einbausafe stand offen, und es war auch nichts irgendwo druntergeklebt.

Geklebt. Erneut stieg Übelkeit in ihr auf.

Hättest du die Leichen durchsucht, müsstest du vielleicht gar nicht hier sein, merkte ihre innere Stimme an. Leider hatte sie recht. Schlimmer noch: Vielleicht gab es gar nichts zu finden.

Auf dem Nachttisch lagen eine angebrochene Packung Kaugummis und ein Etui mit Sonnenbrille. In der Schublade … Ein Autoschlüssel! Ihr Häscher fuhr offensichtlich Ford.

Wäre er doch nur damit fortgefahren. Es war nicht mal ein Kalauer. Dennoch fühlte Philine ein unwiderstehliches Kichern in sich aufsteigen. Zugleich von Grauen und viel zu lautem Lachen geschüttelt, stand sie mitten im Zimmer. Der Spiegel des Kleiderschranks zeigte aber nicht sie, sondern die *andere* Philine. Vielleicht war es die blonde Perücke, aber sie wirkte noch fremder als zuvor. Und diesmal zog sie sich auch nicht sofort zurück. Überdeutlich konnte die Adelige unnatürliche Kälte in den Augen der *anderen* sehen.

„Ich werde nicht verrückt", sagte sie entschieden zu der *anderen*. „Du bist nur ein Teil von mir. Hör auf, mir Angst zu machen."

Die Philine auf der anderen Seite des Spiegels sah reglos zurück. Ihr reales Gegenstück glaubte etwas Dämonisches in den Augen erkennen zu können. Aber auch … *Freundlichkeit.*

„Bitte", bat Philine leise, „mach mich nicht kaputt."

Dann war sie plötzlich wieder allein. Es war erleichternd, aber auch beunruhigend. Eine gute Minute lang stand Philine einfach im Zimmer und fasste sich.

Sie schloss ihre Durchsuchung ohne weitere Zwischenfälle, aber auch ohne etwas gefunden zu haben, ab. Blieb nur noch der Autoschlüssel. Nachdenklich sah sie ihn für einen Moment an. Würde wirklich jemand etwas Wichtiges im Auto liegen lassen, wenn ihm ein Safe im Zimmer zur Verfügung stand?

Andererseits vergnügte sich der Mann im goldenen Zeitalter von Internetpornos mit einem schlecht fotografierten, billig gedruckten Heftchen mit den hässlichsten Frauen, die Philine je gesehen hatte. Wenn sie wirklich wissen wollte, wer hinter ihr her war, konnte sie sich die Gelegenheit nicht entgehen lassen.

Tief durchatmend verließ sie das Zimmer und fuhr wieder in die Lobby hinunter. Diesmal war der Mann hinter der Rezeption allein und schenkte ihr nur einen kurzen Blick. In der Drehtür begegnete sie jedoch einem Mädchen mit Sonnenbrille, blonder Perücke und Mantel. *Die echte Stripperin!,* schoss es Philine durch den Kopf. Sie war hier buchstäblich als Stripperin verkleidet hereingekommen! Durch die Drehtür und zwei Sonnenbrillen hindurch war nicht zu erkennen, ob die andere sie ebenfalls anstarrte.

Philine hatte auch keine Zeit, dem surrealen Moment nachzuhängen – wobei sie nicht sicher war, ob sie diese Begegnung angesichts der letzten Tage noch als surreal bezeichnen konnte.

Jedenfalls begann sie eifrig die Fernbedienung des Autoschlüssels zu drücken. Auf dem Vorplatz reagierte nichts, also ging sie zum Parkplatz hinüber. Kameraüberwacht, stellte sie im Näherkommen fest.

Andererseits hatte das Hotel mit Sicherheit schon bessere Aufnahmen von ihr. Solange kein Auto fehlte, würde sich vielleicht auch niemand die Mühe machen, die Kameras zu prüfen. Philine war jedenfalls weit darüber hinaus, sich deswegen allzu große Gedanken zu machen.

Der Parkplatz war nicht gerade klein, aber auch nicht zu groß, als dass man ihn nicht gut überblicken konnte. Zudem war er flächendeckend ausgeleuchtet. Die Kameras würden gute Aufnahmen von ihr machen.

Immerhin reagierte schon nach wenigen Schritten ein Auto mit heftigem Blinken auf die Fernbedienung. Philine war erleichtert, auch wenn das Fahrzeug wirklich eine Beleidigung fürs Auge war. Der SUV stand direkt unter einer Laterne. Im Katalog hieß die Farbe wahrscheinlich *Karamell.* Die adelige Ästhetin assoziierte mit dem Hellbeigebraun eher die andere Seite der Stoffwechselkette. Die ungesunde andere Seite. Auch der Innenraum ließ Philine an der seelischen Verfassung des Käufers zweifeln – hellbraun mit grauem Muster.

Ich rege mich gerade über die Geschmacksverirrung meines Beinahemörders beim Autokauf auf, wurde Philine bewusst. Das musste eine besondere Form von Dekadenz sein.

Sie öffnete den muffig riechenden Kofferraum. Alles war voller Sand. Dazu ein Paar dreckiger Gummistiefel und ein Angelkoffer. Nicht sehr vielversprechend.

Philine nahm sich nicht die Zeit für eine eingehendere Untersuchung, sondern setzte sich auf den Beifahrersitz. Hier roch es unangenehm süßlich. Der Fußraum war voller Fast-Food-Verpackungen. Ein halb voller Coffee-to-go-Becher schimmelte im Getränkehalter vor sich hin, und das Lenkrad war mit einer undefinierbaren Schmiere bedeckt. Sie staunte. Im gesamten Innenraum lag Kleinkram wie Münzen, benutzte Q-tips und Taschentücher herum. Selbst mit

Handschuhen musste sie sich überwinden, überhaupt etwas anzufassen. Das Handschuhfach war hingegen aufgeräumt und enthielt neben zwei Dosen Whisky-Cola auch eine angebrochene Packung Kondome.

Philine wollte die Durchsuchung des Autos schon als schlechte Idee abhaken und gehen, als ihr Blick auf die Mittelkonsole fiel. Eine Funkfernbedienung! Mit einer Seriennummer darauf! Sie hatte einen guten Freund, der sie auch bei der Wahl ihrer eigenen Sicherheitsanlage beraten hatte. Ja, Aaron konnte vielleicht etwas damit anfangen.

Philine machte ein Foto und achtete darauf, dass die Nummer gut zu erkennen war. Gleich darauf steckte sie den Autoschlüssel ins Zündschloss und verließ den Wagen.

Sie wollte sich schon freuen, endlich eine Spur gefunden zu haben, bis ihr die Tatsachen bewusst wurden.

Wahrscheinlich hatte sie gerade die Fernbedienung zur Garage des Mannes fotografiert. Selbst wenn Aaron die zugehörige Anlage finden sollte, brachte ihr das nichts. Außerdem war die Adresse des Automisshandlers auch etwas, was man – vermutlich einfacher – über das Kennzeichen herausfinden konnte. Der Wert des Öffners war nicht die Adresse, sondern der Zutritt zu dem Tor, das er öffnen konnte.

Philine kehrte um, öffnete den Wagen und nahm die Fernbedienung an sich. Dann machte sie ein Foto vom Nummernschild und ging.

Erst auf dem Weg zu ihrem weit entfernt geparkten Auto wurde ihr bewusst, wie wenig sie erreicht hatte. Im besten Fall öffnete ihr die Fernbedienung eine Garage, die ohne weitere verschlossene Tür ins Haus ihres Häschers führte. Das war nicht nur ein großer Bereich, wenn man nicht wusste, wonach man suchte, sondern wahrscheinlich ebenfalls versifft oder von weiteren Personen bewohnt oder beides. Zudem würde die Polizei ziemlich zeitnah ebenfalls dort auftauchen.

Dort einzubrechen war also ein großes Risiko ohne wirkliche Aussicht auf Erfolg.

Aber es wird Spaß machen, vermutete eine Stimme in ihr, die Philine nicht hören wollte.

Kapitel 2 – Blickkontakt mit einer Toten

„Geht's dir gut, Philine?", fragte Aaron plötzlich und schreckte sein Gegenüber damit aus den Tagträumen. Philine hatte sich in das unvermeidliche Geplänkel gefügt, das jedem Treffen mit Aaron vorausging. Egal, wie tiefgründig die Themen wurden – sie begannen immer mit unverbindlichem Small Talk. Aber heute fiel es ihr wirklich schwer, sich darauf zu konzentrieren. Seit sie sich zum Mittagessen gesetzt hatten, wartete sie auf die Gelegenheit, endlich ihre Frage anbringen zu können. Sie wusste nur noch nicht wie.

Gab es einen unauffälligen Weg, nach der Registriernummer einer Fernbedienung zu fragen?

„Das war gerade meine dritte anzügliche Bemerkung über dein Äußeres, und du hast noch immer nichts über die Meinung meiner Frau dazu gesagt." Aaron grinste charmant. Mit der albernen blonden Tolle und den strahlend blauen Augen wirkte er trotz seiner fast vierzig Jahre wie ein Teenie-Idol. Allerdings verbarg sich hinter der blonden Jüngelchenfassade ein sehr aufmerksamer und intelligenter Mann.

„Mein Gott", sagte er, als er ihre Reaktion bemerkte. „Was ist los?"

„Ich ..." Philine zögerte. Dann begriff sie, wie dämlich das war. Sie hatte ihn doch extra zum Italiener eingeladen, um ihn um Hilfe zu bitten. „Ich habe eine Bitte", erklärte sie leise. „Ich will aber nicht, dass du Fragen stellst."

„Ich werde höchstens fragen, wo die Leiche liegt, die ich wegschaffen soll“, witzelte er ebenso leise.

Philine fühlte sich ertappt und starrte ihn einen Moment an.

„Das war ein Witz“, flüsterte Aaron und nahm ihre Hand. Plötzlich wurde er ernst. „Oder gibt es wirklich eine Leiche wegzuschaffen?“

Eine?, dachte Philine und hätte beinahe humorlos gelacht. Dann sah sie ihm in die Augen und fragte sich, ob er ihr tatsächlich bei einem Mord helfen würde. So eng war ihre Freundschaft nun auch nicht. Hatte sie die Bedeutung des albernen Geflirtes so falsch eingeschätzt? Sie war sich nicht mehr sicher. Sie war sich gar nichts mehr sicher.

„Philine?“, fragte er nun sichtlich beunruhigt.

Sie wollte ihm schon die Fernbedienung geben, entschied sich aber dagegen. Was, wenn man das Ding bei ihm fand? Diebesgut aus dem Besitz eines toten Polizisten. Das wollte sie ihm nicht antun. Also holte Philine das Handy heraus und zeigte ihm nur das Foto. „Kannst du mir sagen, zu welcher Garage die gehört?“

Die Verblüffung war ihm deutlich anzusehen. Er nickte nachdenklich.

„Eigentlich nicht. Aber wenn es so wichtig ist, werde ich einen Weg finden“, versprach er. „Schick mir einfach das Foto.“

Eine völlig irrationale Welle der Erleichterung rollte über Philine hinweg. Auch wenn sie sich noch so sehr bemühte, gelang es ihr nicht, die Tränen zurückzudrängen. Zu allem Überfluss stand Aaron auch noch auf und nahm sie in den Arm. Sie verlor vollständig die Beherrschung. Laut schluchzend wie ein Kind drückte sie sich an seine Brust und zog die Aufmerksamkeit aller Anwesenden auf sich. Etwas, was sich in fünfunddreißig Generationen der von Montenbrücks sicher keiner ihrer Vorfahren erlaubt hatte.

Fast hätte sie ihm alles erzählt. Ihre Seele erleichtert. Aber gerade in diesem Moment der Schwäche erkannte sie durch die großen Scheiben des Restaurants ein bekanntes Gesicht. Bein. Er saß ein Stück die Straße hinunter in seinem geparkten Passat und beobachtete sie – oder eher den Eingang. Im Sitzen hatte sie ihn nicht sehen können.

Die Beobachtung war so ernüchternd, dass Philine sich fasste und wieder klar denken konnte. Sie zog Aaron bereits genug in die Sache hinein, indem sie ihn die Fernbedienung überprüfen ließ. Sie konnte nur hoffen, dass ihn das nicht schon in Gefahr brachte.

Als könne sie damit die Gefahr minimieren, fand die Gräfin kurz darauf einen Vorwand, um das Treffen zu beenden. Natürlich wusste Aaron, dass es nur eine Ausrede war, aber er war nicht verstimmt. Nur besorgt. Er schien ein weit besserer Freund zu sein, als es Philine bewusst gewesen war. Echte Freunde erkannte man eben nur in Zeiten der Not.

Sie verabschiedete sich und ging schnellen Schrittes zu ihrem Porsche hinüber. Sie war darauf gefasst, von Bein angehalten zu werden, aber der Polizist blieb in seinem Auto. Vielleicht glaubte er auch, dass sie ihn noch nicht gesehen hatte ... was nicht ganz unberechtigt war. Offenbar folgte er ihr jetzt schon fast eine Woche und schien immer wieder wie aus dem Nichts aufzutauchen.

Philine startete den Wagen und fädelte sich in den Verkehr ein. Der Passat folgte. Sie war schon auf halbem Weg zur Burg, als sie ins Grübeln geriet. Warum war Bein nicht mit einem Durchsuchungsbefehl zurückgekommen? Sie war so sicher gewesen, dass er jeden Moment mit einer riesigen Polizeitruppe auftauchen würde, und zwar egal, ob er mit drinhing oder nicht. Aber es war nichts passiert. Warum?

Es war kaum vorstellbar, dass man einem Kommissar den Durchsuchungsbefehl verweigerte, wenn ein Polizist vermisst wurde. Auch Personalknappheit würde in so einem Fall wohl kaum für Verzögerungen sorgen. Vielleicht wollte er nicht, dass sich zu viele Kollegen in den Fall einmischten und Fragen stellten?

Er hängt mit drin, durchzuckte es Philine. Ja. Das schien die einzige Erklärung zu sein. Suchte er jetzt nach einer Gelegenheit, sie umzubringen? Worauf wartete er dann? Würde er versuchen, einen Unfall zu inszenieren? Sie ertappte sich dabei, immer schneller zu atmen.

Ruhig bleiben, sagte sie sich. *Denk nach!*

Sie nahm die nächste Abfahrt und fuhr in Richtung Innenstadt. Der Passat folgte. Sie musste unter Leute. Zeugen waren wohl die beste Abschreckung. Fieberhaft überlegte sie, was sie tun sollte. Rechter Hand kam eine Einkaufspassage in Sicht, an der Philine schon mehrmals vorbeigefahren war. Viel wichtiger war aber, dass sie wusste, was auf der anderen Seite lag!

Schwungvoll glitt der Porsche in eine Parklücke und verstummte grollend. In ihrer Hast vergaß Philine, vor dem Aussteigen den Sicherheitsgurt zu lösen, und sorgte damit sichtlich für Heiterkeit bei zwei Eis essenden Kindern. *Entspann dich*, sagte sie sich erneut. *Tu so, als hättest du ihn nicht gesehen.*

Nach einem Moment des Durchatmens schaffte sie es tatsächlich, ruhig ihre Handtasche zu nehmen, das Auto zu verlassen, abzuschließen und zur Passage hinüberzugehen. Ein ganzes Stück die Straße hinunter sah sie den Passat einparken. Hätte sie nicht gewusst, dass er da war, hätte sie ihn wohl nicht bemerkt. Dass er so weit weg parkte, bedeutete wohl, dass er sich noch immer unentdeckt wähnte. So dämlich hatte sie sich demnach wohl doch nicht angestellt.

Sie schlenderte in die Passage und wechselte in den Kurz-vor-Joggen-Modus, sobald der Passat außer Sicht war. Ihr hastiger Schritt ließ die High Heels wie im Stakkato auf den Boden knallen. Einzelne Besucher warfen ihr irritierte Blicke zu. War sie so auffällig? Oder bildete sie sich die Blicke nur ein? *Egal. Vollkommen egal!* Die Unsicherheit begann sie wütend auf sich selbst zu machen.

Endlich erreichte sie die andere Seite der Passage, stürmte durch die Drehtür und sah, dass ihr Ziel nicht mehr vorhanden war. Statt der erwarteten Mietwagenstation stand sie vor einem Motorradgeschäft. *Verdammt!*

„Hören Sie, Mann! Die Maschine ist nicht mal ein halbes Jahr alt", sagte ein Mittfünfziger gerade so laut zu einem Verkäufer, dass Philine aufmerksam wurde. Die beiden standen vor einem Schlachtschiff von Motorrad, dessen Design irgendwo zwischen Fünfzigerjahre und Moderne lag. Für den Beifahrer war ein regelrechter Sessel vorgesehen, drei dicke Transportboxen, ein riesiger pausbäckiger Motor, Windschutzscheibe, drei

Scheinwerfer vorn ... Das Ding war ein Monster aus Chrom und Lackschwarz. Philine kannte sich nicht besonders gut mit Motorrädern aus. Auch die Typenbezeichnung *R 18* sagte ihr nichts. Das BMW-Logo schon mehr.

„Deshalb bekommen Sie ja zwanzigtausend dafür“, sagte der Händler gerade.

„Ich habe über dreißig bezahlt!“ Irgendetwas in der Stimme des Mittfünfzigers berührte Philine trotz ihrer eigenen Not. Der Mann war verzweifelt. Und plötzlich fiel Philine auf, dass ihr gar nichts Besseres passieren konnte.

„Ich gebe Ihnen dreißig, wenn ich die Maschine sofort mitnehmen kann“, mischte sie sich ein. Die Männer starrten sie wie die Mietautos an, die wohl noch vor wenigen Wochen an dieser Stelle gestanden hatten. Philine konnte es ihnen nicht verdenken. Geschminkt, mit High Heels, Businesskostümchen und Handtäschchen wirkte sie bestimmt nicht wie die typische Motoradfahrerin.

Der Händler sah offenbar ein gutes Geschäft den Bach runtergehen. „Ich ...“, wollte er ansetzen, doch Philine unterbrach ihn.

„Ich werde die Maschine selbst ummelden“, versprach sie dem verblüfften Verkäufer. „Und wenn Sie den Papierkram machen“, wandte sie sich an den Händler, kaufe ich Ihnen sofort eine komplette Leder-Motorradkombi und einen Helm ab.“

Vierzig Minuten später ließ Philine den schweren Hobel auf die Straße rollen. Das satte Schnurren und Grollen schien sich auf die Fahrerin zu übertragen. Als würde die Kraft der Maschine auch sie unbesiegbar machen. Was bei so vielen jungen Leuten zu verhängnisvoller Selbstüberschätzung führte, gab der Gräfin eine Gelassenheit zurück, die ihr seit der Begegnung mit dem Mädchensammler abhandengekommen war. Sie war viel zu lange nicht mehr mit dem Bike unterwegs gewesen.

Lässig umrundete sie das Einkaufszentrum und rollte langsam die Straße entlang, in der sie den Porsche abgestellt hatte. Beins Auto stand noch immer in der Parklücke. Der Polizist saß jedoch nicht drin. Wahrscheinlich durchforstete er gerade erfolglos die Geschäfte nach ihr.

Philine stoppte an einer Imbissbude und kaufte sich eine Cola.

Ohne den Helm abzunehmen, gemütlich auf ihrer Maschine sitzend, zog sie ihre Cola durch den Strohhalm und wartete. Als würde sie dazugehören, hatte sie sich unter mehrere Biker gemischt, die sich als Pulk über Currywurst und Pommes hermachten. Sie konnte nur staunen, wie entspannt sie in dieser ungewohnten Umgebung und unter diesen Umständen war. Vielleicht lag es wirklich nur an der brutalen Kraft ihrer Maschine oder an dem dicken Leder, das ihren Körper wie eine Rüstung umgab. Philine tippte jedoch auf den Helm, hinter dessen getöntem Visier sie praktisch unsichtbar wurde. Wie eine Schauspielerin hinter einer Maske. Sie war nicht mehr Philine von Montenbrück, sondern irgendeine Actionheldin, die den Spieß umdrehte.

Ahnungslos, es jetzt mit einer *Actionheldin* zu tun zu haben, kam Bein aus der Passage zurück. Sichtlich ungehalten überprüfte er, ob Philines Porsche noch an

Ort und Stelle stand. Nach einem kurzen Rundblick stiefelte er zu seinem Wagen hinüber, öffnete den Kofferraum und holte etwas heraus. Auf die Entfernung war nicht zu erkennen, was es war. Jedenfalls kam er zurück, ging hinter Philines Auto in die Hocke und befestigte etwas unter dem Motor.

Eine Bombe?, fragte sich Philine erschreckt.

Quatsch. Das musste ein Peilsender sein. Eine Bombe verband man doch mit irgendwas. Er war aber so schnell fertig, dass Pauline an eine Vorrichtung glaubte, die man einfach mit einem Magneten befestigen konnte. Der Faulpelz wollte sie bequem überwachen, ohne ihr hinterherzufahren.

Aber warum benutzte er dafür nicht ihr Handy?, fragte sie sich. Die konnte der Geheimdienst doch sogar als Wanze einsetzen ... Philine ließ den Gedanken einen Moment auf sich wirken und spürte, wie ihr das Blut aus dem Gesicht wich. *Dumm, dumm, dumm!* Eilig machte sie ihr Telefon aus. Hoffentlich genügte das.

Bein erreichte unterdessen seinen Passat, stieg ein und fuhr aus der Parklücke. Die *Actionheldin* folgte in großem Abstand. Der Nachmittagsverkehr war so dicht, dass sie praktisch unsichtbar wurde. Der dicke Hobel unter ihrem Hintern schien im Stop-and-go zunehmend ungehaltener zu klingen, aber für seine Reiterin war es ein Abenteuer. Den Spieß umzudrehen war irgendwie aufregend. Sie wusste nicht wirklich, warum sie den Mann beschattete, aber es fühlte sich so an, als würde sie sich endlich wehren.

Der Polizist fuhr – wenig überraschend – ins Polizeihochhaus zurück. Philine fand eine schwer einsehbare Nische, in der sie mit ihrem zweirädrigen Freund einen guten Blick auf Beins Wagen hatte. Nach einer halben Stunde war der Adrenalinspiegel der *Actionheldin* jedoch so niedrig, dass ihr bewusst wurde, wie langweilig das Warten war.

Was wollte sie hier? Was glaubte sie herauszufinden?

Vielleicht kann ich Bein nach Hause folgen, sagte sie sich.

Und was hätte sie davon?

Sie könnte mehr darüber herausfinden, was er für ein Typ war. Ob und wie tief er drinsteckte.

Vielleicht. Aber selbst wenn er ein treusorgender Familienvater mit sechs Kindern und einem Abo für die Apothekenrundschau war, sagte das letztlich nichts aus. Und irgendwie lief es schon wieder darauf hinaus, in die Privaträume eines Polizisten einzubrechen. Wieder würde sie nicht wissen, wonach sie suchte. Das gefiel ihr nicht.

Grübelnd hockte sie in ihrer Nische.

Nach einer weiteren Stunde war die Warterei kaum noch auszuhalten. Philine wollte nicht länger ihre Zeit verschwenden, doch – wie so oft – stand ihr die eigene Sturheit im Weg. Jetzt hatte sie hier schon eineinhalb Stunden verplempert. Also musste sie es auch durchziehen. Das Match Sturheit gegen Langeweile zog sich geschlagene dreieinhalb Stunden hin. Erst als es dunkel wurde, erschien Bein endlich in der Tür und stieg in ein knallrotes, verdammt teuer aussehendes Mercedes-Coupé.

Philine schluckte. War das ein Hinweis? Fuhr er den Wagen einer reichen Freundin, oder wurden Polizisten besser bezahlt, als sie dachte?

Sie hatte wenig Zeit, darüber nachzudenken. Bein fegte aus der Einfahrt, als wäre er auf der Flucht. Philines Dickschiff schien das Appetit zu machen. Grollend wie ein Raubtier erwachte es zum Leben und schnurrte hinterher. Die brutale, kaum gezügelte Kraft der Maschine erweckte erneut das Gefühl von Unbesiegbarkeit. Furchtlos und seltsam *wach* bretterte sie durch die abendlichen Straßen.

Ihre Beute hatte es so eilig, dass sie bestimmt nicht zu häufig in den Rückspiegel schaute. Bein nahm den direkten Weg zur Autobahn und schien das Gaspedal mit dem Bodenblech zu verschweißen. Eine größere Freude hätte er Philines Monsterhobel wohl nicht machen können. Röhrend entfesselte die Maschine eine Kraft, die die junge Adelige in ihre unbeschwerte Teenie-Zeit zurückversetzte. Die Zeit der Schmetterlinge im Bauch und dummer Ideen.

Laut lachend bretterte sie über die Autobahn und gab sich ganz dem Jagdinstinkt hin. Mehrmals brachte sie der brutale Vorwärtsdrang der Maschine zu nah an ihre Beute heran. In der Dunkelheit würde Bein aber nur einen Scheinwerfer in seinem Rückspiegel erkennen können.

Die Fahrt endete nach kaum zehn Kilometern. Als Bein den Blinker setzte, drosselte Philine den Motor und entschloss sich, eine Todsünde zu begehen: Sie folgte dem Polizisten über die stockdunkle Abfahrt mit ausgeschalteter Beleuchtung und ließ sich noch weiter zurückfallen. Selbst wenn er darauf achtete, musste es für Bein so aussehen, als wäre das aufdringliche Motorrad auf der Autobahn geblieben. Sobald Straßenbeleuchtung in Sicht kam, schaltete Philine den Scheinwerfer wieder ein.

Der rote Mercedes hatte sein Tempo unterdessen deutlich reduziert, was mit mehreren fest installierten Blitzern am Straßenrand zu tun haben mochte. Gesittet fuhr er durch den kleinen Ort und bog in eine schmale Straße ein, die offenbar zu einem weithin sichtbaren Villenviertel führte. Ab jetzt wurde es nahezu unmöglich, unauffällig an Bein dranzubleiben.

Philine folgte dennoch, allerdings mit großem Abstand. Sie hoffte auf die Deckung der vielen hohen Bäume und Hecken, die die kurvenreiche Straße begleiteten. Sobald der Mercedes aber außer Sicht war, wurde es unmöglich, die Entfernung abzuschätzen. Es dauerte keine Minute, bis sie keine Ahnung mehr hatte, wo er geblieben war.

Verdammt! Sollte die ganze Warterei umsonst gewesen sein? Oder lauerte er ihr sogar auf?

Philine achtete auf jeden Wagen am Straßenrand. So gut wie jedes teure Fabrikat war vertreten, aber kein roter Mercedes.

Als sie schon aufgeben wollte, kam sie jedoch an einem riesigen Grundstück vorbei, dessen protziges Gittertor sich gerade wie von Geisterhand schloss. War er dort hineingefahren?

Philine ließ die Maschine um die nächste Ecke herum ausrollen und parkte hinter einem SUV.

Wenn sie doch nur sicher sein könnte, dass wirklich Bein dort hineingefahren war. Wenn nicht, würde sie ihn auf jeden Fall verlieren, wenn sie nicht sofort weiterfuhr. Nein, nicht *fuhr – raste.* Und eine röhrende Maschine würde in diesem Viertel bestimmt Aufmerksamkeit erregen. Vielleicht gab es auch Kameras oder sogar einen Sicherheitsdienst. Nein. Es wäre schon ein mehr als großer Zufall, wenn sich das Tor gerade in diesem Augenblick hinter jemand anders als Bein geschlossen hätte.

Aber sie musste sicher sein ... Vielleicht konnte sie sich in die hohen Hecken schlagen und einen Blick auf das Grundstück werfen. Sie atmete durch und stieg ab. Sie wollte gerade den Helm abnehmen, als ihr eine verrückte Idee kam.

Sie öffnete den dicken Sattelkoffer ihrer neuen Freundin, griff sich ihre Handtasche und nahm den *Garagen*öffner heraus. Zweifelnd sah sie den kleinen Stick an. Versuchen wir's, sagte sie sich und schlenderte so unauffällig wie möglich zu dem Protztor zurück. Fünf Schritte entfernt drückte sie den Öffner – und der tat zu Philines Überraschung genau das, was sie für mehr als unwahrscheinlich gehalten hatte: Er öffnete das Tor. In einer Mischung aus Erschrecken und Verblüffung schlug Philine die Hand vor den Mund und ließ das Stahlmonster gleich wieder zurollen.

Hoffentlich hat das niemand gesehen, dachte sie. *Und hoffentlich hat das Ding kein Log, in dem man erkennen kann, dass der verschwundene Polizist Einlass wollte.* Es wäre das erste Mal in ihrem Leben gewesen, wo sie sich über albernen Geisterglauben gefreut hätte.

Mit wackligen Knien ging sie zu ihrer BMW zurück und setzte sich. Erneut gab ihr die schwere Maschine etwas Ruhe zurück. Warum waren ihre Knie nur weich? Warum war sie so erschreckt?

Weil ein Bulle so eine Fernbedienung nicht bekommt, wenn er nur ein Dienstleister ist, du dummes Huhn, schimpfte ihre innere Stimme. Sie nickte zitternd. Entweder war der Typ nicht vom BKA, sondern ein reicher Spinner gewesen – oder irgendjemand hatte Beamte des BKA so fest auf seiner Gehaltsliste, dass sie einen eigenen Schlüssel zu seinem Haus brauchten. Dass Bein ebenfalls hier verkehrte, ließ Philine auf letztere Möglichkeit tippen. Irgendein reiches Arschloch schmierte nicht nur mehrere Polizisten, sondern ließ sie fast bei sich einziehen!

Gut, erklang die Stimme in ihr, die sie nicht hören wollte. *Dann haben wir jetzt einen Feind, den wir vernichten können.* Unverhohlene Begeisterung klang in den Worten der *anderen* mit, die sich irgendwie auf Philines Magen übertrug.

Die rote Gräfin drängte das unwillkommene Gefühl zurück. Nein, sie würde nicht verrückt werden.

Zwei Tage später saß Philine erneut im Dunkeln und beobachtete das Tor. Diesmal jedoch in einem Mietwagen und mit einem mehr oder weniger gut durchdachten Plan. Es war leicht gewesen herauszufinden, wer hinter dem Protzzaun zu Hause war: ein milliardenschwerer Banker namens Walter Leusing. Philine war dem Mann schon häufiger auf Empfängen begegnet, kannte ihn aber nicht näher. Angesichts der Umstände hätte sie auch gerne darauf verzichtet, ihn näher kennenzulernen.

Jedenfalls war seine Frau heute Abend als Rednerin bei einer Veranstaltung gebucht. Es sollten Spenden für den Bau von Schulen in Afrika gesammelt werden. Heuchler. Nach dem, was sie wusste, hätte Leusing hundert solcher Schulen aus der Portokasse bezahlen können. Seine „soziale Ader" hatte ihn auch nie davon abgehalten, Wohnraum unbezahlbar zu machen, Wälder abzuholzen oder in Waffengeschäfte mit Terroristen verwickelt zu sein.

Im Augenblick beschäftigte Philine aber eher die Frage, worauf die Hausherrin wartete. Ihre Rede war für zehn Uhr angekündigt, und es war schon nach neun.

Plötzlich klingelte ihr Handy – oder besser gesagt ihr Zweithandy. Philine war in ihrer Paranoia so weit gegangen, sich im Ausland eine unregistrierte SIM-Karte und ein neues Handy zu kaufen. Damit niemand in ihrer Umgebung merkte, dass etwas nicht stimmte, lag ihr geliebtes Telefon jetzt gemütlich zu Hause auf dem Bett und leitete Anrufe an sie weiter. In diesem Fall meldete sich Jo.

„Hi! Wo steckst du?"

„Selber hi", entgegnete Philine. Schnell kramte sie eine möglichst überzeugende Lüge aus ihrem mageren Fundus. „Ich musste mal raus. Ich bin für ein paar Tage verreist." *Du bist eine grauenhafte Lügnerin*, erkannte sie wieder einmal. Um abzulenken drehte sie den Spieß um. „Und du? Warum bist du zu Hause? Habt ihr euch gestritten?"

„Nein. Du bist nur die letzten Tage so seltsam gewesen. Da wollte ich etwas Zeit mit der alten Frau, die bei mir wohnt, verbringen." Philine hörte ihre Schwester leise giggeln und musste grinsen.

„Du verzogenes kleines Biest."

„Na, na!", unterbrach Jo. „Bringen verzogene kleine Biester Marzipantorte zum Filmabend mit?"

„Nein ... das spricht eher für ein wohlerzogenes kleines Biest. Ich müsste probieren, um sicher zu sein." Philine lächelte breit. Jo liebte sie. So schlimm das auch alles war. Sie und ihre Schwester hatte es wieder näher zusammengebracht.

„Dafür müsstest du aber hier sein."

„Ja. Ich werde es heute aber leider nicht mehr bis nach Hause schaffen." Was sie zutiefst bereute, stellte die rote Gräfin fest.

„Dann werde ich die Torte also einer anderen ins Gesicht klatschen müssen?"

In diesem Augenblick öffnete sich das Tor. Gemächlich rollte eine schwere, schwarze Limousine mit getönten Scheiben heraus. Dann noch eine und noch eine. Hatte der Mann eine Armee dabei?

Der Konvoi wartete geduldig darauf, dass sich das Tor langsam schloss. Dabei blockierten sie die Straße, als würde sie ihnen gehören ... was sie vermutlich sogar tat.

Als sich die Truppe in Bewegung setzte, war der Zugang jedenfalls vollständig geschlossen.

„Ich fürchte ja." Die Beobachterin duckte sich unter ihr Armaturenbrett.

„Wann kommst du denn zurück?"

„Ich bin nur ein paar Tage weg. Nicht lang", versprach Philine etwas abwesend.

„Pfannkuchenfrühstück, wenn du zurück bist?", fragte die Kleine aufgekratzt.

„Auf jeden Fall. Auch drei Tage in Folge, wenn du so lange auf Katja verzichten kannst."

Jo lachte. „Deal! ... Vielleicht darf sie ja auch einen Tag mit frühstücken."

„Klar." Philine sah sich angespannt um. Die Luft schien rein zu sein.

„Ich hab dich lieb, alte Frau." Die Worte gingen Philine direkt ins Herz und lenkten ihre Aufmerksamkeit wieder auf das Gespräch zurück.

„Ich dich auch, kleines Biest."

Nachdem die Verbindung getrennt war, saß sie noch einen Moment da und tupfte sich die Augen trocken.

Dann atmete sie entschlossen durch. Sie musste das hier auch für Jo durchziehen. Sie wollte ihr altes Leben zurück!

Philine trug bereits ihre neue Motorradkluft und setzte sich den bewährten Motorradhelm auf. Selbst wenn es Kameras gab, würde sie niemand sicher identifizieren können. Entschlossen stieg sie aus, hängte sich den Rucksack über die Schulter, griff sich die Taschenlampe und ging auf das Riesentor zu.

Das Zentrum des Anwesens bestand aus einer jener modernen Plattenvillen, die sich vor allem durch riesige Fenster und schlechten Geschmack auszeichneten. Trotz der drei Swimmingpools, des Koikarpfenteiches und der hohen Rosenbüsche hätte Philine hier Depressionen bekommen. Der rote Faden des schlechten Geschmacks setzte sich auf dem Rest des Grundstücks fort. Die separate Riesengarage bestand offenkundig aus Beton, versuchte aber gotisch auszusehen. Ein Pavillon, der irgendeiner kitschigen Japanbroschüre entsprungen sein mochte, bildete das Pendant zu einem mittelalterlichen Brunnen, der vielleicht tatsächlich original war. Dazwischen waren geschwungene, mit hellen Steinplatten gedeckte Wege angelegt, die womöglich von einem Feng-Shui-Berater geplant worden waren und jetzt von einer Kette aus Jugendstillaternen beleuchtet wurden.

Wenn es eine Weltmeisterschaft in schlechtem Geschmack gegeben hätte – Philine stünde gerade vor ihrem Manifest.

Du bist so ein Snob, wurde ihr bewusst, als sie vor der Tür des Haupthauses anlangte. Sie brach gerade ein – noch dazu bei jemandem, der sie wahrscheinlich tot sehen wollte. Und ihre einzigen Gedanken drehten sich darum, dass sich der Mann in Geschmacksfragen als Fall für die Pathologie erwies. Vielleicht war sie mittlerweile einfach zu abgebrüht für normale Gedanken.

Entschlossen versuchte sie die Haustür aufzuziehen – und hatte zu ihrem eigenen Erstaunen Erfolg. Sie sah in einen stockdunklen Flur, der nur von einer einzelnen, rot blinkenden Diode erhellt wurde.

Alarmanlage!, durchzuckte es Philine. *Daran hättest du denken müssen!* Mehrere Herzschläge war sie wie erstarrt. *So viel zu abgebrüht*, dachte sie. *Ich bin nicht abgebrüht, sondern dumm.*

Ach was. Vielleicht wolltest du einfach nicht daran denken, meldete sich die *andere* Philine. *Genauso, wie du auch nicht an möglicherweise vorhandene Kameras, Wachhunde und vielleicht sogar Wächter gedacht hast. Der Typ ist ein Milliardär.* Es klang süffisant.

„So ein Quatsch", murmelte die Adlige. „Warum sollte ich das übersehen wollen?"

Weil du sonst gezaudert hättest und wir dann nicht hier wären.

„Besser das, als erwischt zu werden." Sie musste aufhören, mit sich selbst zu sprechen, wurde ihr bewusst.

Besonders, wenn sie vor einer Alarmanlage stand, die womöglich bereits einen stillen Alarm ausgesendet hatte.

Bist du sicher?

„Wie meinst du das? Glaubst du, ich will erwischt werden?"

Du hast eine Waffe. Vielleicht kommt der Hausherr. Oder jemand anders, gegen den du zurückschlagen könntest.

„Das wäre ja völlig verrückt. Ich will nicht erwischt werden und bestimmt niemanden umbringen."

Aber vielleicht bist du nicht du. Vielleicht bist du ich.

Die Worte klangen in Philines Inneren nach. Erschreckten sie bis ins Mark.

Reglos, unfähig, einen klaren Gedanken zu fassen, starrte sie erst das blinkende rote Licht an – und dann die nur schemenhaft erkennbare Waffe in ihrer Hand. Sie wurde ernsthaft verrückt! Vielleicht war sie gefährlich für sich und für andere. Womöglich hatte die Polizei recht und sie hatte sich wirklich alles nur eingebildet. Und die Polizisten in ihrem Haus – hatte sie die womöglich eingeladen? Oder war auch der Tod der vier nur eine Fiktion ihres Wahnsinns?

Wohl kaum. Dann hätte sie weder die Pistole noch die Fernbedienung gehabt, mit der sie das Grundstück betreten hatte. Und wenn ein Polizist den Toröffner dieses Grundstücks besaß, war er korrupt ...

Beherzt schaltete sie die Taschenlampe ein. Sogleich entpuppte sich die „Alarmanlage" als Handy-Ladestation neben der Garderobe. Die Erleichterung und vielleicht auch das Licht schienen sie wieder näher an die Realität heranzuführen.

Nein. Sie war Philine und die *andere* nur eine Fantasie.

Als wollte sie diese Tatsache untermauern, nahm sie den Rucksack vom Rücken und verstaute die Pistole darin. Sie war nicht hier, um jemanden umzubringen. Auch nicht unterbewusst.

Mit gutem Gewissen schulterte sie die Fracht und wollte gerade ins Haus vordringen, als zwei Lichtfinger über die Einfahrt strichen. Ein Auto! Kam der Hausherr zurück?

Geistesgegenwärtig schaltete Philine die Taschenlampe aus und schloss die Tür hinter sich. Sie konnte nur hoffen, dass die Insassen des Fahrzeugs das Licht nicht bemerkt hatten. Ein Versteck! Sie brauchte ein Versteck!

Der dunkle Flur mündete nach wenigen Metern in eine Art Wohnzimmer. Dank der großen Fenster gab es gerade genug Licht, um sich grob zu orientieren. Philine quetschte sich zwischen das Fenster und eine weiße Ledercouch in Elefantengröße. Selbst wenn die Beleuchtung eingeschaltet würde, sollte sie hier nicht zu entdecken sein. Es gab sogar eine Art Kissen, auf dem sie einigermaßen bequem sitzen konnte.

Wer quetschte ein Kissen hinter eine Couch?

Philine verlor den Gedanken, als die große dunkle Limousine die Einfahrt heraufkam und direkt vor der Haustür anhielt. Aus ihrer Perspektive war nur noch der Kofferraum zu sehen, also war nicht zu erkennen, wer im Auto saß. Sie hörte Stimmen und das Schlagen von Autotüren. Im nächsten Moment wurde die Haustür aufgerissen und die Deckenbeleuchtung eingeschaltet.

Während sich die Limousine wieder in Bewegung setzte, kamen zwei Männer herein. Der größere von beiden war ein Berg von einem Mann. Glatzköpfig, breit wie ein Jahrmarktringer und humpelnd wie ein Veteran mit einer schlecht verheilten Wunde. Er ging voraus und sah sich aufmerksam um. Hatte sie doch einen Alarm ausgelöst?

Der zweite Mann ließ sie an dieser Vermutung zweifeln. Er war deutlich kleiner, untersetzt und sah aus, als wäre er um die fünfzig. *Leusing*, erkannte Philine. Der Banker tippte seelenruhig auf seinem Handy herum und wirkte kein bisschen beunruhigt.

Die beiden durchquerten das Wohnzimmer und verschwanden im hinteren Bereich des Hauses. Philine wollte schon aufatmen, doch dann kam ihr ein gruseliger Verdacht: Der Mannberg *humpelte*. So, als hätte ihm jemand vor Kurzem einen spitzen Absatz ins Bein getreten ...

Ein eiskalter Finger schien ihr über den Rücken zu streichen. Für einen Moment waren ihr die Ereignisse in der Ruine wieder so gegenwärtig, als wäre sie gerade erst die Treppe heraufgekommen.

War gerade der Mädchensammler an ihr vorbeigelaufen? War Leusing womöglich auch vor Ort gewesen? Sie musste einen genaueren Blick in das Gesicht des Berges werfen. Ihr Fingernagel könnte eine Narbe hinterlassen haben.

Vielleicht sollte ihre erste Sorge sein, nicht entdeckt zu werden, erinnerte sie sich. Sie kauerte hinter einem Sofa in dem hell erleuchteten Wohnzimmer des Mannes, der ihr vier Killer auf den Hals geschickt hatte. Bevor sie ...

„Ich gehe noch einmal raus, Tobias“, unterbrach Leusings Stimme ihre Gedanken. „Gib mir Bescheid, wenn er sich meldet.“

„Natürlich, Herr Leusing“, grollte eine dunkle Stimme zurück.

Gleich darauf kehrte der Banker ins Wohnzimmer zurück. Offenbar hatte er das Jackett seines Anzugs gegen eine Strickjacke getauscht. Er ging schnell – nicht wie jemand, der einen Abendspaziergang plante. Eher wie jemand, der sich auf etwas freute. Und *Tobias* schien ihn nicht zu begleiten ...

Leusing hatte kaum die Tür hinter sich ins Schloss fallen lassen, als Philine sich aus dem Versteck wagte. Sie zwang sich dazu, langsam und lautlos zu gehen. Das Knarzen ihrer Lederkombi musste jedoch im ganzen Haus zu hören sein. Ängstlich warf sie einen Blick in den Flur, in dem der Mannberg verschwunden war. Während dort aber kein Anlass zur Besorgnis zu erkennen war, machte sie eine andere erschreckende Entdeckung: Das *Kissen* hinter dem Sofa war kein Kissen. Sie hatte auf einem toten Rottweiler gekauert. Genau genommen waren es zwei tote Rottweiler, die irgendjemand zwischen Sofa und Fenster gequetscht hatte. Was zum Teufel war hier los?

Philine verlegte die nähere Erörterung dieser Frage auf einen Moment, wo sie nicht gerade ihrem Möchtegernmörder auf dessen Grundstück hinterherschlich. Sie pirschte die letzten Meter, öffnete die Haustür und huschte möglichst lautlos hinaus.

Leusing hatte bereits einen erstaunlichen Vorsprung. Der Banker war so schnell unterwegs, dass man es gerade noch nicht als „laufen“ bezeichnen konnte. Als sportliche Leistung war es jedoch anzuerkennen. Wo wollte der Mann nur so dringend hin?

Philine nahm sich Zeit, die Haustür nahezu lautlos ins Schloss zu drücken. Als sie sich wieder umdrehte, hatte Leusing bereits den Pavillon erreicht und bückte sich. Was sollte das denn werden? Machte er jetzt Gymnastik in Anzug und Strickjacke? Im nächsten Moment erkannte sie jedoch ihren Irrtum: Der Mann öffnete eine Art Bodenklappe. Gleich darauf versank er „hoppelnd" im Boden. Philine brauchte erstaunlich lange, um zu begreifen, dass Leusing offenbar eine Falltür geöffnet hatte und eine Treppe hinuntergegangen war.

Surreale Erlebnisse waren für Philine in den letzten Tagen ja schon fast zum Normalzustand geworden. Den Oberbösewicht in sein Geheimversteck gehen zu sehen, setzte für sie aber fast noch einen drauf. Was hatte das jetzt wieder zu bedeuten?

Es gab nur einen Weg, das herauszufinden. Philine lief, so schnell sie konnte, zum Pavillon hinüber. Auch wenn sie sich, so gut es ging, im Dunkeln hielt, fühlte sie sich wie auf dem Präsentierteller. Das Haus hinter ihr war hell erleuchtet. Auch in der Wohnung über der Garage brannte Licht. Auf dem vorhin noch so finsteren Grundstück schien es keinen Platz mehr für dunkle Ecken zu geben. Sie konnte nur hoffen, dass eine schwarz gekleidete Gestalt aus der Helligkeit heraus schlechter zu erkennen war – oder dass niemand aus dem Fenster schaute.

Als sie endlich den Pavillon erreichte, hatte das Adrenalin solche Überlegungen weit in den Hintergrund geschoben. Ohne darüber nachzudenken, stand sie im hell erleuchteten Pavillon und sah durch die Falltür hinunter. Tatsächlich. Eine Treppe. Keine Treppe, wie man sie von Kellern kannte, in denen sich Wartungsräume befanden. Dies hier war eine Treppe aus edlem Marmor. Und der Boden war mit einem weich aussehenden Material belegt. War das Leder?

Philine blinzelte ungläubig.

Dann hörte sie ein Geräusch von unten. Offenbar war der Hausherr ein ganzes Stück vom Eingang entfernt ... Und sie sollte vermutlich nicht länger so auf dem Präsentierteller stehen bleiben.

Mit gemischten Gefühlen stieg sie die Treppe hinunter. Was würde sie hier finden? Was *konnte* sie hier finden, das ihr weiterhalf?

Du solltest ihm die Pistole in den Rachen stopfen und den Schweinepriester zur Rede stellen, schlug die *andere* Philine vor.

Die Versuchung war groß. Sie war durch die Hölle gegangen, und vielleicht konnte sie so tatsächlich Antworten bekommen. Überhaupt wäre die Waffe jetzt wahrscheinlich gut gewesen, um ihr etwas Sicherheit zu geben. Die Angst zu bekämpfen. Aber sie fürchtete, sie dann auch zu benutzen.

Und wenn schon. Es würde keinen Falschen treffen.

Philine schüttelte die Stimme in ihrem Innern ab und orientierte sich. Sie stand am Fuß der Treppe und zugleich in einer Art Studio. Die seltsamen Möbel und die Bilder von nackten Frauen an den Wänden ließen sie vermuten, dass sie das Orgienzimmer des Hausherrn gefunden hatte. Nicht, dass sie sich Leusing in einer solchen Situation vorstellen konnte oder wollte. Viel interessanter war jedoch eine Spiegeltür, die – wenn sie geschlossen war – vermutlich nicht als solche zu erkennen war. Von dort kamen auch die Geräusche, die Philine oben wahrgenommen hatte. Undeutlich hörte sie ihn mit jemandem reden. Dem Tonfall nach zu urteilen, raspelte er Süßholz.

Hatte er ein romantisches Date hinter der Geheimtür seines Orgienzimmers vereinbart?

Philine huschte in Schlangenlinien durch den Raum und nutzte das skurrile Mobiliar als Deckung. Ihre Vorsicht erwies sich jedoch als unnötig. Als sie endlich einen Blick durch die Tür werfen konnte, war der Hausherr zu sehr in seine Angelegenheiten – oder vielmehr in sein Date – vertieft, um irgendetwas anderes wahrzunehmen. Die Kleine war blutjung, splitterfasernackt und märchenhaft schön. Wie ein Engel, der gerade von einem schmierigen alten Mann, der ihr Opa sein könnte, die Zunge in den Hals geschoben bekam. *Besudelt* wurde.

Erst als Leusing endlich die Zunge aus dem Mund der Blondine zog, begriff Philine, dass das Mädchen tot war. Der Kopf der Leiche fiel zurück und drehte sich, sodass die Adelige für einen Moment wieder den seltsamen Blickkontakt mit einer Toten aufgedrängt bekam. Es war noch schlimmer als in der Horrornacht in der Ruine. Die intensivgrünen Augen schnitten tief in ihr Innerstes. Das Mädchen war so tot, wie man nur sein konnte. Dennoch schien sie eine Art Seele zu besitzen. Etwas Edles ... etwas Einmaliges, das gerade besudelt wurde. Sie war tot und doch nicht tot ... *eine Untote*.

Ihr Magen rebellierte. Die Übelkeit wollte Philine lautstark ihr Abendessen vor die Füße speien, doch alles in ihr war wie festgefroren. Bodenloses Entsetzen nagelte sie an Ort und Stelle fest.

Leusing legte das Mädchen auf einen Tisch, leckte ihr die Füße, stellte die Beine auf und machte sich daran, seine Hose zu öffnen. Philine war unfähig, wegzuschauen. Die leuchtend grünen Augen hielten sie fest. Zwangen sie, die Vergewaltigung mit der Leiche zu teilen. Ehe es jedoch dazu kam, stellte sich die Welt erneut auf den Kopf.

Der Schrei kam wie aus dem Nichts. So voller Zorn und Hass, dass er Philine wie ein Schneidbrenner durch Mark und Bein fuhr. Ihr Denken hörte auf und wurde durch nackte Todesangst ersetzt. Festgenagelt wie ein Hirsch im Scheinwerferlicht sah sie einen Berserker mit einem Brecheisen auf Leusing losgehen. Später würde sie begreifen, dass er nicht einfach mitten im Raum materialisiert war, sondern bereits darin versteckt gewesen sein musste. Und sie würde auch begreifen, dass der Berserker kein muskelbepackter Wikinger, sondern nur ein sportlicher junger Mann war, der eher in eine Modelkartei als nach Flake gehört hätte. Doch in diesem Moment schien sie nicht wirklich die Realität zu sehen. Ihre Welt bestand aus Untoten, Monstern und Nordmännern.

Sekundenlang konnte sie einfach nur dastehen und zuschauen. Der Berserker schlug wahllos auf den am Boden liegenden Leusing ein. Der Banker hatte wahrscheinlich schützend die Arme erhoben und schrie mit Sicherheit wie am Spieß, doch Philine sah nur das jämmerliche Würstchen aus seinem Hosenstall heraushängen. Bei jedem Schlag zuckte es wie eine hilflose Made am Angelhaken.

Es war das Mädchen, das Philine erlöste. Blut spritzte über ihre Porzellanhaut. Das leuchtende Rot war wie ein Zeichen, dass sie gerächt wurde. Dass die Kleine ruhen konnte und Philine deshalb nicht mehr brauchte. Die Lähmung fiel von ihr ab – was blieb, war reine Todesangst.

Es war wie ein Déjà-vu. Blind vor Panik rannte sie durch einen Raum, die Treppe hinauf und hinein in die Dunkelheit. Sie nahm ihre Umgebung kaum wahr.

Leider machte sie das nicht unsichtbar. In vollem Lauf rannte sie in etwas hinein. Erst als das *Etwas* ein grunzendes Geräusch von sich gab und mit ihr zu Boden ging, begriff sie, dass es ein *Jemand* war. Im Licht der Laternen erkannte sie den *Mannberg*, der Leusing nach Hause gebracht hatte. Den *humpelnden* Mannberg. Zu ihrem Entsetzen entdeckte sie eine tiefe Narbe, die das Auge des Kerls nur knapp verfehlt hatte. Der Mädchensammler!

Erneut drohte die Panik sie zu lähmen. Er brüllte sie an, doch ihr adrenalingefluteter Kopf verstand nicht, was er sagte. Stattdessen überwand sie die Erstarrung, sprang auf und versuchte, davonzulaufen. Sie kam keinen Schritt weit. Eine Hand wie eine Stahlklammer packte ihre Fessel und riss sie mit unglaublicher Kraft von den Beinen.

Philine schlug hart mit dem Helm auf die Gehwegplatten. Benommen starrte sie den Riss im Visier an. Sie musste sich auf die Zunge gebissen haben. Einzelne Blutstropfen liefen über das Plastik zu einer kleinen Pfütze zusammen. Sie wurden von Blut auf schneeweißer Haut überblendet. Wieder hatte sie den Blick des Mädchens vor Augen. Ihr Denken drohte völlig zu zerfasern. Dann riss sie der monströs große Mann mit einem einzigen Ruck zurück, drehte sie um und packte sie am Hals.

„Du!", brüllte er.

Es war wie ein Weckruf. Urplötzlich setzten Philines Überlebensinstinkte ein. Gleichzeitig schlug sie dem Monstrum mit allem, was sie hatte, aufs Ohr und trat ihm zwischen die Beine. Grunzend zuckte er zusammen, ließ aber nicht los. Doch Philine gab nicht auf. Gezielt versucht sie, ihm die Finger in die Augen zu rammen. Er schlug ihre rechte Hand so hart beiseite, dass sie für einen Augenblick gefühllos wurde. Die linke fand jedoch ihr Ziel. Ihr Fingernagel brach, doch Philine landete ihren behandschuhten Zeigefinger im Auge des Mannes.

Sein Schrei war ohrenbetäubend.

Für einen kurzen Moment war sie frei, aber ehe sie auch nur zur Flucht ansetzen konnte, fing sie eine Ohrfeige, die ihr trotz Helm jede Orientierung nahm. Ihr Kopf wurde so hart herumgerissen, dass es in ihrem Nacken knackte. Philine schmeckte Blut und konnte oben und unten nicht mehr unterscheiden. Dann war er über ihr. Kniete sich auf ihre Oberarme und setzte sich auf ihre Brust. Der Schmerz war unermesslich. Philines Hände waren sofort taub, und es fühlte sich an, als würden ihre Oberarmknochen langsam zermahlen. Viel schlimmer war jedoch, dass sie nicht atmen konnte. Ihre Rippen knackten unter dem Hundertfünfzig-Kilo-Monstrum. Atmen war unmöglich. Sie wurde buchstäblich zerquetscht.

Unterdessen holte der Kerl ein Taschentuch hervor. Während sie nur daliegen und hilflos im Todeskampf zucken konnte, sah er ihr wütend in die Augen und tupfte sich das Blut vom Gesicht.

„Verdammte Schlampe." Vor Philines Augen begannen schwarze Punkte zu tanzen. Kraftlos trat sie ihm mit dem Knie in den Rücken, aber das beeindruckte ihn nicht. Seelenruhig holte er ein Handy hervor und klappte ihr Helmvisier nach oben. Dann machte er ein Foto und tippte auf dem Touchscreen herum. Sein Opfer bekam nicht mehr viel davon mit. Ihr Gesichtsfeld verengte sich, ihr Denken wurde immer langsamer. Was für eine jämmerliche Art zu sterben, dachte sie noch.

Das Letzte, was sie vor dem Sturz in die Bewusstlosigkeit sah, war der Bauch des Mannbergs. Er fiel auf ihr Gesicht.

Sie erwachte – was die erste Überraschung war. Zudem lag sie auch noch in einem weichen Bett mit nach Vanille riechender Wäsche in einem sonnendurchfluteten Zimmer und war von Vogelgezwitscher aufgewacht. Über allem lag der Duft von frischem Kaffee.

Für einen winzigen Augenblick erwog sie ernsthaft, im Himmel gelandet zu sein.

Der dumpfe Schmerz beim Einatmen und die Pflaster in ihrem Gesicht holten sie aber schnell auf den Boden der Tatsachen zurück. Tatsachen, die sie gestern nur unvollständig verarbeiten konnte.

Sie war erwischt worden. Der Leibwächter – oder welchen Job *Tobias* auch immer bekleidete – hatte sie erwischt und versucht sie umzubringen. *Oder zumindest wollte er mich betäuben*, korrigierte sie sich. Dann war er auf sie gefallen.

Daraus, dass sie noch lebte, aus der medizinischen Versorgung und dem Fehlen von Fesseln, schloss sie, dass sie von einer dritten Partei gerettet worden war. Der Dressman, der Leusing angegriffen hatte, vielleicht? Und wäre das eine gute Nachricht?

Philine schlug die Decke zurück und bemerkte, dass sie bis auf einen Slip, der nicht ihrer war, nackt war. Für einen Augenblick kamen die Gefühle zurück, die sie nach der Entdeckung ihres fehlenden Schamhaars überkommen hatten. Dann sah sie, dass ihre Brust professionell bandagiert war. War sie von einem Arzt versorgt worden?

Irgendwie machte es das besser.

Stell dich nicht so an, meldete sich erneut die Stimme in ihr, die sie nicht hören wollte. *Ist ja nicht so, als wärst du die Einzige mit einem Kätzchen zwischen den Beinen. Oder als hättest du es noch nie jemandem gezeigt.*

Beinahe schämte sie sich für ihre Befürchtungen, doch dann hob sie energisch das Kinn. Schamgefühl war keine Schwäche. Es war ihre Natur.

Erstaunlicherweise gab die *andere* Philine keine Widerworte, und so nutzte ihr Magen die Gelegenheit, sich zu melden. Sie hätte ein komplettes Kamel verspeisen können.

Sie entdeckte flauschige Hausschuhe neben ihrem Bett und einen schwarzen Morgenmantel an der Tür. Mühsam, als wäre sie fünfzig Jahre älter, arbeitete sie sich aus dem Bett. Für einen Moment blieb sie vor dem Fenster stehen. Der Blick war dem aus ihrem eigenen Schlafzimmer nicht unähnlich. Sie sah auf einen steil abfallenden, dicht bewaldeten Hang hinaus. Unter ihr glitzerte der Rhein in der Sonne. Am anderen Ufer war ein kleines Örtchen zu sehen, das Philine nicht auf den ersten Blick erkannte. Jedenfalls musste sie sich in einem der Häuschen befinden, die man bei einer Fahrt am Rhein entlang immer wieder aus dem Wald herauslugen sah.

Sie war also ohne Kleidung an einem völlig fremden Ort aufgewacht, an den sie auf unbekannte Weise von Unbekannten gebracht worden war – warum war sie nicht wenigstens ein bisschen beunruhigt? Philine setzte zum Schulterzucken an, überlegte es sich aber anders.

Leise ächzend und stöhnend zog sie sich den Bademantel über. Das flauschige Ding war so riesig, dass es für zwei Philines gereicht hätte.

Wir wollen es ja bequem haben, meldete sich die *andere* zu Wort. Erneut diese Stimme zu hören war beängstigender als die unbekannte Umgebung. Also tat sie, als hätte sie sie nicht gehört, und öffnete die Tür.

Sie stand vor einer steilen Treppe nach unten. Rechts von ihr waren zwei weitere Türen zu sehen. Das Haus war klein, sehr gepflegt und auf eine seltsame Weise *antimodern*. Philine stand auf einem hellen Holzboden. Uralte Balken hielten die Decke über ihr, und an den Wänden hingen gerahmte Schwarz-Weiß-Porträts aus längst vergangenen Zeiten.

Vielleicht war es die erfrischende Morgenkühle oder der Kaffeeduft, aber Philine fühlte sich wie zu Hause. Irgendwie befreit ging sie die Treppe hinunter. Das alte Holz knarzte unter ihren Füßen und unterstrich damit den Tenor des Hauses.

Die Treppe endete im Erdgeschoss, neben der Haustür. Gleichwohl konnte man direkt in den großen

Hauptraum hineinschauen. Es war eine liebevolle Melange aus Wohnzimmer, Speisezimmer und Küche. Nicht auf die moderne Weise mit schickem Tresen, Wintergarten und Designercouch – eher wie im Viktorianischen Zeitalter mit an den unverputzten Wänden hängenden Pfannen aus Gusseisen, aus englischen Gentlemanclubs geklauten Ledersesseln und einer Sitzecke, die aus einem alten Bauerhaus stammen könnte. Das i-Tüpfelchen bildeten – wieder – alte Schwarz-Weiß-Porträts an den Wänden. Nichts passte wirklich zusammen, aber irgendwie ergab es ein gemütliches Ganzes. Extrem altbacken und avantgardistisch zugleich.

Das Eigentümlichste an dem Raum war jedoch der Bewohner. Nicht, weil er seine hellseherischen Fähigkeiten unter Beweis stellte, indem er gerade ein Blech mit goldbraunen Brötchen aus dem Ofen holte. Es lag auch nicht daran, dass er einen Anzug trug, obwohl dies ja wohl ein privater Rahmen war – immerhin hatte er Jackett und Krawatte weggelassen. Nein, es war seine Schönheit.

Der Mann war so makellos schön, dass es Philine schon etwas zu viel war. Groß und schlank, ohne schlaksig zu sein. Kiefer, die gerade kantig genug waren, um männlich zu wirken, aber nichts Dumpfes an sich hatten. Schwarzes, bläulich schimmerndes Haar wie Superman und durchdringende, ehrliche, wasserblaue Augen.

Ihr Gastgeber war ein feuchter Teenie-Traum und konnte wie gemalt aussehende Brötchen backen. Aber irgendwie war er nicht kernig genug, um in ihr Beuteschema zu passen.

Was für ein dämlicher Gedanke. Der Typ musste und wollte bestimmt gar nicht in irgendein Schema passen. Die Mädchen mussten ihm in Scharen nachlaufen. Weshalb dachte sie überhaupt darüber nach? Der Mann hatte sie gerettet, und ihre Gedanken sollten sich vielleicht eher mit letzter Nacht befassen.

„Guten Morgen", begrüßte sie ihr Gastgeber und erwischte sie damit auf dem falschen Fuß. Seine Stimme war warm, ohne zu dunkel zu sein. Als wäre seine Begrüßung das Verblüffendste, was sie je erlebt hatte, fehlten ihr für einen Moment die Worte. Zugleich ahnte sie, wie dämlich ihre ausbleibende Reaktion wirken musste. Bestimmt war er es gewohnt, dass die Mädchen ihn verschüchtert anglotzten. Wie peinlich. Er musste denken, dass sie wie ein Backfisch auf ihren Schwarm starrte. Die Erkenntnis ließ sie auch noch rot anlaufen, was die Angelegenheit noch peinlicher machte.

Er stellte unterdessen das Blech ab, legte die Topflappen beiseite und kam mit ausgestreckter Hand auf sie zu.

„Darf ich mich vorstellen? Mein Name ist Constantin Eisenbauer."

Dankbar, sich für einen Moment an einem Ritual festhalten zu können, gab sie ihm die Hand. Seine Hände waren gepflegt, und er griff genau mit der richtigen Kraft zu. Er hatte die Aura eines Filmstars. Philine hatte tatsächlich noch nie jemanden wie ihn getroffen.

„Philine von Montenbrück", kam es krächzend zurück. Sie hätte sich ohrfeigen können.

„Dann sind Sie die rote Gräfin?", fragte er sichtlich erfreut.

„Ja. Auch wenn ich diese Bezeichnung nicht besonders mag." Irgendetwas in ihr gefiel, dass er ihren Namen kannte. Als würde sie dadurch eher in seiner Liga spielen. Sie ärgerte sich über die Erkenntnis. Sie hatte keinen Grund für Komplexe und tendierte nicht dazu, sich in Wettbewerb zu setzen.

„Aber das ist ein Ehrentitel", fand Constantin. „Die Hokuspokus-Fraktion fürchtet Sie, und die aufgeklärte Mehrheit schätzt Sie für Ihre unerschütterliche Rationalität."

Unerschütterlich? Wäre sie allein gewesen, hätte sie humorlos gelacht.

„Danke, dass Sie das sagen", plapperte Philine, weil ihr nichts Besseres einfiel.

„Ich sage nur die Wahrheit", erklärte er mit einem filmreifen Lächeln. Warum war der Mann nicht berühmt? „Haben Sie Hunger? Ich habe eine Kleinigkeit vorbereitet."

Die Kleinigkeit bestand aus selbst gemachten Brötchen mit Butter, Honig, Schinken und Käse direkt vom Erzeuger. Constantin wirkte nicht wirklich wie ein Öko, aber er schien extremen Wert darauf zu legen, nur gesundes Essen zu sich zu nehmen. Der Erfolg gab ihm wohl recht. So genau, wie ihr Gastgeber es jetzt vor ihr ausbreitete, hatte Philine allerdings nie wissen wollen, woher ihr Essen stammte und welche Wirkung es in ihrem Körper entfaltete. Dass er so viel über Ernährung sprach, schien schon fast zwanghaft zu sein. Überhaupt entpuppte er sich als die reinste Plaudertasche. Dann begriff Philine jedoch, dass er nur Rücksicht auf sie nahm. Sie war noch dabei, ihre Gedanken zu ordnen, und wäre mit einem normalen Gespräch über das, was geschehen war, noch überfordert gewesen. Schweigen wäre schnell peinlich geworden, und allein hätte Philine auch nicht sein wollen. Also erzeugte er mit seinem Geplauder ein angenehmes, unverbindliches Hintergrundrauschen.

Einen Herzschlag lang sahen sie einander in die Augen. Beide wussten, was der andere dachte. Es war wie im Film. Für einen Moment herrschte Schweigen, dann lächelten sie.

„Was machst du beruflich?", wagte sich Philine vor. Sie war noch nie einfach so zum *Du* übergewechselt, aber unter diesen Umständen wäre die Förmlichkeit aufgesetzt gewesen.

„Ich bin Arzt."

Und ich bin in einem Liebesroman gelandet, schrie Philine innerlich. Ging es noch kitschiger?

„Deshalb hast du mich so gut versorgen können", stellte sie fest.

„So gut es ohne Röntgenbild möglich ist. Ich habe dich abgetastet und keinen Bruch gefühlt", ließ er sich, ohne mit der Wimper zu zucken, auf das *Du* ein. „Vielleicht ist es nur eine Prellung oder auch gar nichts. Zur Sicherheit habe ich dich aber bandagiert."

„Wie kommst du überhaupt darauf, dass ich einen Bruch haben könnte?"

„Das Knacken, als ich deinem Angreifer das Brecheisen über den Kopf gezogen habe. Das hat sich nicht gut angehört." Er schüttelte den Kopf. „Unbegreiflich, wie man sich auf so eine zart gebaute Frau wie dich setzen kann." Es blitzte in seinen Augen. „Barbaren." Etwas seltsam beunruhigend Aufrichtiges lag in seinem Zorn.

Philine biss in ihr Brötchen, um einen Kommentar zu vermeiden. Er lächelte, als könne er in sie hineinsehen.

„Sagst du mir, warum du dort warst?", fragte er nach einer Pause.

Es war, als hätte er einen prall mit Worten gefüllten Ballon angestochen. Die Horrorgeschichte der letzten Tage kam schwallartig aus ihr heraus. Es tat so unendlich gut, endlich mit jemandem darüber sprechen zu können. Über die Ruine, den Mädchensammler, den Schamhaardieb, Bein und Kaltbeisser, den Überfall, die Toten, ihre Vertuschungsaktion, ihren Einbruch, der Motorradkauf ... einfach alles breitete sie vor diesem völlig Fremden aus. Zu allem Überfluss begann sie dabei auch immer wieder in Tränen auszubrechen.

Er saß einfach da und hörte aufmerksam zu. Seine unerschütterliche Ruhe war wie Balsam auf einer Wunde. Am Ende nahm er sie kommentarlos in den Arm und gab ihr Zeit, sich wieder zu beruhigen. Schließlich setzte er sie sogar auf seinen Schoß. Dieser Fremde ... der keiner mehr war.

„Diese Leute sind Monster", flüsterte er nach einer Weile. „Sie haben mir das Kostbarste in meinem Leben genommen, um ihre perversen Sexspielchen damit zu treiben." Philine spürte sofort, dass sein Schmerz um vieles tiefer als ihrer saß. Er war jedoch um so vieles stärker als sie. Er überschüttete sie nicht mit seinem Kummer. So schwach und auf seinem Schoß sitzend, kam sie sich wie ein kleines, Schutz suchendes Mädchen vor. Aber sie wollte ihm ebenso guttun, wie er ihr tat.

„Erzähl es mir", bat sie leise.

Für einen Moment schwieg er. Dann atmete er tief durch, als müsse er Anlauf nehmen.

„Es ist ein ganzer Ring von reichen Leuten, die sich von Toten angezogen fühlen. Einige belügen sich damit, dass sie Magier oder Satanisten seien. In Wirklichkeit sind sie einfach nekrophil." So viel abgrundtiefe Verachtung lag in seinen Augen. Ekel. Allein so einen Blick zugeworfen zu bekommen hätte bei vielen Menschen Selbstmordpläne aufkommen lassen. „Normale Leichen genügen diesen Monstern aber nicht. Sie wollen die schönsten, reinsten Mädchen besitzen, die es auf dieser Erde gibt. Unberührte Mädchen in der Blüte ihrer Schönheit." Die Verachtung schlug in kaum zu ertragende Trauer um.

Philine wollte fragen, wen er verloren hatte, aber sie wagte es nicht.

„Sie haben einen Spezialisten gefunden, der eine revolutionäre Konservierungsmethode für die Toten entwickelt hat", fuhr Constantin in sachlichem Ton fort, als wolle er sich statt an Gefühle an Fakten halten. „Das Ganze funktioniert ähnlich wie die bekannte Plastination. Die Toten bleiben aber ebenso weich und geschmeidig wie eine lebende Person." Er würgte leicht. „Vollständig waschbar", fügte er krächzend hinzu.

„Mein Gott", hauchte Philine.

„Diese Quelle habe ich bereits *abgestellt*", erklärte Constantin eisig. Sein Charisma ließ Philine die brodelnden Gefühle hautnah miterleben. Sein Zorn schien nicht zu ihm zu passen. Ihn innerlich aufzufressen. „Nun geht es darum, den Nekrophilenring zu zerschlagen."

„Du weißt, wer diese Leute sind?", fragte sie hoffnungsvoll.

Er nickte zögernd. „Zum größten Teil."

„Dann musst du es der Polizei sagen!"

Traurig lächelnd sah er sie an. Es dauerte mehrere Herzschläge, bis sie begriff: Sie selbst hatte ihm gerade erzählt, dass mindestens vier Polizisten einen Mordversuch an ihr verübt hatten.

„Du weißt, wer dahintersteckt, und glaubst, dass kein Staatsanwalt etwas dagegen unternehmen würde?", fragte sie erschreckt.

„Ja, Philine." Obwohl sie nun wirklich andere Probleme hatte, kribbelte es in ihrem Bauch, wenn er ihren Namen aussprach.

„Und wenn wir uns an die Presse wenden?", fragte sie, aber es fühlte sich wie ein Rückzugsgefecht an.

„Diese Monster haben so viel Geld, dass sie unangreifbar sind. Sie können so gut wie jeden bestechen, erpressen oder verschwinden lassen. Die Presse gehört diesen Leuten zum größten Teil. Und mit den Behörden zu sprechen würde nur dazu führen, dass sie unsere Namen und unseren Wissensstand kennen. Sie aus der Anonymität heraus zu erschlagen ist der einzige Weg, mit ihnen fertigzuwerden."

Für einen Augenblick konnte sie ihn nur geschockt anstarren. Plante er allen Ernstes, eine ganze Gruppe von Superreichen zu ermorden? Wie bei der Mafia? Ein feinsinniger Arzt und eine verheulte Adelige gegen die gesellschaftliche Elite? Das war doch absurd! Noch absurder war jedoch, dass sie erst hier auf seinem Schoß sitzend begriff, dass Constantin Leusing mit Vorsatz erschlagen hatte. Er war auf dieses Grundstück gekommen, um den Mann umzubringen. Verunsichert wartete sie darauf, dass sie auf diese Erkenntnis reagierte. Aber da war … nichts. War sie so abgebrüht?

„Außerdem haben diese Monster jemanden in ihrer Gewalt, der mir viel bedeutet“, erklärte Constantin leise. Ich will nicht, dass ihr geschändeter Körper auch noch von Ermittlern, der Presse, Leichenbeschauern, Wissenschaftlern und sonst wem angeglotzt wird.“

Philine nickte langsam. „Aber wir können doch nicht einfach herumlaufen und Leute umbringen.“

„Es freut mich, dass du von *wir* sprichst.“ Er schmunzelte beinahe. „Wenn wir aber nicht herumlaufen und diese Monster zertreten, werden sie viele weitere junge Mädchen aus dem Leben reißen, um ihre kranken Fantasien an ihnen auszuleben.“ Er zuckte mit den Schultern. „Das sind die einzigen Alternativen: Entweder eine Handvoll Monster stirbt, oder eine kaum überschaubare Zahl junger Mädchen wird umgebracht. Verstehst du?“

Natürlich verstand Philine. Aber sie wollte nicht verstehen. Es musste doch eine andere Option als Mord und Totschlag geben. Die gab es doch immer.

Im Film ist das so, warf die *andere* Philine ein. Konnte man im echten Leben tatsächlich an den Punkt kommen, einen Mord planen zu müssen? Sie konnte und wollte das nicht glauben. Es widersprach allem, woran sie glaubte.

„Es muss einen anderen Weg geben“, flüsterte sie.

Schweigend saßen die beiden mehrere Minuten lang da.

„Wir haben etwas Zeit", sagte Constantin in die Stille hinein. „Ich warte auf einen günstigen Moment, um das nächste Monster anzugreifen."

„Und wenn mir etwas Besseres einfällt, als den Mann umzubringen?", fragte Philine.

„Ich tue das nicht, weil ich gerne jemanden ermorden möchte, Philine."

„Entschuldige." Natürlich hatte er recht. Sie musste nur in diese ehrlichen, seelenvollen Augen blicken, um zu wissen, dass es für ihn eine schwere Bürde war, diese Leute zu töten.

„Es gibt keinen Grund für Entschuldigungen", sagte er traurig lächelnd.

„Ich werde dir helfen, das durchzustehen", versprach Philine. „Auf die eine oder andere Weise."

Sie konnte nur hoffen, damit nicht mehr versprochen zu haben, als sie einhalten konnte.

„Du hast einen neuen Freund, oder?" Jos freches Grinsen war ansteckend. Leider konnte Philine gleichzeitig grinsen und rot werden.

„Nein! Wirklich?", fragte der Teenie. „Erzähl! Wie sieht er aus? Was macht er so?"

„Nun …" Philine stocherte in ihrem Essen herum, um Zeit zu gewinnen. „Er hat ein kleines Häuschen an einem Hang, er ist Arzt und …"

„Der Bergdoktor! Du datest den Bergdoktor!", kreischte Jo, als hätte sie nie eine Erziehung genossen. Ihre Fröhlichkeit war so ansteckend, dass die große Schwester unfein prustend mitlachen musste.

„Und? Ist er ein bisschen stämmig?" Jo stand auf und versuchte vergeblich den Bauch rauszustrecken und schwerfällig zu gehen. Philine musste sich konzentrieren, ihren Mundinhalt zu schlucken und nicht über den Tisch zu spucken. „Und hat er einen Bart?" Die Kleine wollte die Frage gerade mit um den Mund geschmierter Tomatensoße illustrieren, als ihre Schwester endlich antwortete.

„Nein, er hat keinen Bart, er ist sehr schlank, gepflegt und elegant." Sie musste grinsen. „Auf der Straße hätte ich ihn für irgendeinen Filmstar gehalten."

„Wow", meinte Jo sichtlich verblüfft. „Er sieht also so richtig gut aus? Nicht so eine Kartoffel wie sonst?"

„Kartoffel?"

„Nicht, dass ich was gegen Kartoffeln hätte – nachdem du Thomas mitgebracht hattest, hatte ich aber lange Probleme, welche in den Mund zu nehmen." Die letzten Worte waren schwer zu verstehen, weil sie mit Giggeln vermischt waren.

„Du!", sagte Philine sprachlos. Sie wusste einfach nicht, ob sie lachen oder böse werden sollte.

„Ich!", rief Jo. „Meinst du wie in *Du kriegst heute keinen Nachtisch, geh auf dein Zimmer* oder wie in *Du hast recht*."

„Ich mache mir eher darüber Gedanken, wie genau du dir ausmalst, was in meinem Schlafzimmer passiert." Philine meinte das eigentlich als Witz. Die Vorstellung, dass sich ihre kleine Schwester ausmalte, ob, und wenn ja, welche männlichen Körperteile ihre große Schwester in den Mund nahm, war mehr als seltsam.

„Aha!", rief die Kleine, als hätte sich ihr Gegenüber verraten. „Dann hast du die Kameras noch nicht entdeckt!"

„Du bist so eine Nudel", meinte Philine kopfschüttelnd.

„Das war das Nächste, womit ich Probleme hatte, nachdem die Kartoffel damals die Badehose verloren hatte. Deshalb stehe ich auf Mädchen. Da kann ich weiter mit Appetit Nudeln essen.“

Erneut musste Philine lachen. „Ich werde nichts über Ferkel sagen, sonst bekomme ich da auch eine Geschichte über einen Ex, oder?“

„Guuute Entscheidung“, fand Jo. „Ich will ohnehin lieber was über den Schönling wissen.“

„Ich hatte dir doch erzählt, dass ich vom Bike gefallen bin und mir die Rippen geprellt habe“, erinnerte die ältere Schwester.

„Ja, der rätselhafte Motorradsturz ohne Kratzer am Motorrad“, merkte die viel zu schlaue Kleine an. Philine hätte sich ohrfeigen können, ihre Lügengeschichte nicht besser durchdacht zu haben.

„Ja. Ich bin nicht mit meinem Bike gestürzt, sondern mit seinem. Er hat eine Geländemaschine, und ich wollte mal ...“

„Moment“, unterbrach Jo. „Da steht also irgendein Schönling am Straßenrand, du hältst an und sagst: *Hey, Schönling, darf ich mal deine Maschine Probe fahren?* Und der gibt dir das Motorrad? Boah, wäre ich beleidigt.“

„Sag mal, was hast du für eine versaute Fantasie?“, fragte Philine verblüfft.

„Erstens bin ich ein Teenager. Und zweitens ist das noch immer nicht die Geschichte, wie ihr euch kennengelernt habt“, gab die Kleine lapidar zurück.

„Okay.“ Philine seufzte. Jo anzulügen war nicht einfach. Sie kannte ihre große Schwester viel zu gut und übersah nie auch nur die kleinste Ungereimtheit. Und sie hörte niemals auf, nachzubohren. Also musste sie möglichst nah an der Wahrheit bleiben ... „Er geht da einer Sache nach, über die ich leider noch nicht sprechen kann", begann Philine. Es war nicht mal gelogen. „Du weißt ja, der *Rote-Gräfin*-Kram."

„Ihr geht zusammen auf Geisterjagd?"

„Nein, es ist schon etwas ernster. Deshalb kann ich auch wirklich nicht darüber sprechen." Es war nicht gelogen, und sie brachte es so aufrichtig rüber, dass Jo still nickte. Das war das Geheimnis einer guten Lügnerin, erkannte Philine. „Dabei haben wir uns kennengelernt." Sie lächelte. „Er ist eigentlich nicht mein Typ, aber irgendetwas ist da zwischen uns."

„Du solltest ihn auf keinen Fall von der Bettkante schubsen, nur weil er keine Kartoffel ist", beschied die Kleine, als wäre sie die Lebenserfahrenere von beiden. „Schönlinge sind aber oft eingebildet. Da musst du aufpassen."

Philine schmunzelte. Im gleichen Moment meldete sich ihr Zweithandy.

„Wenn man vom Teufel spricht", sagte Philine, als sie Constantins Namen auf dem Display erkannte.

„Du hast ein neues Handy?", fragte Jo verblüfft und riss es ihr im gleichen Moment aus der Hand. „Constantin, ja?" Ehe die Eigentümerin noch etwas sagen konnte, nahm Jo den Anruf entgegen.

„Hallo Schönling. Ich bin die kleine Schwester."

„JO!!!", rief Philine und versuchte, ihr das Telefon wegzunehmen. Aber die Kleine war schneller.

„Ja, das ist bei uns so: Du musst erst von mir abgenickt werden, bevor du ..."

Endlich gelang es der knallrot angelaufenen Philine, ihrer Schwester das Handy aus den Fingern zu reißen.

„Constantin?"

„Ja?" Er klang amüsiert. Mit Sicherheit konnte er die Kampfgeräusche im Hintergrund kaum überhören.

„Moment, ich muss kurz ..." Philine versuchte, ins Nebenzimmer zu kommen und die Tür zu schließen.

„Soll ich später anrufen?", fragte er sanft, während sie die Tür schloss und sich dagegenlehnte.

„Nein, nein. Ich kann jetzt sprechen", hoffte die Gräfin. „Bitte entschuldige meine unverschämte Schwester."

„Ach was. Sie klang doch ganz reizend." Er machte eine Pause, und sie sah im Geiste seine seelenvollen blauen Augen vor sich. „Ich möchte dich auch nicht von ihr fortreißen, aber du sagtest, dass du mir helfen möchtest."

Philine lief es kalt den Rücken hinunter. Eine Woche hatte sie nach einer Alternative zu seiner Strategie gesucht. Eine Woche, in der Bein sie ständig beobachtet hatte. Eine Woche, in der sie sich Sorgen um Jo machte. Eine Woche voller Angst und Zweifel. Sie schwieg.

„Aber ich verstehe, wenn ...", setzte er an. Er war so einfühlsam.

„Nein", unterbrach sie ihn. „Ich lasse dich nicht im Stich." Und vielleicht fand sie ja doch noch eine Alternative. Wer weiß, welche Gelegenheit er ausgegraben hatte. Womöglich fiel ihr ja doch noch etwas ein.

Sie glaubte sich nicht.

„Ziemlich abgelegen", meinte Philine zweifelnd, als Constantins BMW endlich anhielt. Die Fahrt war deutlich länger als erwartet gewesen, und sie hatte ein wenig die Orientierung verloren. Das Waldstück lag vermutlich irgendwo im deutsch-französischen Grenzgebiet.

Du hättest nur fragen müssen, wo ihr hinfahrt, sagte sie sich. Aber dafür hatte sie die Fahrt viel zu sehr genossen. Es war wie ein Sonntagsausflug gewesen. Nur die Straße vor sich, manchmal schweigen, manchmal über Alltägliches plappern ... Mit Constantin konnte man beides. Sie wollte ihn kennenlernen. Ihre heile Welt zurück.

Mit Inbrunst hatte sie deshalb versucht, den Grund ihres Hierseins zu verdrängen. Sie hatte Angst davor, ihn oder sich zu verlieren.

„Wenn Menschen sich wie Ungeziefer benehmen, scheuen sie die Öffentlichkeit." Die Kälte in seiner Stimme gab ihr einen Stich. Er war viel zu sensibel, um die Wirkung auf sie nicht zu bemerken. „Du musst das nicht tun", versicherte er. „Du kannst einfach beim Auto warten."

„Nein, ich muss das tun", widersprach sie und riss sich endlich zusammen. „Ich habe mein Wort gegeben." Und sie hatte noch immer die Hoffnung, in letzter Sekunde von einem Geistesblitz getroffen zu werden, der alle Probleme verschwinden ließ.

Er nickte und umarmte sie lächelnd.

„Danke."

„Ich tue das auch für mich", sagte Philine, die mit der plötzlichen Umarmung nicht wirklich zurechtkam.

„Ich weiß, Philine." Dann nahm er das Brecheisen aus dem Kofferraum, und Philine sehnte sich nach der

Umarmung zurück. Plötzlich wurde alles wieder viel zu real.

Still stapften sie nebeneinander in den Forst hinein. Die eigenen Schritte klangen überlaut in ihren Ohren. Konnte sie das wirklich tun? Ging sie gerade wirklich neben diesem wildfremden Mann in den Wald, um Menschen zu töten? Mit Ansage und verabredet? Fing es so an, wenn Pärchen zu Serienkillern wurden?

Geiles erstes Date, sagte die Stimme in ihr, die sie als Letztes hören wollte. Seit sie Constantin begegnet war, hatte sie sie nicht mehr gehört. Er war so etwas wie ihr Anker gegen den Wahnsinn geworden.

Das heißt nicht, dass er mich nicht mag, gab die *andere* Philine zu bedenken. *Bestimmt mag er Frauen, die nicht rumjammern, wenn der Müll entsorgt werden muss.*

Philine erschrak. Es war das erste Mal, dass die *andere* ihr gegenüber feindselig klang.

Keine Angst. Ich bin du. Und du magst dich, kam es freundlich zurück.

Bitte, dachte Philine angestrengt, als müsse sie eine telepathische Botschaft senden. *Ich will nicht verrückt werden.*

Aber du bist nicht verrückt. Du bist ich.

„Geht es dir gut?", flüsterte Constantin.

Philine nickte, obwohl sie am ganzen Körper zitterte. „Du musst das …"

„Ich weiß, Constantin", unterbrach sie ihn leise. „Aber ich bin keine Frau, die rumjammert, wenn der Müll entsorgt werden muss."

Er nickte und lächelte beinahe.

Siehst du? Das hat ihm gefallen.

Philine ignorierte die Stimme. Die *andere* war nur hier, weil sie selbst nicht stark genug war. Das würde sich jetzt ändern. Sie hatte es satt, Angst um ihren Verstand, ihr Leben oder um Jo zu haben. Das hier war kein Mord, sondern Notwehr.

Tatsächlich gab die *andere* keinen Kommentar dazu ab. Sie war verstummt.

Wenig später erreichten sie einen Maschendrahtzaun, und Philine hatte die Episode fast vergessen. Ab hier wurde es wohl ernst. Ihr Puls beschleunigte, als würde sie einen Marathon laufen. Illegale Dinge zu tun, war ihr so fremd, dass ihr Körper sofort mit extremem Stress reagierte. Dabei war das hier erst mal *nur* ein Einbruch. Wenn sie jetzt schon kalte Füße bekam ...

Konnte sie überhaupt über einen so hohen Zaun klettern?

Constantin war offenbar gut vorbereitet. Er führte sie zu einer Stelle an einem Busch, wo *jemand* ein Loch in den Zaun geschnitten hatte. Selbst in dieser Situation erwies er sich als Gentleman: Erst stellte er sicher, dass keine Gefahr bestand, dann drückte er Blattwerk und Zaun so weit beiseite, dass sie bequem hindurchsteigen konnte.

Erst an dem dahinterliegenden Hügel wurde es auch körperlich ungemütlich. Den Schutz der niedrigen Büsche voll ausnutzend, krochen sie auf den Ellenbogen hinauf. Das Adrenalin hielt die Beschwerden ihres Körpers unter Kontrolle und schärfte die Sinne. Eine seltsame Mischung aus Angst und Euphorie machte sich breit. So seltsam es klang – *lebendiger* hatte sich Philine noch nie gefühlt.

Endlich erreichten sie den höchsten Punkt. In hundert oder hundertfünfzig Metern Entfernung stand eine erstaunlich große Hütte im Wald. Die Fensterläden waren geschlossen, aber sechs Protzlimousinen standen vor der Tür.

Ein Dutzend Männer in Anzügen lag auf dem Waldboden. Zwei direkt am Fuß des Hügels, einer vor einer offenen Autotür. Der Rest war auf und um eine Gruppe von Parkbänken zusammengesunken. Zuerst dachte Philine, dass das ihre Ziele wären, aber dafür waren sie wohl zu jung und zu zahlreich. Dann entdeckte sie eine Maschinenpistole neben einem der Männer unter ihnen.

Fragend sah sie Constantin an.

„Mein Informant sagte, dass die Leibwächter immer zusammen eine Tasse Kaffee trinken, bevor sie die Patrouillen beginnen." Er lächelte jungenhaft. „Und den Kaffee lagern sie in der Hütte ..."

Philine hatte nie darüber nachgedacht, aber natürlich wusste niemand besser, wie man jemanden vergiftet, als ein Arzt.

„Sind sie tot?", flüsterte sie voller Angst vor der Antwort.

„Ich vermeide es, zu töten, wo ich kann." Er wirkte verletzt, weil sie ihm das zugetraut hatte.

„Entschuldige."

Er lächelte nur und schüttelte den Kopf. Dann reichte er ihr ein Paar Gummihandschuhe. Philine schluckte. Er war wirklich gut vorbereitet.

Während sie sich noch die Handschuhe überstreifte, stand er auf und ging ohne jede Deckung auf die Hütte zu. Nach dem absurd anstrengenden Aufstieg auf den

Ellenbogen war es, als stiege der Schauspieler mitten im Kriegsdrama aus dem Schützengraben, weil er glaubte, dass die Dreharbeiten zu Ende waren. Dabei fingen die *Dreharbeiten* doch gerade erst an.

Die drei Schläger sind aber abgedreht. Wir sind bei der nächsten Szene, erinnerte sie sich. Ja, sie selbst! Das Ich, mit dem sie seit ihrer Kindheit gesprochen hatte. Philine hätte vor Glück heulen können und merkte gleichzeitig, wie wenig sie sich jetzt mit Psychoscheiße befassen konnte. *Reiß dich zusammen.*

Constantin war stehen geblieben und sah sie voller Sorge an. So als könne er in sie hineinsehen. Philine sprang auf und ging angespannt lächelnd auf ihn zu.

„Ich bin okay", sagte sie und glaubte es sogar. Er nickte nur einfühlsam. Solche Probleme schien er bei aller Sensibilität nicht zu kennen. Er erkannte, was getan werden musste, und dann tat er es.

Entschlossen gingen die beiden den Hügel hinab und zur Hütte hinüber. Sie kamen direkt an der auf dem Boden liegenden Maschinenpistole vorbei, aber keiner von ihnen machte Anstalten, sie aufzuheben. Sie waren ja auch nicht hier, um jemanden zu töten, sondern um die Umtriebe zu beenden, sagte sich Philine.

Andererseits waren Maschinenpistolen eine verlässliche Maßnahme gegen dumme Ideen. Sie hätten die perverse Runde damit in Schach halten können, während sie mit ihnen redeten. Sie hatte zwar auch die Pistole von dem Überfall auf ihre Burg dabei, aber eine Maschinenpistole ...

Der Gedanke war noch nicht zu Ende gedacht, als Constantin einfach die Tür der Hütte aufriss. Ohne jede Vorwarnung. Für einen Moment fror die Zeit ein.

Der Eingang war so groß, das Philine bequem an ihrem Begleiter vorbeiblicken konnte. Dadurch entging ihr leider kein Detail. An der Wand neben dem Kamin war ein fürstliches Büfett aufgebaut. Sechs Männer im Alter von etwa dreißig bis sechzig Jahren standen um einen Tisch herum. Alle trugen Anzüge, wie bei einem Empfang in der Botschaft. Die meisten hatten eine Sektflöte in der Hand oder fraßen Kaviar. Nur zwei von ihnen befassten sich mit dem nackten Mädchen, das regelrecht auf dem Tisch ausgebreitet war. Einer steckte in ihrem Mund, der andere am anderen Ende. Als sie noch in Bewegung gewesen waren, hatte man bestimmt nicht sehen können, dass das Mädchen tot war. Jetzt, da die Männer Constantin wie vom Blitz getroffen anstarrten, war die Reglosigkeit des Blondschöpfchens unübersehbar.

Dann erkannte Philine den Mann, der zwischen den Beinen der Kleinen steckte. Walter von Glockengang – ein guter Freund ihres Vaters. Die Situation war so unwirklich, dass sie nicht mal würgen konnte.

Ein regelrechter Urschrei beendete den Zeitstopp. Constantin ging mit der Wut eines wahnsinnigen Amokläufers auf die Männer los. Selbst Philine fürchtete sich vor ihm. Die eben noch eingefrorene Zeit schien unnatürlich zu beschleunigen. Ein Mensch war kaum in der Lage, den Geschehnissen zu folgen.

Mit viel mehr Kraft als nötig zerschmettert Constantin den Schädel des Mannes, der noch immer im Mund des Mädchens steckte. Blut, Gehirn und Knochensplitter spritzen bis auf Philines Haare, Wangen und ihre Brust. Angstverzerrte Gesichter um den Tisch. Walter von Glockengang schließt seine Hose. Ein weiterer

Mann wird von der Brechstange getroffen, kann aber so weit ausweichen, dass der Stahl nur seine Schulter erwischt. Das Geräusch des brechenden Schlüsselbeins übertönt spielend das Geschrei der Männer. Die *Lautstärke der Wirklichkeit* ist bis zum Anschlag aufgedreht. Es klingelt in Philines Ohren.

Ein Mann stürmt auf sie zu. Panik in den Augen. Sie steht ihm im Weg, aber sie ist viel zu leicht. Er wird einfach durch sie hindurchlaufen. Aber er darf nicht entkommen. Überall liegen Waffen. Zwei Trottel haben sie offen liegen lassen.

Philine will ihm mit aller Kraft die Tür vor der Nase zudonnern, aber der Mann ist schnell und wiegt mindestens hundertzwanzig Kilo. Er kracht gegen das alte Holz, gerät ins Stolpern, aber die schwere Tür kommt mit voller Wucht zurück und fegt Philine von den Beinen. Sie ist benommen, aber in dem Wahnsinn aus galoppierender Zeit und Todesschreien macht das kaum einen Unterschied. Wahllos tritt sie dem an ihr vorbeilaufenden Mann in die Beine. Sie trifft einen Unterschenkel. Nicht hart, aber hart genug, dass der Mann stolpert und mit dem Gesicht auf den Kühler eines der Autos fällt. Der Mercedes-Stern zieht einen tiefen Schnitt über seine Nase und die Wange.

Der Flüchtende scheint die Verletzung nicht wahrzunehmen. Panisch rennt er weiter. Erst auf allen vieren, dann kommt er hoch und erreicht beinahe die Autotür.

Zweimal kracht es. Die Schüsse sind so laut, dass sie für einen Augenblick das Massaker in der Hütte übertönen. Das Opfer langt gerade nach dem Türgriff, als die Einschläge seinen Rücken treffen. Die Projektile durchschlagen seinen Körper und reißen Blutfontänen aus seiner Brust. Erst als der Mann reglos neben seinem Auto liegt, entdeckt Philine die Pistole in ihrer Hand.

Für einen Moment bremst die Zeit weit genug ab, um sie begreifen zu lassen. Sie hat den Mann erschossen, obwohl er gar nicht versucht hatte, nach einer Waffe zu greifen. Einfach so – in den Rücken.

Willst du jetzt wieder zu jammern anfangen?, fragte die *andere*, als hätte sie nur auf ihren Auftritt gewartet.

„Er war keine Gefahr", stammelte Philine vom eigenen Handeln geschockt. Diesmal versagte sie aber nicht vollständig. Sie stand bereits auf. Sie musste Constantin helfen.

Der Kerl hat euch gesehen. Jo, Constantin und wir wären auf der Abschussliste gewesen, kam es wütend zurück. *Aber wenn Prinzesschen will, kann es mir die Schüsse in die Schuhe schieben. Ich bin stolz darauf.*

Philine hatte nicht die Kraft für diese Diskussion. Sie riss die Tür auf, und die Zeit ging erneut in den Overdrive.

Zwei Männer liegen mit eingeschlagenem Schädel auf dem Boden. Walter von Glockengang rutscht in ihrem Blut aus und legt sich der Länge nach hin. Ein Schwerverletzter klammert sich an Constantin fest, nimmt ihm jede Handlungsfreiheit. Ein Mann um die dreißig holt mit einem Schürhaken aus, um auf den Angreifer einzuschlagen. Die Männer sind viel zu nah beieinander, als dass Philine es wagen würde zu schießen. Für entscheidende Sekunden ist sie wie die Tote auf dem Tisch: eine Zuschauerin ohne Einfluss auf ihr Schicksal.

Die *andere* kennt kein Zögern. Als hätte sie ein Eigenleben, kommt die Waffe hoch und spuckt den Tod in den Raum. Nicht einmal oder zweimal – sechs Schüsse übertönen das Geschrei. Viermal erwischt sie den Mann mit dem Schürhaken. Dreimal in den Rücken, einmal in den Kopf. Auch der Schwerverletzte scheint getroffen. Röchelnd und mit dem Schädelinhalt des Schürhakenschwingers bespritzt, geht er zu Boden. Constantin blutet aus dem Arm. War sie das?

„Philine", sagt der im Blut kniende Walter von Glockengang. Als wäre es eine magische Formel, bringt die Nennung ihres Namens die Adelige wieder zur Besinnung.

Dann zerbricht das seit Kindertagen vertraute Gesicht unter dem wuchtigen Schlag eines Brecheisens.

Die Zeit setzt aus und läuft wieder normal.

Was für ein wunderbares letztes Wort, fand die *andere* und kicherte, während Philine glaubte, vor Grauen ihren Körper nicht mehr zu fühlen. Hilfe suchend sah sie zu Constantin hinüber, aber der hatte andere Sorgen. Heulend drückte er die Mädchenpuppe an sich. Schluchzend redete er auf sie ein und wiegte sie im Arm.

Plötzlich wurde Philine so schlecht, dass sie gegen die Wand stolperte. Ihre Knie trugen sie nicht mehr, und sie rutschte langsam zu Boden. Ihr Gesichtsfeld verengte sich.

War sie verletzt?

Nein, du bist nur ein Jammerlappen, kam es zurück. *Deine Schwäche ekelt mich an.*

Philine reagierte mit unkontrolliertem Weinen. Sie konnte einfach nicht mehr.

Mit einem Mal war Constantins Gesicht über ihr. Die Tränen hatten breite Bahnen über seine blutverschmierten Wangen gezogen. Er war mitgenommen. Hatte getötet und die geschändete Leiche von einem geliebten Menschen in den Armen gehalten. Dennoch war er hier. Kümmerte sich um sie.

„Es ist nur der Schock", erklärte er sanft. Seine ehrlichen blauen Augen waren voller Grauen … und Zärtlichkeit. „Ich gebe dir etwas."

Philine bemerkte kaum, wie die Spritze in ihren Arm eindrang. Dafür war er zu geschickt.

„Schlaf jetzt. Ich kümmere mich um alles."

Er hatte sogar eine Spritze für den Fall dabei, dass es ihr zu viel wurde.

Er war wirklich gut vorbereitet.

Philine erwachte in einem Himmelbett. Die Umgebung war ihrem gewohnten Umfeld so ähnlich, dass sie knapp am Surrealen vorbeirutschte. Träumte sie? Sie zwinkerte zweimal. Ein widerlicher Geschmack klebte in ihrem Rachen. Irgendwie muffig. Faulig. Angewidert setzte sie sich auf.

Dunkle, holzgetäfelte Wände gaben dem Raum etwas Bedrückendes. Den starken Kontrast bot ein Blick aus dem Fenster. Draußen strahlte die Sonne über eine imposante Berglandschaft.

Wo zum Teufel war sie?

Kurz kamen die Bilder von der Bluttat zurück. Seltsamerweise waren sie zu weit weg, um sie zu berühren. Entweder hatte sie das Grauen im Schlaf verarbeitet, oder es würde später wie eine Lawine über ihr zusammenbrechen.

Philine nutzte die unerwartete Seelenruhe, um einen friedlichen Moment aus dem Fenster zu schauen.

Einfach einen Augenblick die Stille genießen. Nicht über Mörder und Morde nachdenken ...

Ihr Verstand gab nicht lange Ruhe. Zunächst grübelte er nur über die fremde Umgebung nach. Nicht nur darüber, wo die Berglandschaft geografisch einzuordnen war, sondern auch über die Frage, warum Constantin sie hierhergebracht hatte.

Überhaupt: Constantin hatte sie betäubt. Er hatte ihr nicht einfach ein Beruhigungsmittel gespritzt, sondern sie komplett weggeschossen. Warum? Hatte sie so sehr neben sich gestanden, dass sie wie eins der Puppenmädchen eingepackt und weggeschafft werden musste?

Philine spürte ein seltsam nagendes Gefühl in sich. Wut? Enttäuschung? Sie wusste es nicht genau, aber dass so einfach über sie verfügt wurde, störte sie. Überhaupt störte sie, in letzter Zeit so viele Filmrisse erlebt zu haben.

Sie schwang die Beine aus dem Bett. Bis auf ein Paar dicker Wollsocken war sie nackt. Verdutzt sah sie an sich herab.

Sie zählte von zehn rückwärts, aber nichts regte sich in ihr.

Philine störte sich also offenbar kein bisschen daran, dass Constantin sie während ihrer Bewusstlosigkeit splitterfasernackt auszog – aber sie zickte herum, wenn er als Arzt entschied, dass es mit einer einfachen Beruhigungsspritze nicht getan war. Was war nur los mit ihr? Seufzend schüttelte sie den Kopf.

Nicht nur sie, sondern auch Constantin gingen gerade durch eine schwere Krise. Nur weil er so unerschütterlich wirkte, musste er das nicht sein. Sie hatte ihn weinen gesehen. Wenn er mit der Wahl seiner Behandlung gegen ihre Befindlichkeiten verstieß, musste sie darüber hinwegsehen. Vielleicht war er in genau diesem Moment nicht in der Lage gewesen, sich auch noch um sie zu kümmern. Es drehte sich nun mal nicht immer alles um sie.

Auf einem Stuhl entdeckte sie ihre Kleidung und zog sich an. Sie war frisch mit einem fremd riechenden Weichspüler gewaschen worden. Natürlich war sie das! Der Knochensplitter-Blut-Look kam bei kaum einem Event außer Halloween gut an.

Philine staunte über ihre Kaltschnäuzigkeit. Nach den furchtbaren Morden hätte sie ein Häufchen Elend sein müssen. Aber sie machte auch noch Witze darüber! Was war nur los mit ihr?

Du bist nicht verrückt, sondern ich. Es war nicht die *andere*, die zu ihr sprach – nur eine Erinnerung. Vielleicht war sie tatsächlich etwas mehr zu der *anderen* geworden. Erwachsener.

Immerhin ergab jetzt auch ihre Nacktheit einen Sinn. Constantin musste sie gewaschen haben. Eine Riechprobe unter der Achsel bestätigte den Verdacht. Aber er hatte sie nicht nur gewaschen. Philine nahm den feinen Duft einer hochwertigen Bodylotion wahr. Der Mann hatte sie eingecremt!

Der Gedanke an seine Hände, die voller Zärtlichkeit ihren ohnmächtigen Körper pflegten und streichelten, verursachte ein so merkwürdiges Gefühl, dass sie es mit Worten kaum zu fassen bekam. Da war ein unanständiges Kribbeln in ihrem Schritt und ein wohliges Summen im Bauch – aber auch ein nagendes

Unwohlsein. Wenn sie sich doch wenigstens entscheiden könnte, was sie fühlte ...

An der Tür entdeckte sie einen Zettel. In einer eher weiblich anmutenden Handschrift stand dort:

Guten Morgen. Bitte ziehen Sie an der Klingel neben dem Bett.

Weibliche Handschrift? Dass es eine Klingel neben dem Bett gab, ließ sie vermuten, dass eine Dienstbotin die Nachricht hinterlassen hatte. Wo zum Teufel war sie hier?

Philine kehrte um und zog an der Klingel. Dann erst überlegte sie, dass es vielleicht interessanter gewesen wäre, sich unbeaufsichtigt umzusehen. Gleich darauf schämte sie sich für diesen Gedanken. Sie wusste aus eigener Erfahrung, wie unangenehm es war, wenn wildfremde Gäste auf eigene Faust in ihrer Burg herumgeisterten. Es war immer ein Einbruch in die Privatsphäre. Und wenn jemand – wer auch immer es war – ihr schon Unterschlupf bot, nachdem sie hier wahrscheinlich blutverschmiert angekommen war, wäre das mehr als undankbar gewesen.

Es klopfte. Und entgegen dem, was Philine mittlerweile gewöhnt war, wartete der Ankömmling tatsächlich darauf, dass er hereingebeten wurde. Bei dem höflichen Besucher handelte es sich um einen gepflegten Mann um die fünfzig. Ein schwarzer Anzug und eine kerzengerade Körperhaltung verliehen ihm eine besondere Würde.

„Guten Morgen, Frau von Montenbrück", sagte er mit einem unüberhörbaren englischen Akzent.

„Mein Name ist Mortimer." Er verbeugte sich höflich. „Ich stehe in den Diensten von Mélisande de Capelle, in deren Anwesen Sie sich gerade aufhalten."

„Guten Morgen, Mortimer", erwiderte Philine den Gruß etwas perplex. In Adelskreisen war Mélisande keine Unbekannte, auch wenn man nicht über sie sprach. Sie war eine Bürgerliche, deren Mann auf rätselhafte Weise kurz nach der Hochzeit das Zeitliche gesegnet hatte. Sie lebte so zurückgezogen, dass kaum jemand etwas über sie wusste. Dass sich eine französische Adelige einen britischen Butler leistete, hätte Philine nicht erwartet.

Was hatte Constantin mit einer Gestalt wie Mélisande zu tun?

„Wenn Sie gestatten, würde ich Ihnen gerne das Bad zeigen", schlug er vor und öffnete wenige Türen weiter einen Raum für sie. „Handtücher und eine Auswahl von Kosmetika und Toilettenartikeln stehen zu Ihrer Verfügung." Eine einladende Handbewegung verdeutlichte seine Worte.

Philine nickte höflich, verschwand im Bad und schloss die Tür. Eine kleine Dusche, eine Toilette, zwei Waschbecken und ein Schminktisch. Dazu eine Kollektion aller Toilettenartikel, die man so brauchte. Von der Haarbürste bis zur Minizahnpastatube. Dafür, dass sie so zurückgezogen lebte, war Mélisandes Gästebad erstaunlich gut ausgestattet.

Philine nutzte allerdings nur die Toilette. Dabei entdeckte sie auch die Dienstbotenklingel und fragte sich nach dem Sinn. Sollte sie klingeln, falls sie jemanden zum Abputzen brauchte?

Grinsend wusch sie sich die Hände.

Sie öffnete die Tür in der Absicht, in ihr Zimmer zurückzukehren, denn sie wollte wissen, ob auch die Schränke dort so gut auf Gäste eingerichtet waren. Als sie auf Mortimer stieß, erschrak sie. Der Butler stand direkt vor der Tür.

„Wenn ich Sie dann ins Frühstückszimmer begleiten darf – die Herrschaften werden sicherlich beglückt sein, Sie zu sehen", schlug er mit höflichem Lächeln vor und trat einen Schritt zurück. Falls er ihr Zusammenzucken bemerkt haben sollte, verriet er das mit keiner Miene.

„Danke, Mortimer", entgegnete sie irritiert. Eine Dame ihres Standes hätte selbstverständlich vor dem Frühstück geduscht. Hätte er so lange vor der Tür stehen wollen? Sie hatte auf die Dusche verzichtet, weil sie ja offenbar bereits frisch gewaschen worden war ... Ob Mortimer das wusste? Und wenn er wusste, dass Constantin sie wusch, war sie dann als seine Verlobte vorgestellt worden? Hatte Constantin sie überhaupt gewaschen? Oder war das eine Dienstbotin oder sogar Mélisande gewesen?

Der Gedanke war mehr als nur ein wenig unangenehm.

Mortimer führte Philine unterdessen durch das riesige Haus. Die Optik aus bedrückend dunkler Holzvertäfelung blieb. Fast wie in einem Horrorfilm aus den Dreißigerjahren. Nicht, dass es unsauber oder ungepflegt gewesen wäre – im Gegenteil. Aber irgendetwas war an diesem dunklen Holz, den ägyptischen Statuen und den Porträts längst verstorbener Menschen, was großes Unwohlsein in Philine auslöste.

Der Frühstücksraum erwies sich jedoch als außerordentlich angenehm. Es war ein großer Wintergarten, der auf die Berglandschaft hinausging. Vielleicht wurde ihr wohliges Gefühl aber auch nicht von dem Raum, sondern von Constantin ausgelöst. Er saß mit seinem Kaffee an einem schweren Massivholztisch und drehte sich lächelnd zu ihr um. Der Raum schien noch ein wenig heller zu werden. Neben ihm saß jedoch Mélisande, die Philine bisher nur von Fotos kannte, auf denen sie deutlich jünger aussah. Sie musste jetzt um die sechzig sein, hatte sich aber gut gehalten.

Auch Mélisande lächelte, doch ihr Lächeln wirkte, als sei sie gerade bei irgendetwas ertappt worden. Seltsam verstohlen zog sie die Hand von Constantins Oberschenkel, als dieser aufstand, um Philine zu begrüßen.

„Guten Morgen", sagte er mit so viel aufrichtiger Wärme in den Augen, dass Philine für einen Moment alles andere vergaß. Sich weder um Etikette noch um Zuschauer kümmernd, schloss er sie in die Arme.

„Guten Morgen, Constantin", murmelte sie in seine Schulter. Er roch so unglaublich gut. Doch auch wenn die Umarmung viel länger als erwartet ausfiel, währte sie nicht ewig. Plötzlich war die Schulter fort und der Rest der Welt zurück.

„Darf ich dir Mélisande de Capelle vorstellen?" Er machte eine ausladende Handbewegung. „Wir sind seit vielen Jahren befreundet, und sie war so nett, uns Unterschlupf zu gewähren."

Mélisande reagierte mit undurchschaubarem Lächeln auf die Vorstellung. Sie hatte die Arme angewinkelt, damit sich ihre Fingerkuppen berühren konnten.

Nicht wie bei einer Merkel-Raute, sondern waagerecht und nur ganz leicht. Sodass die Hände ständig in Bewegung sein konnten. Wie die Mundwerkzeuge einer Krabbe in Zeitlupe.

„Und darf ich dir Philine von Montenbrück vorstellen?“, wandte er sich an die Gastgeberin. „Wir kennen uns noch viel zu kurz, aber sie ist meine ...“ Er stockte und sah sie jungenhaft lächelnd an. Sie spürte, dass sie Farbe im Gesicht bekam. „... Vertraute“, rettete sich Constantin.

Mélisandes Gesichtsausdruck blieb unverändert. Dafür reichte sie ihrem Gast eine Hälfte ihrer *Mundwerkzeuge*. Philine musste sich überwinden, der Älteren die Hand zu geben. Ihr in die Augen zu sehen, war seltsam. Da war Kälte – nein, Seelenlosigkeit. Wie bei einer Spinne. So als wäre sie *Beute*. Oder eine Feindin.

Oder Philine war einfach überspannt.

„Ich freue mich, Sie kennenzulernen“, log sie.

„Die Freude ist ganz auf meiner Seite“, entgegnete die Gastgeberin mit unüberhörbar französischem Akzent. Ihre Stimme war sanft. Erotisch. In jungen Jahren hatte sie die Männer wahrscheinlich mit der Mistgabel von sich fernhalten müssen. „Setzen Sie sich doch. Mortimer wird Ihnen gleich ein Frühstück servieren.“

Philine tat, wie ihr geheißen. Ihr Kopf war aber noch bei der Begrüßung. Was wollten sie hier?

„Nach dem Frühstück solltest du deine Schwester anrufen“, bemerkte Constantin.

Philine nickte und schämte sich ein wenig. Sie hatte Jo völlig vergessen. Dass ihr Begleiter sich mehr Gedanken um sie machte, war bezeichnend.

„Und was sage ich ihr, wo ich bin?“, dachte sie laut.

„Auf keinen Fall hier“, mischte sich Mélisande ein.

„Wieso nicht?“ Philine spürte Zorn in sich aufsteigen. Sie wollte diese Frau nicht in ihrem Leben haben. Schon gar nicht hatte sie darüber zu befinden, wie offen sie mit ihrer Schwester redete.

„Weil sie vielleicht von der Polizei verhört wird. Und wenn sie meine Adresse preisgibt, sind wir alle in Gefahr.“

„Die Polizei hat sie noch nie befragt, und selbst wenn, würde sie nicht sagen, wo ich bin, wenn ich das nicht will.“

„Sie missverstehen die Situation“, erklärte Mélisande mit einem seltsam seelenlosen Lächeln. „Sie haben den Fehler gemacht, die Männer mit Ihrer Waffe zu erschießen.“

Die Ältere machte eine bedeutsame Pause. Gerade lange genug, damit Philine verstand, dass sie offenbar dumm war, weil sie den Punkt noch immer nicht verstanden hatte. Es war ja nicht ihre Pistole.

„Mit der Waffe, die Sie einem der Beamten abgenommen haben, die Sie töten wollten.“

Philine dämmerte es. Mélisande gab ihr aber keine Zeit, den Gedanken zu Ende zu führen.

„Die Polizei wird daraus nicht schlau werden. Die Hintermänner des Nekrophilenrings wissen dafür umso mehr: Sie haben ihre Häscher verschwinden lassen, und jetzt haben Sie zurückgeschlagen. Nicht gegen irgendwen, sondern gegen die Führungsriege.“ Sie schüttelte den Kopf, als wäre Philine ein besonders dummes Mädchen. „Wer noch übrig ist, fühlt sich jetzt persönlich bedroht. Und jemand, der Angst um sein

Leben hat und über die Ressourcen dieser Leute verfügt
…"

„Oh, mein Gott", hauchte Philine. Sie würden Jo nicht
einfach verhören. Sie würden vor nichts zurückschre-
cken, um sie zum Reden zu bringen!

„Es ist nicht so schlimm, wie du denkst." Constantins
Hand legte sich sanft auf die ihre. Es war wie ein Ret-
tungsanker. „Mélisande hat bereits alles in die Wege ge-
leitet."

„In der Tat habe ich zuverlässige Personenschützer
damit beauftragt, das Mädchen diskret zu bewachen."
Die Französin schien den Aufwand als Zumutung zu
betrachten. „Außerdem habe ich eine sichere Unterbringung organisiert."

„Ich kann sie nicht einsperren", sagte Philine, ohne
nachzudenken. Sie wollte alles tun, um der Kleinen
ihre Unbeschwertheit zu erhalten.

„Wenn Sie es vorziehen, sie diesen Monstern zu überlassen, kann ich natürlich alles rückgängig machen."
Mélisande war hörbar pikiert.

„Wir haben die Möglichkeit, sie mit ihrer Freundin
für zwei Wochen in eine Tauschschule nach Tuvalu zu
schicken. Es ist alles arrangiert." Constantin lächelte sie
an. „Du hattest doch gesagt, dass sie gerne tauchen lernen möchte."

Philine staunte, wie viel er schon über sie wusste. Er
hörte wirklich aufmerksam zu. Sie staunte aber auch
darüber, wie sehr es sie störte, dass er dieses Wissen mit
seiner Freundin geteilt hatte.

„Ja …", stammelte sie. Aber Tuvalu? Philine wusste
nicht mal genau, wo das lag.

„Dann musst du sie nur noch anrufen und sagen, dass du ihr und ihrer Freundin einen zweiwöchigen Überraschungsurlaub spendierst." Er sagte das, als wäre es ein Hauptgewinn.

„Selbstverständlich dürfen Sie das Ziel der Reise nicht preisgeben", ergänzte Mélisande, als wäre Philine debil. „Auch nicht, dass sie Badekleidung benötigen."

„Aber sie wird fragen, was sie einpacken ...", wollte Philine aufbegehren, doch die Gastgeberin hob streng die Hand, um ihr das Wort abzuschneiden. Was bildete sich das Weib nur ein? „Sie werden eine Zwischenlandung in New York einlegen und dort einkaufen gehen. Dort werden sie von einer vertrauenswürdigen Tauchlehrerin abgeholt und auch ihre Taucherausrüstung erhalten."

„Alles im Privatjet, damit sie nicht verfolgbar sind", ergänzte Constantin. „Die Piloten werden gefälschte Flugpläne abgeben."

Philine schwirrte der Kopf. Es war, als wäre sie in einem Bond-Film gelandet. Nur ohne Martini und ohne dass die Mädchen überhaupt wussten, dass sie sich versteckten.

„Und wenn sie sich zu Hause melden?", wandte sie ein.

Mélisande hob missbilligend eine Augenbraue, als suche ihr Gast zwanghaft nach einem Haar in der Suppe.

Vielleicht stimmte das sogar.

„Ihre Telefone werden *rätselhafterweise* keinen Anschluss bekommen. Das Internetcafé in der Nähe verschickt keine Nachrichten, und *seltsamerweise* funktionieren auch keine Log-ins." Constantin zwinkerte ihr zu.

Das war ... heftig. Mélisande konnte nicht nur mal eben einen Privatjet mit zwielichtigen Piloten, sondern auch eine Tauchschule mit Telefonsperre und Pseudointernetcafé auf Tuvalu zur Verfügung stellen? Das klang nach den Möglichkeiten eines Geheimdienstes.

Oder den Ressourcen der Leute, gegen die sie kämpften ...

Mehr noch: Mélisande verfügte nicht nur über diese Möglichkeiten, sondern war einfach so bereit, sie für Jos Sicherheit einzusetzen. Das musste sie ein Vermögen kosten. Sie konnte nicht mal schätzen, wie viel man für so etwas auf den Tisch legen musste.

Selten war Philine so verwirrt gewesen. Das Schweigen am Tisch war beinahe greifbar.

„Entschuldige, Mélisande“, bat Constantin. „Wir sind beide noch völlig durch den Wind, aber wir sind auch sehr dankbar.“

Seine Worte fühlten sich für Philine gefährlich nah am Verrat an. Aber er hatte natürlich recht. Ihre Gastgeberin gab sich offenbar große Mühe mit ihnen und war auch finanziell mehr als nur ein bisschen großzügig.

„Wir haben beide eine Extremsituation hinter uns“, ergänzte er. „Da muss man sich erst sortieren. Und Philine ist gerade erst aus der Narkose erwacht.“

„Natürlich.“ Mélisande lächelte, ohne dass das Lächeln ihre Augen erreichte.

Narkose. Richtig. Philine hatte schon fast vergessen, dass Constantin sie einfach weggeschossen hatte. Es störte sie mehr, als sie es sich bei ihrem Erwachen hatte eingestehen wollen. Sie musste mit ihm darüber reden

– aber das würde sie mit Sicherheit nicht im Beisein der *Spinne* tun.

Gott, war sie geladen, stellte Philine fest. Wenn sie dieses Tischgespräch weiter führte, gab es ein Unglück.

Also wandte sie ihre Aufmerksamkeit dem Kaffee und den Croissants zu. Während Mélisande und Constantin sich erst weiter über Tuvalu und dann über die Dackelzucht austauschten, wanderten Philines Gedanken zurück zu Jo. Ja, es wäre gut, sie in Sicherheit zu wissen. Und einfach für zwei Wochen die Schule zu schwänzen, um am Ende der Welt tauchen zu lernen, war genau die Art Abenteuer, die sie und Katja lieben würden. Katjas Althippie-Eltern würden auch keine Probleme bereiten. Denen war egal, was ihre Tochter trieb, und sie glaubten, dass ab und zu die Schule zu schwänzen normal wäre. Wenn die von einem Überraschungstrip hörten, würden sie sicher am liebsten mitkommen.

Aber das hatte Mélisande wohl kaum vorhersehen können, weil das auch Constantin nicht wusste. Aber – was *hatte* er dem Weib denn alles über sie erzählt? Und was ging es die Spinne an? Philine spürte den Zorn zurückkommen.

„Wie habt ihr euch kennengelernt?", platzte sie mitten in eine Erörterung der Ohrenform von Rauhaardackeln hinein. Stille am Tisch. Zwei Gesichter wandten sich ihr zu. Constantin lächelte. Es war unklar, ob aus Erleichterung, der Dackeldiskussion zu entgehen, oder weil er sie verstand. Mélisande zog sichtlich pikiert eine Augenbraue hoch. Zu Recht, musste ihr Gast eingestehen. Sie benahm sich gerade sehr unhöflich.

„Die liebe Mélisande hat mir mein Studium finanziert“, erklärte der Arzt. „Ich weiß nicht, ob ich es ohne ihre Hilfe geschafft hätte.“ Philine konnte sich gut vorstellen, was ein so attraktiver junger Mann einer alternden Adeligen im Gegenzug bieten konnte. Kein Wunder, dass er der Frage auswich. Philine wurde übel.

Mélisande winkte ab. „Ich will so etwas nicht hören, Constantin. Du bist ein herausragender Arzt und verdankst das allein dir selbst. Ich bin sehr stolz auf dich.“ Wieder legte sie ihr Greifwerkzeug auf seinen Oberschenkel.

Es zuckte Philine in der Hand. Das erste Mal in ihrem Leben verspürte sie das Bedürfnis, jemandem mit der Faust ins Gesicht zu schlagen.

„Ich …“ Sie atmete tief durch und stand auf. „Ich gehe meine Schwester anrufen.“

Ihre Gastgeberin machte Mortimer ein Zeichen, woraufhin der Butler ihr ein Funktelefon reichte.

„Sagen Sie ihr, dass sie um 15 Uhr an ihrer Schule von einer blonden Dame in einem roten Blouson abgeholt wird“, bat Mélisande. Nein, sie *bat* nicht, sie *ordnete an.*

Krieg dich wieder ein, riss sich Philine zusammen. Mélisande hatte ihr nichts getan. Im Gegenteil: Sie versuchte Jo zu beschützen. Alles, was man gegen sie sagen konnte, war subjektiv.

„Ja, danke“, rang sie sich ab und ging auf ihr Zimmer zurück. Selten hatte sie so um ihre Fassung kämpfen müssen. War sie krankhaft eifersüchtig? Oder reagierte sie normal? War Mélisande eine widerliche alte Hexe, oder war Philine ungerecht?

Sie schloss die Zimmertür hinter sich und lehnte sich dagegen.

Eifersüchtig? Welches Recht hätte sie, eifersüchtig zu sein? Sie war bestenfalls mit Constantin befreundet. Ob die beiden miteinander ins Bett gingen – oder gegangen waren –, ging sie absolut nichts an! Außerdem war ihr Beziehungsstatus auch derzeit die letzte ihrer Sorgen.

Leider war ihr Herz anderer Meinung.

Seufzend ließ sie sich aufs Bett fallen und starrte an die Decke. Die Sekunden tickten an ihr vorbei, während sie versuchte, ihre Gedanken einer rationalen Ordnung zu unterwerfen.

Alles lief darauf hinaus, dass entweder etwas mit Mélisande oder mit ihr selbst nicht stimmte. Dass sie selbst nicht mehr alle Gurken im Glas hatte, war ihr bewusst. Bisher hatte ihre Macke jedoch nichts mit Eifersucht zu tun gehabt.

Wenn mit Mélisande etwas nicht stimmte, war es aber weder ratsam hierzubleiben noch Jo nach Tuvalu zu schicken.

Andererseits …

Offensichtlich steckte Mélisande nicht mit ihren Feinden unter einer Decke. Sie hätte sie einfach ausliefern oder vergiften können. Zugleich verfügte sie über die Ressourcen, sie zu beschützen, und rief nicht die Polizei, selbst wenn sie Leute umbrachten.

War sie so eine Art Mafiaboss?

Wer und was sie auch immer war – sie war offenbar derzeit die einzige Hilfe, die sie hatten. Die Alternative wäre wohl, sich mit Jo und Constantin in Abbruchhäusern, unter Brücken oder in billigen Hotels zu verstecken und ständig über die Schulter zu blicken.

Du hast gar keine Wahl, wurde ihr bewusst. Die Erkenntnis ließ neues Grauen in ihr aufsteigen. Sie waren auf Mélisande angewiesen.

Erneut riss sie sich zusammen und setzte sich auf. Nach kurzem Zögern wählte sie Jos Nummer.

Es klingelte zweimal.

„Hallo?", flüsterte Jo. Natürlich. Wahrscheinlich hatte sie gerade Unterricht, begriff Philine. Dass sie währenddessen überhaupt ans Telefon ging, wäre eigentlich Grund für eine Standpauke gewesen.

„Hallo Süße."

„Philly! Ist was passiert?" Philine hörte Stimmen im Hintergrund.

„Nein, ich wollte ..."

Jemand versuchte, Jo zur Ordnung zu rufen.

„Es ist wichtig!", rief die Kleine zurück. Dann war eine Tür zu hören, und es wurde still im Hintergrund.

„Bist du okay, Philly?", fragte Jo erneut.

„Ja, natürlich", log Philine. Es fiel ihr erstaunlich leicht. Allein die Stimme ihrer Schwester zu hören, hob ihre Stimmung. „Du hast doch gesagt, dass du ernster wirst, wenn ich verrückter werde."

„Jaa ...?", erinnerte sich Jo gedehnt.

„Und da habe ich mir gedacht, dass ich mal etwas Verrücktes tue."

„Na, jetzt bin ich aber gespannt." Sie lachte so wunderbar unbeschwert.

„Du und Katja, ihr werdet um 15 Uhr von einer blonden Dame im roten Jackett abgeholt. Ihr müsst nichts mitnehmen, werdet viel wieder mitbringen und zwei Wochen unterwegs sein."

„Was? Ich meine WOW! Ein Shoppingtrip?“ Die Begeisterung in ihrer Stimme war herzerwärmend.

„Nicht nur“, versprach Philine schmunzelnd. „Eine Rundum-Überraschung.“

„GEIL! Kommst du auch?“

„Später vielleicht. Erst mal sollt ihr beide euren Spaß haben.“

„Mit dir hätte ich aber noch mehr Spaß“, log Jo.

„Ich dich auch Süße.“ Philine lachte laut. „Aber ihr werdet euch wahrscheinlich zwei Wochen nicht melden können und die Schule schwänzen. Sorg dafür, dass Katjas Eltern nicht die Polizei rufen.“

„Jawohl, Ma'am!“ Selbst über das Telefon war zu hören, wie Jo die Hacken zusammenschlug. „Autsch.“

„Tut's weh?“, erkundigte sich Philine mitfühlend.

„Ein wenig. Hab Sneakers an.“

„Dann müssen wir das ausfallen lassen, weil du fußlahm bist?“

„AUF KEINEN FALL!“, schrie Jo ins Telefon und lachte.

„Ich wünsche dir viel Spaß“, sagte Philine ernster, als sie wollte. „Zumindest, bis ich zu euch stoße und dem Spaß ein Ende setze.“

„Ich zittere vor Angst“, gab Jo wenig überzeugend zurück.

„Ich hab dich lieb.“

„Ich dich auch.“

Wie fröhlich sie klang.

Dann war die Verbindung unterbrochen. Philine saß wieder allein da und starrte auf die dunkle Holzvertäfelung.

Plötzlich kamen ihr die Tränen. Hilflos schluchzend sank sie in die Kissen und rollte sich zusammen.

Kapitel 3 – Déjà-vu

Ausgestreckt.

Angewinkelt.

Ausgestreckt ...

Philine gab auf. Heute Nacht würden sich ihre Beine wohl nicht mehr einigen können. Mit vom Herumwälzen zerzausten Haaren setzte sie sich auf. Wenn ihr Kopf keine Ruhe gab, tat der Rest ihres Körpers es ihm gleich.

Im Dunkeln war das deprimierende Ambiente ihres Zimmers schon fast erträglich. Der Mond schien über die Berglandschaft. Wunderschön. Aber irgendwie auch wie in einem Werwolffilm. Ja, das Haus wäre der ideale Drehort für einen Horrorstreifen aus den Vierzigerjahren des letzten Jahrhunderts gewesen.

Der Tag hätte eher zu einem Plot gepasst, den jemand aus einem Rosamunde-Pilcher-Roman und dem Tagebuch von Niccolò Machiavelli zusammengestückelt hatte. Philine hatte sich auf eine Art unterschwelligen Zickenkrieg mit Mélisande eingelassen, dessen Regeln sie nicht verstand. Schlimmer noch: Sie verstand nicht mal, wer damit angefangen hatte, was irgendwer damit gewinnen konnte und warum sie sich darauf einließ. Es war völlig idiotisch! Und Mélisande hatte keine Gelegenheit ausgelassen, ihr die kindische Natur ihres Verhaltens vor Augen zu führen.

Zumindest glaubte Philine das. Sie war ja nicht mal sicher, ob Mélisande sich an dem Zickenkrieg beteiligte oder ob sie sich auch das einbildete. Der eigentlich so sensible Constantin hatte nicht mal bemerkt, dass irgendwas in der Luft lag. Zumindest glaubte Philine das. Absolute Gewissheiten schien es nicht mehr zu geben.

Seufzend stand Philine auf und stellte sich ans Fenster. Für einen Moment schien es nur ihren Herzschlag zu geben, der sie mit seinem Rhythmus in der Wirklichkeit verwurzelte.

Ja, vielleicht war sie verrückt. Aber wenn das so war, konnte sie sowieso nicht zwischen Realität und Wahnsinn unterscheiden. Ihre Wahl bestand also darin, nichts zu tun, weil sie davon ausging, den Verstand verloren zu haben – oder ihrem Gefühl zu vertrauen.

Sie versuchte, eine möglichst rationale Entscheidung zu treffen, aber es gelang ihr nicht.

Irgendwas stimmt nicht mit Mélisande. Jede Faser ihres Seins war davon felsenfest überzeugt. Und da nicht nur Philines und Constantins Leben, sondern – seit heute – auch noch das Leben ihrer Schwester davon abhing, wie vertrauenswürdig die alte Hexe war, konnte sie sich nicht einfach hinlegen und schlafen.

Entschlossen zog sie sich an. Sie musste etwas tun. Ein wenig im Haus herumstöbern. Sie wusste nicht, auf welche Beweise sie zu stoßen hoffte, aber sie konnte nicht auf ihren Händen sitzen. Vielleicht fand sie auch etwas, was sie beruhigte. Ein Gutachten, dass Mélisande unter irgendetwas Harmlosem litt, was ihr seltsames Verhalten erklärte. Leichten Autismus oder irgendein Medikament mit Nebenwirkungen vielleicht.

Sie erwartete jedoch eher, ein Drogenlabor, verschleppte Frauen oder einen an der Decke aufgehängten Schuldner zu finden, der mit einem Bügeleisen bearbeitet wurde.

Nein. Wenn sie ehrlich zu sich war, glaubte sie nicht
wirklich, dass Mélisande zum organisierten Verbrechen gehörte. Zumindest wäre sie nicht so dumm, ein
Drogenlabor in ihrem Domizil zu betreiben. Vielleicht
war sie früher mal Profikiller gewesen oder hatte für
den Geheimdienst gearbeitet.

Du hast zu viel Fantasie, rief sie sich zur Ordnung.

Sie atmete tief durch und öffnete, so leise sie konnte,
die Tür. Eine Mühe, die sie sich wahrscheinlich schenken konnte. Zum einen war es ihr nicht verboten, das
Zimmer zu verlassen – vielleicht musste sie ja auch die
Toilette aufsuchen. Zum anderen war sie der einzige
Bewohner des Gästeflügels ...

Warum eigentlich?

Erst jetzt begriff sie, dass Constantin im Familienflügel untergebracht war. Er hatte ihr sein Zimmer gezeigt. Bedeutete das ...? Erneut arbeitete sich der Würgereiz ihren Hals hinauf. Mit aller Macht verdrängte sie
die Bilder aus ihrem Kopf. Es war ohnehin ein absurder
Gedanke. Mélisande war für ihr Alter nicht hässlich,
aber Constantin hätte jede haben können.

Und wenn er für ihrer aller Sicherheit auf diese Weise
bezahlte?

*Hör endlich auf, dich wie ein liebeskranker Teenie zu
benehmen*, ranzte sie sich selbst an. Die innere Stimme
kam so plötzlich, dass sie zusammenzuckte. *Du bist
hier nicht in irgendeinem Buch mit Glitzervampiren.
Hier geht es um Leben und Tod.*

Stumm, als wäre sie mit sich selbst beleidigt, schlich
sie den Flur hinab. Mit jedem Schritt wurde sie ruhiger.

So als würde sich der liebeskranke Teenie schmollend verziehen und die erwachsene Frau die Sache in die Hand nehmen. Wenigstens war es nicht die *andere*.

Im Vestibül hielt Philine für einen Moment inne. Geradeaus ging es zum Privatflügel, rechter Hand zum Dienstbotentrakt. Was in dem Stockwerk über ihr war, entzog sich ihrer Kenntnis. Unter ihr war der Wohnbereich, das Speisezimmer, der Salon und so weiter. Und darunter der Keller.

Wenn sie etwas zu verstecken hätte, würde sie es wohl kaum im allgemein zugänglichen Bereich des Hauses aufbewahren. Wahrscheinlich würde sie es sogar an einer Stelle aufbewahren, wo auch die Dienstboten nicht hinkamen.

Ein Tresor in ihrem Arbeitszimmer vielleicht? Hatte sie ein Arbeitszimmer? Wenn ja: Wäre das nicht der erste Ort, wo man zum Beispiel bei einer Hausdurchsuchung nachschaute?

Sie schüttelte frustriert den Kopf. Was glaubte sie denn zu finden? Schwarze Konten? Die ganze Idee mit dem *ominöse Beweise finden* war Unsinn. Sie machte sich lächerlich.

In ihr Zimmer wollte sie aber auch nicht zurück.

Philine entschied, einfach so das Haus zu erkunden. Es gab kaum eine bessere Methode, jemanden wirklich kennenzulernen, als sich in seinem Domizil umzusehen. Dafür nachts durchs Haus zu schleichen und in privaten Dingen herumzuschnüffeln, zeugte zwar von extrem schlechter Erziehung, war in diesem Fall aber wohl zu rechtfertigen. Vielleicht hatte Mélisande ja sogar eine liebenswerte Seite, die nur zu gut versteckt war.

Den Privattrakt zu betreten, wagte sie jedoch nicht. Dort erwischt zu werden, wäre extrem peinlich. Auch das Stockwerk über ihr wollte sie vorerst auslassen. Zu leicht war es möglich, dass es dort oben lose Dielen gab, die man im ganzen Haus hören konnte.

Nein. Sie wollte im Keller beginnen. Dort war um diese Uhrzeit mit Sicherheit niemand, und vielleicht wurden dort alte Möbel und Dinge aus Mélisandes Vergangenheit aufbewahrt. Das mochte recht aufschlussreich sein.

Als sie jedoch den Keller betrat, versprach der Besuch weit interessanter als erwartet zu werden. Das Gewölbe war offenbar sehr alt. Aus schweren Natursteinen gebaut, wie man es von mittelalterlichen Burgen kannte. Graf Dracula hätte sich sicherlich zu Hause gefühlt, und Philine ging es nicht anders. Als Kind waren die verzweigten Gänge unter Burg Montenbrück ihr Spielplatz gewesen. Und hier gab es im Gegensatz zu den ungenutzten Kellern ihrer Heimstatt sogar elektrisches Licht. Sich fasziniert umschauend, schritt die junge Frau die uralten Stufen hinab. Deutlich war zu sehen, wo das relativ neue Anwesen auf den Resten der Burg aufgesetzt worden war. Von Versorgungsleitungen gab es jedoch keine Spur. Es musste extrem kostspielig gewesen sein, die Segnungen der Neuzeit in den Fugen oder sogar hinter den alten Steinen zu verbergen.

Sie passierte einen archaischen Brunnen, der noch immer Wasser führte. Direkt daneben war jedoch ein moderner Heizungskeller untergebracht. Richtig interessant wurde es allerdings jenseits des Brunnens: Ein riesiger Kamin war in die Mauer gebaut worden. Wahrscheinlich hatte es hier also einmal eine Küche gegeben. Bemerkenswert war, dass das Gewölbe genau an der Feuerstelle einen Knick von vielleicht sechzig Grad machte, sodass sich die Form eines schlampig ausgeführten L ergab. Der Kamin sah deshalb merkwürdig aus.

Der Gedanke verflog jedoch, als Philine den von der Treppe aus unsichtbaren Teil des Kellers einsehen konnte. Vor ihr lag ein Weinkeller, der aus einem feuchten Traum ihres Vaters hätte stammen können: Lange Reihen staubbedeckter Flaschen aus zwei Jahrhunderten. Weil sie regelmäßig liebevoll gedreht wurden, waren sie am Hals nahezu staubfrei. Unterhielt Mélisande einen eigenen Sommelier?

Langsam ging sie die Reihen entlang. Bilder von ihrem Vater, der mit leuchtenden Augen jedem, ob er wollte oder nicht, seine Weinsammlung gezeigt hatte, zogen vor ihrem inneren Auge vorbei. Wehmut machte sich in ihr breit. Nach einer Zeit der Geborgenheit. Ihr Vater war immer ein großer Beschützer gewesen. Manchmal zu hart und *vernünftig*, aber ein guter Vater. Wenn er sich für etwas begeisterte, war er fast zum Kind geworden. Ob auch Mélisande eine kindliche, liebenswerte Seite hatte?

Sie erreichte die Wand am Ende der Flaschenreihen. Als würde sie damit auch das Ende ihres Gedankengangs erreichen, warf sie einen Blick zurück.

Der malerische Kamin beherrschte den Raum. Ob man von hier aus heutzutage noch das Haus heizen könnte? *Wohl kaum*, antwortete sie sich selbst, während sie langsam darauf zuschlenderte. Dieses Gewölbe war Jahrhunderte älter als der Rest des Hauses.

Niemand hätte sich die Mühe gemacht, das alte Ding mit dem neuen Schornstein zu verbinden.

Neugierig stellte sich Philine in die vollkommen saubere Feuerstelle und blickte nach oben. Wie erwartet gab es keinen Rauchabzug. Dafür entdeckte sie in der Wand zu ihrer Linken einen fein säuberlich in der Wand versenkten Sicherungskasten. Er war so gut eingepasst und so kunstvoll in Natursteinfarben lackiert worden, dass Philine ihn beinahe übersehen hätte. Da die Technik ohnehin nur zu erkennen war, wenn man im Kamin stand, erschien ihr der Aufwand als übertrieben. Oder stand Mélisande oft hier, um sich vorzustellen, wie es sein würde, wenn Hänsel sie in den Ofen schubste?

Philine musste grinsen. Die Heiterkeit wich ihr jedoch aus dem Gesicht. War das hier überhaupt ein Kamin? Eine mittelalterliche Feuerstelle dieser Größe hatte sie noch nie gesehen. Erst recht nicht in einem Keller. Andererseits – wenn das hier kein Kamin, sondern die Tarnung für den Zugang zu einem weiteren Gewölbe war, würde der Keller nicht einfach einen unmotivierten Knick machen, sondern sich verzweigen. Ein geheimer Fluchtweg?

Den hätte man schon bei der Planung vorgesehen und sicher nicht an einen so auffälligen Knick gelegt. Wahrscheinlicher war, dass jemand den Ast eines lambdaförmigen Kellers zu einem Geheimraum umgebaut hatte.

Also doch ein Drogenlabor?

Philine musste es einfach wissen. Sie schaltete ihre Handylampe ein und tastete mit den Fingerspitzen nach einem Schalter oder einem Schlüsselloch. Nichts.

Nach zwanzig Minuten ergebnisloser Suche war sie fast so weit, den Geheimraum als fixe Idee abzutun, aber wie immer siegte ihre Sturheit. Wenn es keine Hebel, Klappen oder Löcher gab, hatte Mélisande vielleicht auf den Trick mit den beweglichen Steinen, wie sie eigentlich nur in Hollywood vorkamen, zurückgegriffen. Also probierte Philine systematisch jeden einzelnen Stein durch. Sie drückte darauf und versuchte, ihn in jede Richtung zu verschieben.

Wenn dich jemand sieht, weisen sie dich ein, unkte sie zu sich selbst. Und sie hatte recht. Hätte sie jemanden in ihrem Keller erwischt, der auf jedem Stein herumdrückte ...

Klick

Das Geräusch war so satt und klar, dass es wie ein Blitz in ihre Gedanken fuhr. Sie war so überrascht, tatsächlich etwas gefunden zu haben, dass sie beinahe lachen musste. Warum suchte sie so verbissen, wenn sie im Innersten nicht erwartete, wirklich etwas zu finden?

Doch selbst nach dem vielversprechenden Geräusch brauchte sie einen Moment, um den versteckten Zugang zu finden. Es war eine Tür ohne Klinke, die aussah, als wäre sie aus Stein gemacht. Sie aufzudrücken war jedoch nicht schwerer, als eine Schranktür zu öffnen. Zunächst schien es, als ob auf der anderen Seite nur gähnende Dunkelheit wartete. Während sie die Tür jedoch Zentimeter für Zentimeter aufdrückte, begann es langsam hell zu werden.

Philine blickte in ein riesiges, mit weißem und schwarzem Marmor verkleidetes Gewölbe. Zugleich wurde sie Zeugin einer regelrechten Inszenierung.

Überall erwachten mehr und mehr Lampen zum Leben, die den Raum punktuell mit weichem, klarem Licht – dem Licht eines Sonnenaufgangs – beschenkten. Während der Raum selbst größtenteils im Dunkeln blieb, setzte ein sakrales Leuchten die *Ausstellungsstücke* in Szene. Zweiundzwanzig nackte Mädchenleichen waren in ebenso vielen Glaskästen drapiert worden. Nicht einfach ausgestellt, wie in einer Leichenhalle, sondern wirklich *drapiert.* Hier war ein Bein neckisch angewinkelt, dort schlummerte ein zusammengerolltes Mädchen im ewigen Schlaf, und weiter hinten saß ein junges Ding wie eingenickt in ihrem Kasten und präsentierte eine Flut seidiger, weißblonder Locken.

Philines Denken setzte aus.

Es war so märchenhaft morbide, so ungeheuer unwirklich, dass sie in eine Art Trance fiel. Es war wie in einem Traum. Ohne fassen zu können, was sie sah, betrat sie den Raum und nahm alles in sich auf. Minutenlang starrte sie fasziniert auf eine feenhaft schöne Hand, die ausgebreitet auf einem Bauch lag. Die Eigentümerin schien sie aus großen, grasgrünen Augen anzulächeln, aber Philine konnte nicht anders, als ihren Blick weiter die unnatürlich langen Beine herunterwandern zu lassen. Was für wunderschöne Füße dieses Mädchen hatte. Wäre die Kleine nicht hinter Glas gewesen, hätte sie die zarte, weiße Haut berühren müssen.

Der Gedanke brachte sie endlich wieder zu sich selbst zurück. Im gleichen Moment sprang sie das Grauen an. Dann der Ekel – und der Ekel vor sich selbst. Was sie eben noch als amüsiertes Lächeln wahrgenommen hatte, war nichts als eine letzte Demütigung, die ein

Scheusal auf dem Gesicht seines Mordopfers hinterlassen hatte. Hier gab es keine Schönheit und erst recht keine Erotik. Ekel und Grauen hatten sie so fest im Griff, dass sie die Kontrolle über ihren Körper verlor. Blind vor Entsetzen stürmte sie aus dem Horrorgewölbe, stürzte fast in den Brunnen und rannte die Stufen zum Erdgeschoss hinauf. Ehe sie dort ankam, musste sie sich jedoch so heftig übergeben, dass sie auf den Stufen zusammensackte.

Mélisande. Sie war eine von denen! Sie musste Constantin wecken! Jo! Bei allen Göttern, sie hatte Jo diesem Monster ausgeliefert!

Der Gedanke brachte sie wieder auf die Beine. Sie stürmte die Stufen hoch, riss die Tür zum Privattrakt auf und blieb für einen Moment desorientiert stehen. Sie stand so sehr neben sich, dass sie für einen Moment nicht mehr sicher war, welche Tür zu Constantins Zimmer gehörte. *Egal*, schrie es in ihr. Ohne Rücksicht auf etwaige Mitbewohner öffnete sie einfach jeden Raum, an dem sie vorbeikam. Leer ... Badezimmer ... Abstellkammer ... leer ... Constantin! Sie stand in der Tür eines stockdunklen Raums. Mit ihr fiel ein Streifen Licht hinein und über ein großes Himmelbett. Constantin lag tief in die Daunenkissen versunken darin und schlief wie ein Stein.

Allein, wie sie erleichtert feststellte. Erst jetzt wurde ihr bewusst, dass sie insgeheim damit gerechnet hatte, Mélisande in seinem Bett vorzufinden.

Das ist doch völlig Wurst!, brüllte es in ihr. *Ihr schlaft im Haus einer Massenmörderin, und du fängst wieder mit deinen Teeniesorgen an!*

Zu sehr mit sich und ihrem Gedankenoverkill beschäftigt, um bei der Wahl ihrer Weckmethode zimperlich zu sein, schloss sie die Tür, rannte zum Bett und warf sich praktisch auf ihn. Da sie nichts sah, machte ihr Knie ziemlich unsanfte Bekanntschaft mit seinem Oberschenkel. Zumindest hoffte sie, dass es der Oberschenkel war, den sie getroffen hatte.

„Gorff", keuchte er. Bei dem Versuch, ihm in der Dunkelheit den Mund zuzuhalten, legte Philine ihm die Hand auf die Stirn.

„Ich bin's", flüsterte sie und versuchte den Fehler zu korrigieren. Ihre Finger glitten über seine Nase auf den Mund. Als sie jedoch endlich in Position waren, war die Geste mehr als nur ein wenig albern. Er hätte genug Zeit gehabt, um laut herumzuschreien.

„Das beruhigt mich." Er lachte leise, aber der Schmerz war deutlich in seiner Stimme zu hören.

„Es tut mir ...", setzte sie leise an, doch dann lenkte er das Gespräch in eine völlig andere Richtung. Er verschloss ihren Mund mit einem Kuss. Unfähig, etwas anderes zu tun, als den Kuss mit ganzem Herzen zu erwidern, wurde ihr Körper weich. Ihre Lippen öffneten sich, und als seine Zunge über ihre Zähne strich, verlor sie für einen Augenblick den Kontakt mit der Wirklichkeit. Er stockte.

„Hast du dich übergeben?", fragte er.

Philine hätte am liebsten aufgehört zu existieren. Oder wäre – noch besser – nie geboren worden.

Aber in Constantins Stimme schwang nicht der leiseste Anflug von Ekel mit. Nur Besorgnis.

„Ich ... Ja", stammelte sie.

„Bist du krank?"

„Nein." Endlich entließen Adrenalin, Liebestaumel und Scham Philine weit genug aus ihren Fängen, dass sie ihre Gedanken unter Kontrolle bekam. „Mélisande ist eine Irre", flüsterte sie aufgeregt. „Sie ist eine von denen!"

„Eine von denen?", fragte er verständnislos.

„Werd wach, Constantin", bat sie eindringlich. „Mélisande gehört zu diesem Nekrophilenring!"

„Niemals." Es klang so endgültig, wie er das sagte, aber auch freundlich. Er schien weder empört noch unsicher.

„Ich habe es gesehen, Constantin!" Sie war viel zu laut und wusste es. Aber das Grauen machte es ihr unmöglich, weiter zu flüstern. „Der ganze Keller ist voller Leichen! Diese Irre hat einen Mädchenshowroom mit Lichteffekten!"

„Da musst du etwas falsch verstanden haben", sagte er sanft.

„Falsch verstanden?", brüllte sie ihn an. „Was gibt es da falsch zu verstehen? Findest du es normal, dass man Leichen sammelt?"

„Nein, Philine. Bitte beruhige ..." Er schaltete die Nachttischlampe ein.

„Ich soll mich beruhigen?", schrie sie mit sich überschlagender Stimme. „Ich habe Jo dieser nekrophilen Schlampe anvertraut, und ich soll mich beruhigen?"

„Mélisande ist weder nekrophil noch eine Schlampe." Ruhig, aber bestimmt nahm er sie an den Schultern.

„Aber ...!"

„Ich habe die Opfer hierhergebracht."

„WAS?" Zum zweiten Mal an diesem Abend glaubte Philine den Kontakt zur Wirklichkeit zu verlieren.

„Denk nach“, er lächelte sie freundlich an. „Was hätte ich sonst mit den Leichen tun sollen?“

„Was du ...“ Philine brauchte einen Moment, um überhaupt zu begreifen, dass diese Frage nicht leicht zu beantworten war. Wenn sie ehrlich zu sich war, hatte sie nicht darüber nachgedacht. In ihrem normalen Leben hatte es die Frage, was man mit Toten machte, nie gegeben. Schon gar nicht mit Mordopfern. „Du hättest sie zur Polizei bringen können“, schlug sie vor und ahnte zugleich, wie dumm diese Idee war.

„Was hätte ich der Polizei erzählt?“ Er lächelte sie freundlich an. „Und wie hätte ich verhindern können, dass meine Identität bekannt wird?“ Wie unglaublich sanft er war. Wäre Philine auf diese Weise geweckt und mit einem Kotzekuss begrüßt worden, wäre sie niemals so entspannt geblieben. „Philine?“ Jetzt klang er belustigt. Als könne er Gedanken lesen.

„Du hättest sie anonym an die Polizei schicken können.“ Das war eine dumme Idee, wusste die Adelige. Sie hatte nur noch nicht genug durchdacht, warum.

„Dann hätte ich sie gleich vor Ort lassen können“, sagte er ernst. Sie wären nur wieder in die Fänge der gleichen Leute geraten.“ Der Griff um ihre Schultern wurde für einen Moment fester. „Das weißt du doch.“

„Aber wenn die Polizei eine Leiche zugeschickt bekäme, würde sie die doch auf Spuren untersuchen. Vielleicht würde das Ermittlungen ...“

„Wenn es eine Untersuchung gäbe, würden die Spuren eher zu mir führen. Und wenn die Ermittlungen durch ein Wunder so weit angelaufen wären, dass Ergebnisse produziert werden, würden sie unterbunden. Diese Männer sind zu mächtig.“

„Aber dann … dann hättest du die Leichen verbrennen können!"

„Und damit alle Beweismittel und die Chance auf Abschied für die Angehörigen für immer vernichten?", fragte Mélisande.

Philine fuhr wie von der Natter gebissen herum.

Ihre Gastgeberin stand in einer Tür, die offenbar ihr eigenes Schlafzimmer mit dem von Constantin verband. Warum zum Teufel gab es eine Zwischentür? Und was hatte sie gehört?

„Sie sind sehr schnell mit Verurteilungen und sehr zögerlich mit Dankbarkeit", erklärte Mélisande, während Philine noch mit ihrer Sprachlosigkeit kämpfte. „Die Laster der Jugend, nehme ich an."

„Sieh es uns nach", bat Constantin. „Ich war genauso."

„Oh, nein, mein Lieber. Du warst immer ein bescheidener Mann, der sich selbst infrage gestellt hat. Du hattest nie diese ordinäre, lautstarke Art an dir. Die Art der Jugendlichen, die – kaum flügge geworden – glauben, alles besser zu wissen. Ohne Überblick, ohne Disziplin und ohne Respekt."

Selten hatte Philine jemanden gesehen, der so unemotional wütend werden konnte. Es hatte etwas Monströses an sich. Für einen Moment fühlte sie sich von den Worten getroffen, war sogar eingeschüchtert. Für einen Moment. Denn auch wenn sie vielleicht wenig Dankbarkeit gezeigt hatte und urteilte, ohne alle Fakten zu kennen, war eine Tatsache nicht von der Hand zu weisen:

„Sie haben in Ihrem Keller eine voll inszenierte Pornoshow mit Mädchenleichen!", erinnerte Philine sie lauter, als sie beabsichtigt hatte. „Da erledigt sich jede Empörung, die Sie noch von sich geben könnten."

„Phi…", setze Constantin beschwichtigend an, wurde jedoch von ihrer Gastgeberin unterbrochen.

„Pornoshow?" Mélisandes Lächeln hatte etwas von einem Hai an sich. „Hat Sie der Anblick etwa erregt?"

Philine schoss das Blut in den Kopf. Es war das verbale Äquivalent eines Leberhakens.

Dabei hatte war sie von den Leichen doch nicht wirklich erregt worden … oder …? Nein, bestimmt nicht!

Die Ältere gab ein bösartiges Kichern von sich. Etwas Teuflisches glitzerte in ihren Augen.

„Je mehr jemand mit seinen Dämonen kämpft, umso schneller ist er mit seinen Urteilen. Eine normale Person stört sich nicht daran, wenn eine Sechsjährige Minirock trägt. Um darin etwas Unanständiges zu sehen, muss man den Blick eines Pädophilen haben."

„Ich bin nicht nekrophil!", schrie Philine unbeherrscht zurück. Zugleich war ihr klar, dass sie damit die Diskussion verloren hatte.

„Wenn dich Leichen erregen, bist du nekrophil, Kindchen." Mélisande lächelte ein so böses Lächeln, dass Philine übel wurde. „Und solange du dafür niemanden umbringst, verurteilt dich niemand dafür. Außer dir selbst."

„Mélisande …", versuchte sich erneut Constantin einzumischen, doch diesmal war es Philine, die ihn unterbrach.

„Oh, nein. Ich werde nicht zulassen, dass Sie die Diskussion auf mich lenken. Sie haben da unten einen Showroom eingerichtet, um Mädchenleichen auszustellen! Sie sind die Kranke von uns beiden, nicht ich!"

„Ich habe keinen Ausstellungsraum eingerichtet.“
Jetzt war das Lächeln der Gastgeberin fast mitleidig.

„Ach nein? Dann gehen wir doch hinunter, damit
Constantin sehen kann, wie Sie die Leichen untergebracht haben. Mal sehen, vielleicht hält er das ja für
eine normale Leichenhalle.“ Philine glaubte zu fühlen,
dass sie wieder Boden unter den Füßen bekam.

„Constantin kennt den Raum, meine Liebe.“ Niemand
konnte *meine Liebe* so abfällig aussprechen wie ihre
Gastgeberin. „Die Ausstellungshalle wurde von meinem Vater eingerichtet. Er hat dort seine archäologi-
schen Funde ausgestellt und vor Diebstahl gesichert.
Nach seinem Tod habe ich alles an verschiedene Mu-
seen gespendet.“ Als würde sie den Todesstoß auskos-
ten wollen, machte sie eine Pause und sah Philine in die
Augen. „Da der Raum gut versteckt, mit Glaskästen ausgestattet und voll temperiert ist, bot er sich als perfekte
Aufbewahrungsmöglichkeit an.“ Ihr Blick wurde eiskalt.

Die Jüngere konnte nicht standhalten und warf einen
Blick auf Constantin. Er schien das als Aufforderung zu
sehen, doch gerade als er den Mund aufmachte, begehrte sie noch einmal auf.

„Aber warum sind die Mädchen nackt?“ Die Frage
klang viel zu zaghaft in Philines Ohren.

„Ich nehme an, dass es für Sie schwer zu verstehen
ist“, räumte Mélisande großmütig ein. „Aber wenn man
keine amourösen Gefühle für die Toten aufbringt,
nimmt man Nacktheit nicht wirklich wahr.“ Ihr gön-
nerhaftes Lächeln war ekelhaft. „Was Sie aber begreifen müssen, ist, dass es keine Personen, sondern Leichen sind. Tote Körper, die ich in meinem Haus

aufbewahre. Natürlich muss ich sie regelmäßig auf Schimmel untersuchen. Es wäre nicht nur mühsam, sondern auch albern, sie regelmäßig an- und auszuziehen.“

„Aber die Mädchen ...“

„Es sind keine Mädchen mehr“, korrigierte Mélisande sie ärgerlich. „Es sind tote Körper, die so stark konserviert wurden, dass sie zum großen Teil aus Kunststoff bestehen. Dass Sie sie anders sehen, liegt an Ihrer Neigung.“

Philine zuckte erneut zusammen. Sie wollte das nicht hören! Sie wusste, dass das Miststück ihr noch einmal die *Neigung* reindrücken musste, um sie zu verletzen. Sie versuchte abzulenken! Oder?

„Die Leichen sind nicht einfach nackt, sondern drapiert“, blieb sie beim Thema des Gesprächs. „Haben Sie dafür auch eine Erklärung?“

„Was meinen Sie mit *drapiert?*“, stellte die Alte sich dumm.

„Na, wenn Sie die Mädchen ...“

„Es sind keine Mädchen.“

Philine atmete durch, ließ sich aber nicht provozieren.

„Wenn Sie die Leichen nur aufbewahren wollten, lägen alle einfach in der gleichen Position in ihrem Glaskasten, oder nicht? Da wäre dann nicht mal ein Bein aufgestellt, und keine würde sitzen oder auf der Seite liegen.“

„Es tut mir leid, wenn Ihnen meine Leichenhalle zu unordentlich ist“, ätzte Mélisande. „Leider hält sich Schimmel nicht an Regeln, und so hat jede Leiche ihre eigenen Problembereiche. Also lagere ich sie in einer

Position, in der ich die Problemzonen am besten begutachten kann." Ihr Lächeln zeigte etwas zu viele Zähne, um echt zu wirken. „Dass Sie diese Posen als perverse Inszenierung empfinden, hat allein etwas mit Ihren eigenen Gelüsten und nichts mit der Realität zu tun."

Philine hätte vor Verzweiflung heulen können. Das Weib hatte auf alles eine Antwort. War am Ende wirklich sie selbst das Problem? Eine vorlaute, dumme, unreife, undankbare Tussi? Eine *nekrophile* Tussi?

Gegen ihren Willen schossen ihr die Tränen ins Gesicht. Unfähig, etwas zu sagen, sah sie Constantin an. Er lächelte verständnisvoll und schloss sie in die Arme. Mehrere Herzschläge verkroch sie sich bei ihm.

„Ich erwarte morgen früh eine angemessene Entschuldigung", sagte Mélisande kalt. „Sollte diese ausbleiben, werden Sie morgen abreisen. Da Ihre Schwester Ihr unerhörtes Verhalten nicht zu verantworten hat, werde ich unsere Vereinbarung sie bezüglich einhalten."

Philine hörte, wie die Zwischentür geschlossen wurde.

Sie waren allein.

Sie war glücklich, dass Constantin bei ihr war. Im Moment wollte sie nicht mit sich allein sein. Sie hatte Angst, dass da noch jemand anders in ihr war. Eine Nekrophile. Und die *andere*. Philine wusste nicht, welche von beiden erschreckender war.

In der Liebe und im Krieg war bekanntlich alles erlaubt. Was dieser blödsinnige Satz wirklich bedeutete, lernte man aber erst, wenn man sich tatsächlich in einer Situation befand, wo es buchstäblich um alles ging.

Philine hatte Beweise vernichtet, war eingebrochen und hatte mehrere Menschen getötet. Ihren persönlichen Stolz herunterzuschlucken, war dagegen ein lächerlich geringes Opfer.

Also stand sie heute Morgen vor der verhassten Spinne, die sie in ihrem Netz aus Hilfe, Anschuldigungen und Erpressung gefangen hatte, und heuchelte Reue. Sie ahnte, dass es dabei auf Details ankam. Mélisande würde das Kriegsbeil nicht begraben, bis die Beute ihre Weltsicht teilte. Erst wenn Sünder und Retter klar benannt waren, würde Frieden herrschen.

„Ich kann mir das nur so erklären, dass ich nicht ganz bei mir war", führte Philine gerade aus.

„Sicherlich standen Sie unter Schock", stimmte Mélisande gönnerhaft nickend zu. „Zuerst die Bluttat im Wald, dann die Entdeckung Ihrer nekrophilen Neigung ..."

„Ja, es war etwas viel für mich." Auch wenn die Spitze eine wunde Stelle traf, zuckte Philine mit keiner Wimper. Sie würde sagen, was immer nötig war, damit die alte Hexe tat, wofür sie gebraucht wurde. Stolz war nicht wichtig, weil es vollkommen egal war, was ihre Gastgeberin oder ihr devoter Butler von ihr hielt. Jo zählte. Constantin zählte. Ihr eigenes Leben zählte. Und natürlich musste der Nekrophilenring gesprengt werden. Aber Mélisande durfte gerne in einem Gully ertrinken.

Vielleicht fiel es auch deshalb besonders leicht, weil Philine den einen Preis, auf den es ihre Feindin wirklich abgesehen hatte, bereits gewonnen hatte.

Constantin. Obwohl er so viel verloren, sie ihn auf so furchtbare Weise geweckt und die Freundschaft zu

Mélisande in Gefahr gebracht hatte, zeigte er ihr gegenüber nicht den kleinsten Ansatz von Unwillen. Er nahm sie mit all ihren Fehlern und würde sich selbst dann nicht von ihr abwenden, wenn sie tatsächlich nekrophil wäre.

Sie waren sich so unglaublich nah. Seit sie gestern in seinen Armen eingeschlafen war, wusste sie, dass er ebenso empfand. Es war nicht wie bei anderen Paaren, die sich beim Sex näherkamen und dann zusammenwuchsen. Nein. Auch wenn sie sich kaum kannten, war da schon jetzt eine unverbrüchliche Nähe. Wenn sie beide das erste Mal miteinander Sex hatten, würde es eine Feier der Beziehung und nicht deren Anfang sein.

Mélisande war seine Vergangenheit – sie die Zukunft –, und die Hexe wusste das.

„Nun gut. Damit ist die Angelegenheit erledigt“, verkündete die Alte ihren Richterspruch.

„Ich danke Ihnen“, log Philine. Sie hoffte, dass sie das geheuchelte Aufatmen nicht zu sehr übertrieb.

„Ja, ich danke dir“, sekundierte Constantin.

„Ach was.“ Sie sagte das mit einer gönnerhaften Handbewegung, die nichts anderes als ohrfeigenwürdig war. „Setzen Sie sich, Frau von Montenbrück. Ein Frühstück wird Ihnen guttun.“

„Danke.“ Nachdem die *Entschuldigung* erledigt war, schien es Philine schon fast etwas zu einfach gewesen zu sein. Während sie sich Kaffee einschenken ließ und sich an frischen Croissants bediente, plätscherte das Gespräch zwischen Constantin und ihrer Gastgeberin dahin, als hätte es nie eine Verstimmung gegeben. Erst als sich Philine die knusprige Köstlichkeit in den Mund schieben wollte, geriet sie wieder ins Fadenkreuz.

„Vielleicht hat Frau von Montenbrück ja auch Lust, mir nachher bei der Schimmelkontrolle der Leichen zu helfen." Die Art, wie sie das Wort *Lust* betonte, stellte erneut Philines Selbstbeherrschung auf die Probe.

„Das wäre großartig", stimmte Philine mit maskenhaft nach oben gezogenen Mundwinkeln zu. „Vielleicht können wir uns so noch etwas besser kennenlernen."

„Ich würde gerne über den letzten der perversen Sch...", setzte Constantin an, wurde aber vom erhobenen Zeigefinger Mélisandes zum Schweigen gebracht und neigte ergeben den Kopf. „... Unmenschen sprechen", beendete er den Satz. Wer war sie? Seine Erzieherin?

„Wir werden über ihn reden, wenn es so weit ist", erklärte die Gastgeberin streng.

Philine fielen dazu einige Anmerkungen ein, aber sie bekam ihr Mundwerk gerade noch rechtzeitig unter Kontrolle.

„Dürfte ich fragen, warum Sie das geheim halten?", erkundigte sie sich stattdessen.

„Sie dürfen alles fragen, meine Liebe." Sie lächelte herausfordernd und schwieg, aber Philine biss nicht an. „Ich habe die Dinge gerne unter Kontrolle", erklärte sie nach einer kurzen Pause.

„Aber es ist nur noch einer?", versicherte sich Constantin.

Schlagartig wurde Philine die Bedeutung dieser simplen Frage bewusst: Constantin hatte seine Informationen von Mélisande. Die alte Spinne war nicht ihre Gönnerin, sondern ihre Auftraggeberin. Sie schützte nicht ihre Gäste, sondern Killer, denen sie nur einen Namen geben musste. Die Vorstellung, womöglich Unschuldige getötet zu haben, ließ Philine die Brust eng werden. Doch das Entsetzen dauerte nur einen winzigen Moment. Unschuldige vergnügten sich nicht mit den Leichen extra zu diesem Zweck ermordeter Mädchen.

„Geht es Ihnen nicht gut, meine Liebe?", erkundigte sich das Hexenmonstrum.

„Doch, vielen Dank. Ich frage mich nur ..."

„Nun, ich freue mich, dass Sie gelernt haben, Fragen zu stellen, statt Schlussfolgerungen zu ziehen." Mélisandes Hand strich ihr sanft über den Arm. Philine bot ihre gesamte Sturheit auf, um nicht zurückzuzucken. „Constantin ist ein aufrechter junger Mann, aber leider viel zu impulsiv. Diese Mädchen haben ihm alles bedeutet. Wenn ich ihm den Namen sage, tut er etwas Unüberlegtes."

Constantin nickte zerknirscht. Wie ein kleiner Junge! Philine musste ihn unbedingt dem Einfluss der Französin entziehen.

„Sie beide erfahren den Namen, sobald sich eine gute Gelegenheit ergibt, den Mann zu stellen." Mélisande lächelte und strich Constantin über die Wange. Philine musste sich Mühe geben, das Frühstück bei sich zu behalten.

Eine halbe Stunde später gingen die beiden Feindinnen tatsächlich gemeinsam in den Keller. Statt an der Vernichtung der anderen zu arbeiten, bildeten sie auf der Suche nach Schimmel ein effizientes Team.

Für Philine war es im mehrerer Hinsicht eine Lehrstunde. Sie lernte mehr über Fäulnis und Verfall, als es darüber zu wissen geben sollte. Noch mehr lernte sie jedoch über sich selbst. Nur eine winzige Änderung in Mélisandes Tonfall reichte offenbar, um sie im Empfinden des Rotschopfs von einer abstoßenden Spinne zu einer unglaublich gebildeten Dame alter Schule zu machen. Gegen ihren Willen empfand Philine zunehmend Respekt und sogar Sympathie für die Ältere. Voller Harmonie arbeiteten die Frauen zusammen.

Als wäre das noch nicht verwirrend genug, schienen auch die Leichen eine völlig andere Ausstrahlung zu besitzen. Vielleicht waren es die Gummihandschuhe, mit denen sie arbeiteten, oder Mélisandes nüchterne Art. Jedenfalls hatte sie nicht mehr das Gefühl, mit etwas *Echtem* wie Leichen oder Mädchen zu hantieren. Es war eher, als arbeitete sie in einer Kunstsammlung voller Statuen. Noch immer war da diese unirdische Schönheit, sogar Erotik – aber das Gefühl von Erregung oder Ekel blieb aus. Es war eher ein sakraler als ein erotischer Akt.

„Warum hilft Constantin uns nicht?", fragte Philine, während sie sanft die Zehen eines Opfers auseinanderschob. „Immerhin ist er doch Arzt."

„Er ist vor allem sensibel, meine Liebe." Die Ältere zeigte ein schwer zu interpretierendes Lächeln.

„Aber im Studium muss er doch mit vielen Leichen zu tun gehabt haben."

„Seine Stärken sind ebenso seine Schwächen." Mélisande hatte einen zärtlichen Glanz in den Augen. „Niemand ist ihm gleichgültig. Er opfert sich auf, weil er buchstäblich um jeden Patienten kämpft. Deshalb ist er so gut in dem, was er tut. Es frisst ihn aber auch auf."

Philine nickte bedrückt. Ja, das konnte sie sich gut bei ihm vorstellen.

„Einige dieser Mädchen haben ihm mehr bedeutet, als Sie oder ich uns vorstellen können", fuhr die Ältere fort.

„Er hat so etwas erwähnt." Der Rotschopf zögerte, wagte es aber doch zu fragen. „War eine von ihnen mit ihm zusammen?"

Mélisande schenkte ihr einen Blick, den sie nicht deuten konnte. War sie wütend? Kam jetzt wieder ein spitzer Kommentar?

„Constantin hatte noch nie eine Beziehung, die länger als eine Woche gehalten hat", erklärte die Gastgeberin.

„Das kann ich kaum glauben", gab Philine zu. Sie erwartete schon eine verbale Ohrfeige, wurde jedoch überrascht.

„Er ist nicht wie andere Männer. Es geht ihm nicht in erster Linie um Sex, sondern um Nähe und Verständnis", erläuterte Mélisande. „Er möchte seine Passion für die Medizin teilen und interessiert sich für das Seelenleben der Frau. Leider haben in dieser Hinsicht nur wenige Damen etwas zu bieten. Er ist zu sensibel, um sich lange mit oberflächlichen Personen zu befassen."

„Sie klingen, als würden Sie ihn lieben." Philine wusste, dass sie damit eine erneute Konfrontation riskierte, aber der Satz kam ihr schneller über die Lippen, als sie denken konnte.

„Oh, das tue ich", gab Mélisande zu. „Das ist der einzige Grund, warum ich Ihnen helfe und ihn bei der Jagd auf die Mädchenschänder unterstütze."

Philine konnte nicht entscheiden, ab sie diese Aussage als entwaffnend ehrlich oder abstoßend kalt empfand.

„Das ist auch der Grund, warum ich Sie vernichten werde, wenn Sie ihn verletzen", setzte die Ältere hinzu. Es glitzerte so kalt in ihren Augen, dass die Jüngere ernsthaft eingeschüchtert war. Der Blickkontakt hielt für eine gefühlte Ewigkeit an. Mit jedem Herzschlag schien die Stille lauter zu werden.

„Ich ... ich liebe ihn auch", stammelte Philine. Natürlich konnte das nicht stimmen – dafür kannte sie ihn noch nicht lange genug. Aber es fühlte sich so an. Tatsächlich hatte sie noch nie für irgendjemanden etwas Vergleichbares gefühlt.

Mélisande betrachtete sie, als würde sie ihre Worte auf die Goldwaage legen. Dann nickte sie und klappte die Vitrine zu, an der sie gerade gearbeitet hatten. Schließlich ging sie zur nächsten Leiche hinüber.

„Außerdem glaubt Constantin nicht, dass unsere Untersuchung hier erforderlich ist", wechselte die Gastgeberin das Thema.

Wahrscheinlich hätte Philine jetzt fragen sollen, wie er darauf kam oder warum sie trotzdem weiterhin kontrollierte. Die kurze Konfrontation hatte sie jedoch derartig aus dem Gleichgewicht gebracht, dass sie nicht reagierte. Stattdessen folgte sie der anderen und half ihr, einen weiteren Glaskasten zu öffnen.

„Er sagt, dass der Verfall bei der schlechten Lagerung durch die Nekrophilen bereits eingesetzt haben müsste oder ausbleiben wird", erklärte Mélisande nach einer Pause. „Er hat versucht, mir alles, was er über Plastination weiß, zu erklären, aber ich konnte ihm nicht folgen."

„Aber wenn er sagt, dass nichts schimmeln kann ...", setzte Philine verwirrt an.

„Ach, Kindchen", unterbrach sie die Ältere. „Constantin ist ein Ausnahmetalent, aber er ist nicht allwissend, und wir sind in meinem Haus. Da gehe ich auf Nummer sicher."

„Das würde ich wohl auch tun", räumte die Jüngere ein. Mit Verzögerung stolperte sie über das *Kindchen*. Zu spät, um sich darüber aufzuregen, stellte sie fest. Es hätte aufgesetzt gewirkt.

Wenn du darüber nachdenken kannst, ob du wütend wirst oder nicht, ist es immer aufgesetzt, stellte eine innere Stimme fest.

„Aber wenn er recht hat ... Eine seltsame Vorstellung", murmelte Mélisande.

„Was meinen Sie?"

„Sehen Sie sich um", bat die Gastgeberin. „Wir beide sind das einzig Lebendige hier. Das einzig *Echte*." Sie seufzte, als würde ihr der Gedanke körperliche Schmerzen bereiten. „Aber wenn wir beide nur noch Staub und lange vergessen sind, werden diese Leichen noch da sein. Ihre Gesichter werden die Gesichter unserer Generation sein. Womöglich werden sie eines Tages von Wesen betrachtet werden, die keine Menschen sind."

Philine runzelte die Stirn. Verlor die Alte jetzt den Verstand?

„Da fragt man sich, wer von uns *echter* ist", fuhr Mélisande fort. „Wir, die wir nur in der Zeit treibender Staub sind, oder diese Kunstwerke. Vielleicht muss man tot sein, um ewig leben zu können."

Philine fiel darauf keine Entgegnung ein. Sie fand den Gedanken verstörend – vermutlich gerade weil er nicht von der Hand zu weisen war. Oder weil Mélisande die Leichen *Kunstwerke* genannt hatte. Waren sie das?

Streng genommen wahrscheinlich schon. Sie waren nicht mehr lebendig, also Objekte. Und jemand hatte sie zu keinem anderen Zweck bearbeitet, als eine emotionale Reaktion zu erzeugen.

Trotzdem. *Kunstwerk* klang Philine viel zu positiv.

„Das hier ist das Werk eines Monsters“, wagte sie zu entgegnen.

„Das ist wahr“, gab die Alte freimütig zu. „Aber was ändert das?“

„Sie haben sie als Kunstwerk bezeichnet. Deshalb ...“

„Sie sollten wirklich mehr nachdenken, bevor Sie den Mund aufmachen“, fand Mélisande. Es war erneut eine Unverschämtheit, aber sie klang seltsam freundlich. „Diese Leichen sind so außergewöhnlich, dass es noch kein Wort in unserer Sprache gibt, das sie vollumfänglich beschreibt. Es sind keine Leichen, weil sie zum großen Teil aus Kunststoff bestehen. Es sind keine Mädchen, weil sie nicht lebendig sind. Sie sind auch mehr als Sexspielzeuge für Perverse, weil sie in jedem Menschen eine emotionale Reaktion auslösen. Der Begriff Kunstwerk bezeichnet also präzise, was sie sind.“

Philine wollte etwas entgegnen, aber sie wusste nicht was. Die Ältere hatte recht. Ob der Präparator dieser Leichen ein Monster war oder nicht, spielte für die Frage, ob er auch ein Künstler war, absolut keine Rolle. Auch dass sich alles in ihr sträubte, den Mörder als Künstler zu bezeichnen, war völlig irrelevant.

Ein feines Lächeln umspielte Mélisandes Mundwinkel. Der Rotschopf hatte erneut eine Diskussion verloren. Sie entschied, das Thema zu wechseln.

„Woher wissen Sie eigentlich, wer die Täter sind?“, fragte sie nach einem Moment des Schweigens.

„Ich verkehre in den gleichen Kreisen, meine Liebe.“

„Man wird sich aber doch nicht beim Cocktailschlürfen über nekrophile Hobbys unterhalten“, vermutete Philine.

„Ich schlürfe niemals“, stellte Mélisande klar. „Und Sie würden staunen, über was man alles auf einer Party spricht.“

„Also haben Sie tatsächlich ...“

„Sagen wir, dass ich dafür bekannt bin, immer gut informiert zu sein“, unterbrach die Ältere. „Und das wäre ich nicht, wenn ich mit den Details meines Informantennetzes hausieren ginge.“

Wieder schwiegen sie einen Moment. Als die Stille ungemütlich wurde, versuchte Philine es erneut.

„Würden Sie mir denn sagen, wer das letzte Mitglied des Ringes ist?“ Als Mélisande eine Augenbraue hob, beeilte sie sich zu erklären: „Ich bin nicht Constantin. Ich werde nicht sofort loslaufen, sondern ...“

„Nein, meine Liebe“, schnitt ihr die Ältere das Wort ab. „Sie sind noch unberechenbarer als Constantin, weil Sie genauso emotional sind und mir zusätzlich auch nicht vertrauen.“

„Aber ...“

„Und das ist alles, was ich dazu zu sagen habe.“ Als wäre damit das Gottesurteil gesprochen, verschloss Mélisande die Vitrine. „Damit sind wir wohl fertig für heute.“

Noch nie hatte sich Philine so sehr wie ein unreifes kleines Mädchen gefühlt wie in der Gegenwart der alten Hexe. Sie begann zu ahnen, wie Constantin sich fühlte.

„Sitzen wir jetzt wirklich hier herum, bis die Alte uns sagt, wie es weitergeht?" Erst im Nachhinein merkte sie, dass sie laut gesprochen hatte. Die Worte versickerten ungehört in der alten Holzvertäfelung. Sie war allein in ihrem Bett. Allein in einem Schlafzimmer, in dem selbst SpongeBob Schwammkopf Depressionen bekäme.

Wieso zum Teufel schlief sie nicht wieder bei Constantin? Sie wusste es nicht. Weder Mélisande noch Constantin hatten auch nur darüber gesprochen. Das Miststück hatte es ohne ein Wort hinbekommen, dass es sich *unpassend* angefühlt hätte, wenn Philine bei ihm schliefe. Also war sie folgsam wie ein Schaf in ihr Albtraumzimmer zurückgekehrt.

Schlimmer noch: Die alte Hexe hatte sie nicht einfach in dieses Zimmer gepfercht, sondern ihr gesamtes Leben übernommen. Philine fühlte sich, als wäre sie auf eine Schiene gesetzt worden. Mélisande legte den Kurs fest, und sie selbst konnte nur beeinflussen, ob sie vorwärts fahren oder bremsen wollte. Bremsen verzögerte allerdings nur das Unvermeidbare und wurde mit niederschmetternder Missbilligung bestraft.

Wobei sie sich als erwachsene Frau fragen musste, was an der *Missbilligung* durch eine völlig fremde Hexe, die ihre besten Jahre lange hinter sich hatte, denn so niederschmetternd sein konnte.

Das Wesentliche war jedoch, dass sie nicht mehr Herrin ihrer Entscheidungen war. Mélisande kümmerte sich um Jo. Sie selbst wartete brav, bis die Hausherrin entschied, dass sie den Namen des letzten Hintermannes erfahren durfte. Die Alte begründete die Geheimnistuerei ganz unverhohlen damit, dass sie auf eine gute Gelegenheit zum Zuschlagen wartete. Wenn sie den Namen also endlich herausrückte, würde es bereits einen Plan geben. Philine und Constantin würden wie Spielsteine eingesetzt werden, um Mélisandes Willen zu erfüllen. Was, wann und wie die Alte wollte. Wie Puppen aufgezogen und losgeschickt. Sie würde erneut zur Mörderin werden, weil eine andere ihr gesagt hatte, dass das der einzige Weg sei.

Für einen Moment bekam Philine keine Luft mehr. Sie fühlte sich wie eingemauert, musste aufspringen und herumlaufen, um die aufsteigende Panik in den Griff zu bekommen. Fast wäre sie gegen den Spiegel gelaufen. Im letzten Moment blieb sie stehen.

Im Halbdunkel war ihr Spiegelbild nur ein Schemen, der ebenfalls im letzten Moment stoppte. Doch während sie selbst zitternd um ihre Beherrschung kämpfte, schien sich ihr Gegenstück regelrecht vor ihr aufzubauen.

Du bist jämmerlich, sagte eine Stimme zu ihr. Es war die *andere*. Und sie war nicht so freundlich wie bisher.

„Lass mich in Ruhe!" Sie weigerte sich, verrückt zu werden. Sie bekam das in den Griff!

Du bist ich … in jämmerlich, kam es leise lachend zurück. *Ich bin ein Dichter … und dein Richter.* Darauf brach die *andere* in ein heulendes Gelächter aus, das Philine bis in die Knochen ging. Entsetzt versuchte sie, sich abzuwenden, aber irgendetwas zog sie immer näher an den Spiegel heran.

„Lass mich! Lass mich!", rief sie. Endlich gelang es Philine, die Lähmung zu überwinden. Panisch riss sie die Zimmertür auf und stürmte aus dem Raum. Das rötliche Nachtlicht machte den Flur zu einer surrealen

Traumlandschaft. Die allgegenwärtigen Porträts schienen nichts als gerahmte Löcher ins Nichts zu sein. Die Statue des Anubis war nur im Gegenlicht zu sehen und schien zu atmen. So als stünde sie tatsächlich an der Grenze zum Totenreich und ...

„STOP!“, brüllte sie aus vollen Lungen.

Es half. Das Tor zur Hölle verwandelte sich in den Korridor, den sie in der vergangenen Nacht ohne Probleme entlanggeschlendert war. Der ganze Wahnsinn existierte nur in ihrem Kopf. Solange sie das begriff, war sie noch nicht verrückt, sagte sie sich. Solange sie dummes Zeug und Realität auseinanderhalten konnte, stand sie nur unter extremem Stress und konnte wieder sie selbst werden.

Schwer atmend lehnte sie sich neben Anubis an die Wand. Sie musste sich in den Griff bekommen. Die *andere* musste ...

Ich kann dich nicht in Ruhe lassen, kam es so klar in ihre Gedanken, als stünde die *andere* neben ihr. Philine erstarrte. Sie fürchtete, die *andere* zu sehen, wenn sie den Kopf drehte. *Du bist ich und ich bin kein Schaf.*

Zitternd starrte Philine auf den Boden. Stand da wirklich jemand neben ihr?

Sie wusste nicht, wie lange sie so im Halbdunkel zitterte. Plötzlich begriff sie, dass die *andere* ihr gerade gesagt hatte, wie sie loszuwerden war: Sie musste aufhören, ein Schaf zu sein. Dann würden die *andere* und sie wieder eine Person sein. Sie wäre nicht mehr schwach, und sie beide nicht mehr verrückt.

Philine nickte. Es war so einfach. Sie musste nur die Dinge wieder in die Hand nehmen. Und als Erstes würde sie zu Constantin gehen und bei ihm schlafen.

Morgen würde sie dann nach einer Möglichkeit suchen … nein, eine Möglichkeit *finden*, ihre Angelegenheiten selbst zu regeln.

Entschlossen ging sie den Korridor hinab. Vielleicht konnte sie auch Constantin zu sich selbst zurückbringen. Als sie das Treppenhaus erreichte, waren ihre Schritte sanft und sicher. Nicht zornig, nur entschlossen. Sie war im Gleichgewicht. Mélisande … Philine verhielt mitten in der Bewegung. Ein seltsames Knacken brachte ihre Gedanken zum Stillstand. Sie kannte viele alte Häuser. Wusste, wie Holz arbeitete, und empfand das leise Ächzen der Gemäuer als beruhigend.

Aber dieses Knacken war anders. Kurz und aggressiv fiel es aus der Geräuschkulisse des Hauses heraus.

Philine warf einen Blick nach unten. Zu ihrem Entsetzen sah sie rote Laserpunkte im Erdgeschoss tanzen. Ein SEK?

Sie hörte eine Stimme. Mortimer? Er fragte irgendetwas auf Französisch. Die Antwort bestand aus einem trockenen, hustenden Geräusch. Dann fiel ein schwerer Körper zu Boden, und die Laserpunkte tanzten die Treppe hinauf.

Philine fühlte, wie sich ihre Kopfhaut zusammenzog. Killer! Offensichtlich Profis! Wieder drohte die Panik, sie kopflos zu machen, doch diesmal riss sie sich zusammen. Irgendetwas Dummes zu tun war besser, als wie ein Schaf auf seinen Henker zu warten. Also nahm sie das Erstbeste, was sie finden konnte – in diesem Fall eine Büste der Nofretete –, und warf die steinerne Replik beim geringsten Anzeichen von Bewegung ins Treppenauge hinunter.

Volltreffer!

Das schwere Ding traf eine schattenhafte Gestalt am Fuß der Treppe und verursachte ein fürchterliches Geräusch. Es war unwahrscheinlich, dass der Mann noch mal aufstehen würde. Die Antwort bestand jedoch aus einem regelrechten Kugelhagel. Philine hechtete beiseite und rannte geduckt in den Familienflügel hinüber. So laut sie konnte, schlug sie Alarm. Was genau sie brüllte, wusste sie allerdings nicht. Es spielte auch nicht wirklich eine Rolle. Während hinter ihr Springerstiefel die Treppe hinauftrampelten, flog sie geradezu durch den Korridor. Sie riss die Tür zu Constantins Zimmer auf, als wolle sie sie aus den Angeln reißen.

„MÖRDER! MÖRDER IM HAUS!", schrie sie aus vollem Hals und schaltete gleichzeitig das Licht ein. Für einen Augenblick war sie selbst geblendet. Constantin fiel jedoch fast aus dem Bett. Vollkommen desorientiert taumelte er mit zu Berge stehendem Haar auf den Vorleger und dann gegen den Schrank. Immerhin machte er nur mit der Unterhose bekleidet eine gute Figur.

„Der letzte Raum links", erklang es voll unverbrüchlicher Ruhe hinter ihr. „Die Feuerleiter."

Philine wirbelte herum. Mélisande stand im Morgenmantel direkt hinter ihr. Unbeeindruckt. Eiskalt. Wie aus dem Ei gepellt. In ihrer Hand eine winzige Pistole.

„GEHEN SIE!", fuhr die Ältere sie an.

Constantin stürmte los, und auch Philine tat erneut genau das, was von ihr verlangt wurde. Wenigstens dachte sie nicht darüber nach, sondern handelte. Während sie tiefer in den Familienflügel hineinrannten, erklangen kläffende Schüsse hinter ihr. Trockenes Husten und das Geräusch zerberstender Gegenstände antwortete. Mélisande konnte sich doch nicht ernsthaft mit ihrem Pistölchen auf ein Feuergefecht mit der schwer bewaffneten Bande einlassen!

Sie verschafft euch Zeit, du dummes Huhn, erklärte die *andere*. Philine würdigte sie keiner Antwort. Gemeinsam mit Constantin stürmte sie das Zimmer mit der versprochenen Feuerleiter. Zugleich verstummte das kläffende Pistölchen hinter ihr.

Dafür gab es hier dickere Verwandtschaft. Unter einem geschmacklosen Elefantenkopf, der vor Jahrzehnten ausgestopft worden sein mochte, hing eine Elefantenbüchse. Hinter Glas waren mehrere dazugehörige Patronen ausgestellt.

Während Constantin die Strickleiter aus dem Fenster warf, die Mélisande zweifellos mit *Feuerleiter* gemeint hatte, riss Philine die Büchse von der Wand und schlug das Glas vor den Patronen ein.

„Was tust du?“, fragte Constantin.

„Wir kommen so nicht weg“, sagte sie mit absoluter Bestimmtheit. Das dort draußen waren Profis. Die würden das Haus umstellt haben. Und selbst wenn nicht, würden sie auf dem freien Gelände hervorragende Ziele abgeben. „Gib mir die Gardinenschnur, und versteck dich in der Fensterkiste.“

Sie hatten nur wenige Augenblicke, aber wenn die Angreifer wirklich Profis waren, würden sie nicht kopflos das Zimmer stürmen. Sie würden wissen, dass ihre Beute nicht entkommen konnte, und unterwegs jede Tür öffnen, jeden Raum sichern.

Constantin stellte keine Fragen. Während Philine die Büchse lud und in der Füllung eines schweren Ohrensessels verankerte, befestigte er die Gardinenschnur an der Türklinke und brachte ihr das andere Ende. Sie verstanden sich ohne ein Wort. Gleich darauf quetschte er sich in die Fenstertruhe.

Philine blieben weniger Optionen. Als sie die Falle endlich vorbereitet hatte und sich umsah, stellte sie fest, dass *weniger* sich in diesem Fall auf *im Schrank* beschränkte. Sie kam kaum dazu, abzuwägen, wie offensichtlich dieses Versteck wäre, als jemand die Tür aufriss. Gleichzeitig bollerte die Elefantenbüchse mit einem ohrenbetäubenden Knall los. Das Geräusch der Kugel, die knackend eine Schutzweste durchschlug und dann feucht klatschend zur Ruhe kam, ging Philine durch und durch.

„Verdammte Scheiße!", brüllte jemand. „'ne Scheißkordel an 'ner Flinte!"

„Halte durch, Mann!", rief ein anderer. Fürchterlich feuchtes Gurgeln antwortete. „Bring ihn raus, Mike."

Deutsche, dachte Philine und merkte, wie gut es war, sich mit rationalen Gedanken von der eigenen Angst abzulenken. Vielleicht war die Verschwörung doch nicht so international wie befürchtet.

Die Männer trennten sich und schleiften den Verletzten davon. Aber mehr als einer kam herein. Philine saß mit nichts als einer Unterhose, einem T-Shirt und Hausschuhen bekleidet hinter einem Sessel. Sie musste um jeden Preis die Nerven behalten!

Erfreulicherweise kümmerten sich die beiden zuerst um das Fenster.

„Hier ist eine Strickleiter", sagte einer von ihnen. „Aber ich sehe niemanden."

„Das ist ein Trick", antwortete eine zweite, leicht lispelnde Stimme.

Der erste Sprecher grunzte zustimmend. Philine hörte es knacken. Offenbar stellte der Mann sich auf die Fenstertruhe, um neben und unter das Fenster sehen zu können.

Ein Augenblick herrschte Ruhe, dann hörte Philine, wie Constantin die Truhe aufstieß und den Angreifer damit aus dem Fenster katapultierte. Während der Mann den Vorgang mit einem erschreckten Schrei kommentierte, sah Philine den Lispler im Geiste herumwirbeln und auf Constantin anlegen. Instinktiv sprang sie auf und riss die Elefantenbüchse hoch.

Ihr Gegner war allein und hatte tatsächlich wie erwartet reagiert. Dennoch hatte sie keine Chance, die schwere Waffe rechtzeitig durchzuladen und abzudrücken. Ihre Aktion reichte jedoch, um den Geliebten vor einer Kugel zu bewahren. Statt abzudrücken, sprang der Lispler beiseite und richtete die Waffe auf das neue Ziel. Philine sah sich schon tot zusammenbrechen, aber ihr Manöver verschaffte Constantin die entscheidende Gelegenheit.

Ohne zu zögern, sprang der feinsinnige Arzt den bulligen Mann an. Leider war der Lispler nicht nur wie jemand vom SEK gekleidet – er konnte auch so kämpfen. Unbeeindruckt ließ er sein Gewehr in den Schultergurt fallen, griff den halb nackten Gegner aus der Luft und nutzte dessen Schwung, um ihn im hohen Bogen über die Schulter zu werfen. Constantins Füße holten die Lampe von der Decke, bevor er mit fürchterlicher Gewalt auf eine Kommode geknallt wurde. Keuchend rutschte er von dem alten Möbel und klatschte mit dem Gesicht zuerst auf den Boden.

Philine hatte durch diese Aktion allerdings Zeit gewonnen, die alte Waffe in ihren Händen durchzuladen und anzulegen. Der Lispler erkannte die Gefahr und versuchte, aus dem Weg zu hechten. Keine Chance. Eiskalt legte sie auf den Kerl an und drückte ab.

Klick

Noch nie in ihrem Leben hatte die Adelige ein Klicken so überlaut wahrgenommen. Ein Blindgänger! Natürlich! Die Munition war uralt!

Der Lispler war weniger entsetzt. Ohne sichtbare Verzögerung riss der Mann die Waffe hoch. Philine sah sich erneut von Kugeln durchsiebt zu Boden gehen, spürte, wie die Panik sie zu lähmen drohte. Doch dann übernahm die *andere*. Diesmal konnte sie es so deutlich fühlen, wie sie wohl auch die Einschläge der Kugeln gefühlt hätte. Als wäre ihr Körper ein Handschuh, in den eine stählerne Hand hineinstieß.

Schneller, als es möglich sein sollte, lag sie am Boden. Während über ihr der Stuhl von einer Salve Kugeln zerfetzt wurde, lud ihre Hand eiskalt durch. Wie in Zeitlupe sah sie den Ziellaser auf sich zukriechen, aber die *andere* war schneller. Zielen und Abdrücken wurde eins. Donnernd entlud sich die schwere Waffe. Der Rückstoß war so gewaltig, dass Philine glaubte, einen Rückwärtssalto im Liegen zu machen. Sie war halb taub und hatte sich mindestens einen Rückenwirbel verrissen.

Ihr Opfer war jedoch weit schlimmer dran. Er brüllte wie am Spieß. Sein Bein war nahezu abgerissen. Der Hass oder der Drill ließen ihn aber erneut auf Philine anlegen. Ehe er jedoch abdrücken konnte, schlug Constantin ihm mit einem Rengency-Tischchen auf den Kopf. Der wuchtige Schlag ließ irgendetwas im Gesicht des Lisplers brechen, aber Philine war weit darüber hinaus, sich von Brutalität emotional berühren zu lassen. Zudem war sie ohnehin nur noch Zuschauerin im eigenen Körper. Es war die *andere,* die aufstand und unbeeindruckt durchlud.

Weitere Springerstiefel kamen den Korridor heruntergetrampelt. Alle paar Schritte wurden sie von einem weiteren Schlag des Tischchens ins Gesicht des Lisplers übertönt.

Trapp, trapp, knack ... Trapp, trapp, knack.

Es klang beinahe wie der Rhythmus einer altertümlichen Dampfmaschine, dachte Philine kichernd. Sie fand lächerliche Deckung hinter den Überresten des Stuhls und legte auf die Tür an. Constantins Schläge und das Geschrei verstummten. Wie in einem Film, in dem die Musik im spannendsten Moment erstarb. Als die Männer endlich um die Ecke bogen, drückte sie ab.

Klick

Was für eine blöde Art zu sterben, dachte Philine, als säße sie in einem Kino mit hervorragenden Special Effects.

„Granate!", brüllten die Männer. Seltsamerweise hatte die Adelige keine Angst. Sie war nur verwirrt. Warum erschossen die Kerle sie nicht einfach?

Eine furchtbare Explosion zerfetzte den Korridor. Geblendet schloss Philine die Augen. Sie hörte kleine Splitter durch den Raum fliegen. Roch den beißenden Gestank von Sprengstoff und heißem Stahl. Irgendjemand schrie, als würde ihm die Haut bei lebendigem Leib abgezogen.

Nun – offensichtlich lebte sie noch, dachte Philine und lud unbeeindruckt durch. Wenige Augenblicke später konnte sie wieder genug sehen, um sich die Geschehnisse zusammenzureimen. Constantin arbeitete daran, seinem Opfer die Schutzweste samt Munition und sonstigem Zubehör auszuziehen. Der Mann hatte zwei Schlaufen für Granaten an der Brust gehabt. Eine davon war leer.

Damit war Philines Interesse auch schon erschöpft. Gleich würde Constantin ein besseres Gewehr zur Verfügung stehen als ihr. Wenn sie noch jemanden erschießen wollte, musste sie das jetzt tun!

Sie stürmte aus dem Zimmer. Erst als sie die Tür erreichte, wurde ihr die Ungeheuerlichkeit des Gedankens bewusst. *Wenn sie noch jemanden erschießen wollte?* Sie wollten niemanden erschießen! Was war nur los mit ihr? Schlagartig war das Kinogefühl fort. Dafür sprang sie das Grauen an, wollte ihr das Abendessen aus dem Magen drücken. Doch ihr Körper machte weiter, als hätte er mit ihren Gedanken nichts zu tun.

Ohne Deckung stürmte sie in den Korridor. Die Holzvertäfelung kokelte vor sich hin. Es brannte nicht wirklich, aber es gab genug Qualm, dass die Augen tränten. Eine Leiche lag in einer riesigen Blutlache. In einer Nische kniete einer der Angreifer und kümmerte sich um seinen Kollegen, der noch immer schrie, als würde ihn jemand mit glühenden Eisen bearbeiten.

Philine wollte es nicht, aber ihr Köper legte unbeirrt auf den Rücken des Unverletzten an und drückte ab. Die Kugel traf höher als gewollt und trennte dem Mann praktisch den Kopf vom Rumpf. Leblos sackte die

Leiche auf den Schwerverletzten. Der Schreihals verstummte. Offenbar war er noch genug bei sich, um ungelenk nach seiner Waffe zu fingern. Die Furcht in seinen Augen war schwer zu ertragen. Es war, als würde die Todesangst ihn wieder zu einem kleinen Jungen machen, der nicht wirklich begriff, was mit ihm geschah. Etwas seltsam Anrührendes lag in diesem Blick. Fast als müsse man den gedungenen Mörder tröstend in die Arme nehmen.

Doch Philine hatte nicht mehr das Kommando. Ihr Körper lud gnadenlos durch. Wie der Terminator. Allerdings fühlte sie auch, dass die Patronenhülse zwar ausgeworfen, aber keine neue Kugel nachgeführt wurde. Die Büchse war leer. Während Philine mit Ratlossein beschäftigt war, reagierte ihr Körper wie eine effiziente Maschine. Sie schlug so lange mit dem massiven Holzschaft des Gewehrs auf den Verletzten ein, bis der Schädel brach. Teilnahmslos registrierte die *andere* die letzten Zuckungen ihres Opfers. Der Mann war noch nicht ganz tot, als sie ihm bereits Gewehr und Pistole abgenommen hatte.

Philine fühlte das grimassenartige Grinsen in ihrem Gesicht. Blutdürstig sah sich die *andere* nach weiteren Opfern um.

Aber da war nur Constantin. Voller Grauen starrte er sie an.

Er hat das Monster gesehen, wurde Philine bewusst. Panisch wie ein enttarnter Verräter zog sich die *andere* zurück. Ließ sie mit den Scherben allein. Sie wusste nicht, was sie sagen sollte. Der Blickkontakt schien nie enden zu wollen. Philine fühlte, wie ihr die Augen feucht wurden. Hatten sie sich verloren?

Ein knackendes Geräusch rettete sie beide aus der Erstarrung. Sie brauchten einen Moment, um zu begreifen, dass es von dem Ohrhörer kam, der Philines Opfer während ihrer *Behandlung* aus dem Ohr gefallen war. Nach kurzem Zögern nahm sie das blutverschmierte Ding in die Hand und lauschte daran.

„... durchführen", beendete eine männliche Stimme gerade einen Satz. „Was ist da oben los, verdammt noch mal? Meldung!"

Da draußen sind noch mehr, durchzuckte es Philine. Constantin hatte sich wieder gefangen und behielt auf bewundernswerte Weise die Nerven. Er hielt sein Ohr ebenfalls an den Hörer.

„Alpha, Charlie und Gamma rücken vor. Der Rest bleibt auf Position", befahl die Stimme.

Es waren nicht einfach mehr Angreifer, begriff Philine. Die Killer hatten eine kleine Armee mitgebracht!

Philine drohte erneut von Angst gelähmt zu werden, und die *andere* schien sich wegen ihres Geliebten nicht hinauszuwagen. Constantin strahlte jedoch weiterhin die gleiche Ruhe aus, die ihn, seit sie ihn kannte, wie ein Mantel umgab. Er lächelte sie sogar an und zog sie mit sich in Richtung seines Zimmers zurück. Keine Spur mehr von Ekel. Dafür wusste er genau, was zu tun war. Nur zu gern vertraute sie sich seiner Führung an.

Hand in Hand liefen sie den Flur hinunter. Von *Alpha, Charlie* und *Gamma* war nichts zu sehen. Offenbar hatten die Leute einen weiteren Weg zu bewältigen, bevor sie am Schlachtfest teilnehmen konnten.

Für Philine wurde alles zunehmend zu einem nicht begreifbaren Strudel aus Angst und Verwirrung. Unwirklich. Als sie über Mélisandes Leiche stiegen, kam die Realität jedoch mit Wucht zu ihr zurück. Die alte Hexe hatte sich geopfert, um sie beide zu retten. Philine fühlte Scham und Reue, die sie aber nicht wirklich einordnen konnte. Constantin nahm sich sogar die Zeit, niederzuknien und der Toten liebevoll über die Wange zu streichen. Dann schloss er ihr die Augen. Seine Trauer reichte so tief, dass Philine sie mitfühlen konnte. Dennoch war er es, der sich nach wenigen Augenblicken losriss.

„Wirf die ins Treppenauge", bat er sanft wie immer, während er ihr die zweite Handgranate reichte. „Das wird sie langsamer heraufkommen lassen."

Sie nickte und lief los. Erst als sie den Sicherungsstift zog und das Ding fallen ließ, fragte sie sich, was er denn währenddessen tun wollte.

„Granate!", hörte sie jemanden von unten rufen.

Die Explosion ließ das alte Haus erzittern. Es war ohrenbetäubend. Diesmal blieben die Schmerzensschreie jedoch aus.

Einen Herzschlag später lüftete sich das Geheimnis um Constantins Vorhaben. Er trug eine schwarze Reisetasche über der Schulter und zog sie mit sich in den Gästeflügel hinüber. Offenbar wollte er das Haus verlassen.

„Wo sollen wir denn hin?", flüsterte Philine. Die Frage war idiotisch, wurde ihr im gleichen Moment bewusst. Wenn sie überleben wollten, mussten sie fliehen. Selbst wenn sie ohne Ausbildung mit einer Armee professioneller Killer fertigwürden – was unmöglich war –, war ihr Versteck aufgeflogen. Sie konnten auf keinen Fall hierbleiben. Noch idiotischer wäre es, wenn ihr Gefährte ihr in diesem Moment, wo niemand sagen konnte, ob jemand in Hörweite war, seine Pläne enthüllen würde.

Folgerichtig reagierte Constantin nicht, sondern zog sie einfach tiefer in den Gästetrakt hinein. Im Laufschritt erreichten sie einen kleinen Salon, der wie der Korridor von Nachtlichtern erhellt wurde. Von dort führte eine Wendeltreppe nach oben, in ein hell erleuchtetes Atelier hinein, das mindestens sechs oder sieben Mal größer als die Räume im Stockwerk darunter ausfiel. Alles war in hellen Farben gehalten. So freundlich, dass es nicht in das restliche Haus zu passen schien. Mehrere Staffeleien mit abgedeckten Bildern standen herum. Der Dachboden darüber war ausgeschnitten worden, sodass in eineinhalb Stockwerken Höhe die Dachschräge zu sehen war. Fast war es, als seien sie bereits aus *Albtraum-Manor* entkommen.

„Jetzt müssen wir ein Risiko eingehen", flüsterte Constantin, während er unablässig weiterlief. „Sei einfach schnell, ja?"

„Okay", antwortete Philine sicherer, als sie sich fühlte.

Ihr Gefährte öffnete ein Fenster an der Seite des Hauses und kletterte, als wäre es das Alltäglichste der Welt, hinaus. Ohne lange darüber nachzudenken, ließ Philine die erbeuteten Waffen fallen, um die Hände frei zu haben. Die Pistole knallte auf den Boden, aber das Sturmgewehr blieb an ihrem Schultergurt hängen. Erst als Philine auf der Fensterbank stand, konnte sie die Regenrinne daneben erkennen. Constantin hangelte sich unterdessen mit atemberaubender Geschwindigkeit nach unten. Mit Nachtsichtgeräten mussten sie ein hervorragendes Ziel abgeben.

Als hätte sie es herbeigeunkt, schlug eine Kugel neben ihrem Kopf ein, prallte vom Stein ab und flog singend davon. Philine war noch nie in ihrem Leben eine Regenrinne hinuntergeklettert. Hätte sie es aber getan, wäre sie auf keinen Fall schneller als jetzt gewesen. Das schwere Sturmgewehr schlug dabei mit sadistischer Penetranz gegen ihren ungeschützten Körper, und sie verlor ihre Hausschuhe. Immer wieder erklangen Schüsse – allerdings so sporadisch, dass die Schützen offenbar lange zielen mussten. Die Angreifer hatten also keine gute Schusslinie.

Die Freude darüber währte jedoch kurz. Kaum hatte Philine festen Boden unter den Füßen, als bereits das Trampeln schwerer Stiefel näher kam. Die Typen waren überall! Sie hatten keine Chance!

Constantin schien nicht beeindruckt. Er nahm sie bei der Hand und zog sie in hohem Tempo tiefer in die Dunkelheit hinein. Er musste sich unglaublich gut auskennen. Während sie nicht die Hand vor Augen sehen konnte, rannte er, so schnell seine Gefährtin konnte, auf ein unbekanntes Ziel zu. Überdeutlich fühlte Philine das feuchte Gras unter ihren nackten Füßen. Es waren nur wenige Augenblicke, die ihr aber wie eine Ewigkeit vorkamen. Immer wieder erklangen Schüsse. Kugeln bohrten sich neben ihnen in den Boden, trafen aber nicht.

Plötzlich war da eine Tür. Constantin stieß sie hindurch und knallte das Metall hinter sich zu. Philine war noch nicht ausgestolpert, als gleißendes Licht aufflammte.

„Scheiße!", fluchte eine fremde Männerstimme.

Philine ahnte warum. Das plötzliche Licht machte sie selbst fast blind. Mit einiger Fantasie erkannte sie eine große Garage mit mehreren Fahrzeugen. Hätte sie jedoch ein Nachtsichtgerät getragen, wäre es vermutlich schlimmer gewesen. Oder nicht? Sie wusste nicht, wie Nachtsichtgeräte arbeiteten.

Schon bevor die ersten Kugeln flogen, wurde ihr bewusst, wie schwachsinnig solche Überlegungen in diesem Augenblick waren. Gerade noch rechtzeitig hechtete sie hinter einem Kleinbus in Deckung.

Constantin war offenbar am besten auf das plötzliche Licht vorbereitet gewesen. Sie hörte das trockene Husten der schallgedämpften Waffe aus seiner Richtung. Die Antwort kam keinen Wimpernschlag später – allerdings nicht so gezielt, wie man es von Profis erwarten würde. Sie waren tatsächlich geblendet!

Dann machte sich Philines Körper selbstständig. Ehe sie sich dessen gewahr wurde, schlich sie schon mit der Waffe im Anschlag hinter dem Kleinbus entlang, um einen besseren Schusswinkel zu bekommen. Die *andere* war auf der Jagd. Philine grenzte sich mit aller Gewalt ab. Sie ertrug den Blutdurst einfach nicht mehr. Sie wollte mit dem Monstrum in ihr nichts zu tun haben, auch wenn es ihr gerade wieder das Leben rettete.

Bevor allerdings ein Gegner ins Fadenkreuz geriet, sah Philine den Schlüsselkasten. Ein gutes Dutzend Fahrzeugschlüssel war dort versammelt. Gleich darauf kam eine seltsame Klarheit über sie. Die *andere* konnte sie diesmal nicht retten. Sie kämpften gegen eine kleine Armee von militärisch ausgebildeten Killern. Es war ein Wunder, dass sie es bis hierher geschafft hatten. Jeden Moment würden die Typen, die Constantin in seiner Deckung neben der Tür festnagelten, Verstärkung bekommen. Flucht war die einzige Option.

Plötzlich war es ganz einfach, die *andere* zu verdrängen. Sie lugte kurz hinter dem Kleinbus hervor, um sich einen Überblick zu verschaffen. Fast hätte sie vor Freude aufgeschrien, als sie direkt neben dem Bus ein schwarzes G-Modell erkannte. Philine war mit ihrem eigenen Exemplar des schweren Geländewagens oft genug unterwegs gewesen, um zu wissen, dass man damit auch in einen Krieg fahren konnte.

Sie zog sich in ihre Deckung zurück und nahm den Autoschlüssel mit dem Mercedes-Stern aus dem Kasten. Sie zögerte eine Sekunde, dann griff sie noch einmal wahllos drei Schlüssel heraus. Sofort drückte sie auf allen von ihnen auf *Öffnen*.

Vier in der gesamten Garage verteilte Autos blinkten und piepten zur Bestätigung. Das Dauerfeuer auf Constantins Deckung verlor seinen Rhythmus.

Gleichzeitig versuchten offenbar mehrere weitere Killer durch die Stahltür zu stürmen, durch die Philine und ihr Begleiter gekommen waren. Constantin hatte den Zugang aber mit einem Rohr blockiert.

Philine kroch unterdessen auf allen vieren zur Fahrertür des Geländewagens hinüber und öffnete sie, so leise sie konnte. Gleich darauf glitt sie in den Fußraum des Mercedes und startete den Wagen. Sie war darauf gefasst, das Metallmonstrum in die Schusslinie zu fahren, um Constantin das Einsteigen zu ermöglichen. Der Motor hatte jedoch kaum den Betrieb aufgenommen, als Philine den Schatten bemerkte. Irgendjemand behinderte den Lichteinfall durch das Heckfenster. Sie reagierte wie eine Maschine. Rückwärtsgang rein und Vollgas verschmolzen zu einer Bewegung.

Der schwere Wagen machte einen Satz zurück. Mit unglaublicher Gewalt krachte er gegen die Rückwand der Garage und schien den Killer in den Beton schmieren zu wollen. Das Geräusch ging Philine durch Mark und Bein. Das darauf folgende Geschrei war jedoch noch schlimmer.

Plötzlich wurde die Tür zum Fond aufgerissen, und Constantin warf sich auf die Rückbank. Philine ließ sich nicht lange bitten. Sie saß noch nicht auf dem Fahrersitz, als der Wagen schon mit voller Drehzahl beschleunigte und das Garagentor durchschlug. Direkt dahinter tauchten zwei weitere Gestalten aus der Dunkelheit auf, verschwanden jedoch gleich wieder unter dem hochbeinigen Geländewagen. Philine spürte, wie der Mercedes den Körper von einem der Neuankömmlinge wie jede andere Bodenerhebung nahm. Dann erst ließ sie die Scheinwerfer aufflammen und folgte der von Bäumen gesäumten Straße zum Haupttor des Anwesens. Sie fuhr das schwere Monstrum, als säße sie in einem Rennwagen.

Das Tor stand wider Erwarten offen. Direkt dahinter parkten vier schwarze VW-Busse. Philine nahm eine Abkürzung durch ein liebevoll gepflegtes Blumenbeet und erwischte dabei beinahe noch zwei Bewaffnete, die schon auf sie angelegt hatten. Mit fast hundertvierzig Sachen bretterte sie danach durch das Tor, an den Bussen vorbei und auf einen schmalen Waldweg.

Überall um sie herum war unwegsames Gelände. Das G-Modell war hier zu Hause. Mit einem Bus würde sie hier niemand einholen.

Tatsächlich hatten sich Philines Fahrkünste als ausreichend erwiesen, die Häscher in der waldigen Hügellandschaft abzuhängen. Wenn es überhaupt eine Verfolgung gegeben haben sollte. Mit Bussen einen Geländewagen in der Wildnis einholen zu wollen, war ziemlich aussichtslos. Jedenfalls waren sie mit ihrem ramponierten Gefährt problemlos über die Grenze gekommen und standen jetzt relativ sicher auf einem abgelegenen Parkplatz an einer Landstraße. Constantin war ausgestiegen, um sich zwischen den Bäumen zu erleichtern.

Nach der wilden Flucht wieder stillzustehen, brachte im ersten Moment etwas Ruhe zurück. Kaum war Philine jedoch allein, wurde sie von etwas eingeholt, vor dem man nicht fliehen konnte. Die Verzweiflung überrollte sie mit der Wucht eines Güterzugs.

Wo sollten sie jetzt hin? Ohne Papiere, Geld und Kleidung? Zu Hause würde sie nur das nächste Killerkommando erwarten.

Und wie sollte es weitergehen? Mit Mélisande war auch ihre einzige Informationsquelle gestorben. Wie sollten sie einen Gegner bekämpfen, den sie nicht kannten? Mussten sie jetzt bis zum Ende ihrer Tage untertauchen? Jeden Augenblick damit rechnend, dass irgendein Mörder um die Ecke kam? Und was war mit Jo? War sie nach wie vor sicher, wo sie war? Und was passierte, wenn sie zurückkehrte?

Schlagartig kamen ihr die Tränen. Die Gefühle brachen mit einer solchen Wucht über sie herein, dass jede Selbstbeherrschung einfach beiseitegewischt wurde. Sie versank regelrecht in Angst und Hoffnungslosigkeit.

Sie wusste nicht, wie lange sie als blinde Geisel ihrer Furcht von Tränen geschüttelt wurde, aber irgendwann war Constantin da. Erst nur seine Hand, dann stieg er aus und kam um den Wagen herum, um sie hochzuziehen und fest an sich zu drücken. Sofort sah die Lage nicht mehr ganz so verzweifelt aus. Philine konnte über seine Wirkung nur staunen. Er schien immer so sanft und empfindsam. Teilte ihren Schmerz. Litt mit ihr und war zugleich ihr unerschütterlicher Fels in der Brandung. Ein Held.

Philine musste über den Gedanken lächeln. *Held* klang so pathetisch. Dabei war es genau das, was er war. Sie stand nicht allein da. Solange sie zusammen waren, gab es Hoffnung. Nein, es war mehr als das. Wer hatte schon jemanden, der tatsächlich bedingungslos durch dick und dünn mit einem ging? Jemanden, den man lieben konnte. Wo Sex immer im Raum stand, aber nicht der Grund einer Beziehung war? Philine hatte so etwas noch nie erlebt. Egal, wie lange es dauerte oder was auch mit ihnen passieren mochte: Sie war das erste Mal in ihrem Leben wirklich reich.

Nach und nach versiegten die Tränen. Still standen sie da und hielten einander fest. Autos rauschten an ihnen vorbei. Der Luftzug einiger großer Transporter ließ den Mercedes immer wieder erbeben. Aber sie beide hatten sich für ein paar kostbare Minuten aus der Welt zurückgezogen.

Schließlich war es Philine, die sich als Erstes wieder mit der Zukunft beschäftigte.

„Wie soll es nur weitergehen?", flüsterte sie an seiner Schulter. „Mélisande hat uns nicht gesagt, wer das letzte Mitglied der Bande ist."

„Ich werde einen Weg finden“, antwortete Constantin zuversichtlich.

„Du meinst *wir*.“

„Nein.“ Er zögerte. „Du musst zu deiner Schwester. Ihr müsst euch verstecken.“

„Ich lasse dich nicht allein.“ Er wollte etwas entgegnen, doch Philine ließ ihn nicht zu Wort kommen. „Unter keinen Umständen!“

Es klang so heldenhaft und war auch so gemeint. Aber wenn man darüber nachdachte, konnte Philine gar nicht zu Jo stoßen. Sie hatte keine Papiere und keinen Zugriff auf ihr Geld. Handy und Portemonnaie waren in Mélisandes Anwesen zurückgeblieben. Nicht mal den Wagen würden sie dauerhaft behalten können. Ihre Gegner konnten ihn sicher mit Leichtigkeit zur Fahndung ausschreiben.

Constantin seufzte. Tief durchatmend holte er die schwarze Reisetasche vom Rücksitz, die er aus dem Anwesen gerettet hatte. „Ich habe gegriffen, was gerade da war. Ich hoffe, es sind nicht nur Unterhosen.“ Er zog mehrere Kleidungsstücke heraus.

Philine musste lächeln. Es waren überhaupt keine Unterhosen, dafür sechs Handtücher und ein Kopfkissenbezug. Für die Adelige blieben ein viel zu großer Pullover, der ihr bis zu den Knien reichte, und dicke Socken. Constantin begnügte sich mit einem etwas streng riechenden T-Shirt und einer Trainingshose.

„Es war nicht viel Licht und nicht viel Zeit“, sagte er schuldbewusst, während die beiden Rücken an Rücken im Fond saßen, um sich anzuziehen.

„Wenigstens ist es nicht geblümt“, sagte Philine grinsend.

Er lachte leise.

Die Leichtigkeit hielt jedoch nicht lange an.

„Ich weiß nicht, wie ich die Monster vor Josephines Rückkehr besiegen soll", gab Constantin nach einigen Minuten zu, als wäre er für all das hier verantwortlich. „Ich weiß nicht mal, wie ich vorgehen soll."

„Wir wissen, dass Mélisande einen Weg gefunden hat. Dann können wir das auch."

Constantin sah sie traurig lächelnd an. Es dauerte einen Moment, bis Philine begriff, wie blödsinnig die Anmerkung war. Sie wussten weder, wie sie vorgegangen war, noch verfügten sie auch nur annähernd über die Ressourcen der alten Hexe. Sie verkehrten nicht mal in den gleichen Kreisen, von denen Mélisande gesprochen hatte.

„Das ist es!", rief Philine aus, als hätte sie das Rad neu erfunden.

„Was meinst du?"

„Als ich sie gefragt habe, woher sie weiß, gegen wen wir kämpfen, sagte sie, dass sie in den *gleichen Kreisen* verkehre."

„Aber wir kennen ihre Kreise nicht", gab Constantin zu bedenken. „Mélisande hat praktisch nie große gesellschaftliche Anlässe besucht."

„Die High Society als Ganzes wäre auch kein wirklicher Hinweis", stimmte Philine zu. „Aber ich kannte einen der Männer, die wir in der Hütte getötet haben, gut."

Constantin machte ein so verblüfftes Gesicht, dass Philine trotz ihrer Anspannung beinahe grinsen musste.

„Walter von Glockengang war ein guter Freund meines Vaters. Sie kannten sich noch aus der Schule. Als ich klein war, habe ich ihn *Onkel Walter* genannt.“ Der Gedanke ließ sie erschauern. „Im Gegensatz zu meinem Vater ist er aber auch nie bei großen Veranstaltungen erschienen.“

„Inwiefern hilft uns das weiter?“ Seine Stimme war warm und hoffnungsvoll. Seine klaren blauen Augen sahen sie das erste Mal wie seine Erlöserin an.

„Ich kenne noch jemanden, der eng mit ihm und meinem Vater befreundet war.“ Es klang zuversichtlicher, als sie sich fühlte. „Ein Großonkel von mir. Alfred von der Teufelshöhe.“

„Du glaubst, er ist der, den wir suchen?“

Der Gedanke ließ Philine das Blut in den Adern gefrieren. Auf die Idee wäre sie nie gekommen. Allerdings hätte sie auch nie geglaubt, dass Onkel Walther Gruppensex mit Leichen haben würde.

„Nein. Das glaube ich nicht. Er ist schwul, hat mein Vater gesagt. Jedenfalls hatte er nie eine Frau und benimmt sich etwas *speziell*, wenn du verstehst, was ich meine. Und es gibt ja wohl keine männlichen *Puppen* …?“ Verunsichert sah sie ihn an. Gab es überhaupt noch etwas, worauf man sich verlassen konnte?

„Du glaubst, er könnte wissen, wen wir suchen?“, fragte Constantin skeptisch. „Wenn er es wüsste und nicht zur Polizei ginge, würde er selbst mit drinstecken.“

„Nicht unbedingt. Vielleicht kennt er den Klüngel um Walter und die anderen, die wir getötet haben, weiß aber nicht, was sie verbindet.“

Constantin nickte nachdenklich.

„Wir müssen eben auf der Hut sein“, meinte Philine. „Aber das müssen wir wohl, egal, was wir tun. Und wir können uns bei ihm verstecken.“

„Es ist wenigstens ein Ansatz“, stimmte Constantin zu. „Wird er uns wirklich bei sich wohnen lassen?“

„Er hat einen Bauernhof. Als Kind habe ich mal die Ferien dort verbracht. Er war etwas seltsam, aber ich glaube, er mochte mich sehr.“

„Seitdem hattest du keinen Kontakt mehr mit ihm?“, fragte Constantin besorgt.

„Er geht nicht viel unter Leute und hält mit niemandem aus meiner Familie Kontakt. Aber er hat mir nach dem Tod meines Vaters einen langen Kondolenzbrief geschrieben. Er hat eine Beziehung zu mir, glaube ich. Und er sagte, ich könnte jederzeit zu ihm kommen, wenn ich etwas bräuchte.“ Natürlich wusste Philine, dass solche Angebote in der Regel nichts als warme Luft waren. Wenn sie ehrlich war, wusste sie absolut nichts von ihrem Großonkel.

Constantin nickte. „Fahren wir.“

Kapitel 4 – Künstlerseele

„Unter einem Bauernhof hatte ich mir etwas anderes vorgestellt", sagte Constantin. Er klang so entgeistert, dass Philine schmunzelte.

Tatsächlich war Onkel Alfreds Zuhause ... *ungewöhnlich*. Das Licht der Dämmerung verlieh dem Anwesen sogar einen gewissen Gruselfaktor. Die Zufahrt bestand aus einer Allee dieser billigen Statuen aus gegossenem Beton, die man in jedem Baumarkt bekommen konnte. Auf der einen Seite Frösche – oder vielmehr immer der gleiche Frosch – und auf der anderen Seite immer der gleiche Löwe. Alle Frösche waren grasgrün gestrichen, alle Löwen leuchtend violett. Die Figuren schienen die Straße gegen den wild wuchernden Streifen aus Bäumen und Gestrüpp zu verteidigen, der ihr auf vielleicht zwanzig Metern Länge folgte. Sie eskortierten die Besucher bis zu einem großen Vorplatz, an dem das Haupthaus und die Scheune standen.

Oder vielmehr das, was einmal eine Scheune gewesen war. Bis auf die stützenden Teile war jedes Stückchen Holz entfernt und durch Glas ersetzt worden. Der Boden war schwarz gefliest und das gesamte Bauwerk perfekt ausgeleuchtet. All der Aufwand galt der Zurschaustellung des Porsche 912 von 1965, der schon in Philines Kindertagen der ganze Stolz ihres Großonkels gewesen war. Neben dem roten Flitzer stand noch eine Couchgarnitur aus schwarzem Leder samt Couchtisch und Kühlschrank darin. Obwohl in der ehemaligen Scheune noch reichlich Platz war, musste Onkel

Alfreds Alltagsauto, ein ziemlich verdreckter Toyota Land Cruiser, im Freien stehen.

Auch das Haupthaus war sehr speziell. Es besaß in etwa die Optik eines Fachwerkhauses, war nur wesentlich größer und mit mehr und größeren Fenstern als üblich ausgestattet. Außerdem waren alle Holzteile knallrot gestrichen, während die Ziegel in phosphoreszierendem Blassblau gehalten waren. Das schlumpfblau gedeckte Dach wirkte wie lackiert.

„Dein Onkel ist wohl eine sehr spezielle Persönlichkeit", merkte Constantin noch immer sichtlich entgeistert an.

„Ich erinnere mich nicht mehr an viel", gab Philine zu. „Ich habe ihn selten gesehen. Das letzte Mal war ich zwölf. Ich weiß noch, dass er sehr nett zu mir war und mir einiges über Fotographie beigebracht hat."

„Also ist er ein Künstler?"

„Ich weiß es nicht genau", stellte die Adelige zu ihrem eigenen Erstaunen fest. Sie wusste tatsächlich kaum etwas über den Mann. Wieso erinnerte sie sich dann aus dem Stehgreif an seine Adresse? „Mein Vater erzählte mal irgendetwas über eine Internetfirma. Aber ich weiß es wirklich nicht mehr."

Philine parkte ihr ramponiertes Gefährt neben dem Land Cruiser und schaltete den Motor aus. Die plötzliche Stille schien das unwirkliche Anwesen näher an sie herankommen zu lassen.

„Ich hoffe, er erinnert sich noch an dich", merkte Constantin an.

„Erinnern wird er sich bestimmt. Aber ob er mich erkennt?"

„Zumindest scheint er im Moment keinen Besuch zu haben und zu Hause zu sein", stellte Constantin mit Blick auf den einsam dastehenden Toyota und die hell erleuchteten Fenster fest. „Es scheint auch keine Hunde zu geben."

Philine nickte und sah sich aufmerksam um.

Sie ertappte sich dabei, das Unausweichliche hinauszuzögern. Ihr war nicht wohl dabei, einen eigentlich Wildfremden um Hilfe zu bitten. Was sollten sie ihm auch sagen? Würde er die Wahrheit glauben, wenn er nicht selbst drinsteckte? Konnten sie ihm überhaupt die Wahrheit erzählen? Immerhin hatten sie vorsätzlich Menschen umgebracht.

Das waren Sorgen, die sie sich später machen konnte.

Entschlossen zog sie die Socken aus, um sie auf dem matschigen Vorplatz nicht zu durchweichen. Als sie ausstieg, schien ihr der kalte Boden in die nackte Haut zu beißen. Barfuß zum Haupthaus hinüberzugehen, war wie eine Unterstreichung der Tatsache, dass sie Bittsteller waren. Sie hatten absolut nichts. Nichts zu essen, keine Kleidung, kein Dach über dem Kopf und im Augenblick auch keine Zukunft. Großonkel Alfred erschien ihr im Moment als buchstäblich letzte Hoffnung. Mit Mühe hielt sie die Tränen zurück, als sie endlich vor der Tür stand.

Constantin legte ihr den Arm um die Schulter.

„Es geht schon." Lächelnd sah sie zu ihm auf. „Hast du eine Klingel gesehen?"

Urplötzlich wurde die Tür aufgerissen. Ein Schwall warmen Bratapfeldufts und Zigarrenaroma brach über die Besucher herein.

„Die ist in der Fußmatte!“, bollerte ein Berg von einem Mann mit Zigarre im Mundwinkel. Die Tatsache, dass der beleibte Hüne einen rosa Bademantel trug, aus dem Totenkopftattoos herausschauten, schien Constantin regelrecht zu schockieren. Philine hätte ihn vorwarnen sollen. Sie musste sich nur an den struppigen Vollbart gewöhnen, der Onkel Alfred wie einen Piraten aussehen ließ. Ansonsten hatte ihn das letzte Jahrzehnt nicht wesentlich verändert. Zumindest optisch.

Umgekehrt schien das zu Philines Überraschung aber auch der Fall zu sein.

„PRINZESSCHEN!“, brüllte er, als er sie erkannte. Ungeniert packte er sie, riss sie von den Füßen und drückte sie an sich. Es war wie die Umarmung eines Bären. Kratziger Bart, Tabakrauch, der Geruch von Onkel Alfreds selbst gemachter Seife und das unangenehme Gefühl, keine Luft mehr zu bekommen, verschwammen zu einem vertrauten Sinneseindruck. Sie erlebte diese Begrüßung nicht zum ersten Mal, hatte sich bisher aber nicht daran erinnert. Warum nicht?

„Zum Teufel, Philine. Was geben sie dir nur zu essen? Du bist so richtig erwachsen!“ Wie ein Spielzeug setzte sie der Riese ab.

„Na ja, wir haben uns seit zwölf Jahren nicht gesehen“, merkte sie an, während sie ihr Gleichgewicht wiederfand.

„Ja. Scheiße, wie die Zeit vergeht. Sieh dich nur an! Du bist jetzt doppelt so alt wie beim letzten Mal!“ Er schüttelte den Kopf, dass sein Pferdeschwanz nur so flog. „Du hättest nur etwas hässlicher werden sollen“, befand er lachend. „Mit deinem Aussehen wirst du ständig aufpassen müssen, nicht im Sabber der Männerwelt auszurutschen." Er lachte dröhnend.

Dann entdeckte er Constantin, der ihn die ganze Zeit nur mit weit aufgerissenen Augen angestarrt hatte.

„Und du?", fragte er mit finsterem Blick. „Hast du nicht genug Geld, um deiner Süßen anständige Schuhe zu kaufen?"

Offenbar völlig überfordert, konnte ihn der feinsinnige Arzt nur weiter anstarren.

„Hast du vergessen, ihn aufzuziehen?", fragte Onkel Alfred mit dröhnendem Lachen. „Oder müssen wir die Batterie wechseln?" Constantin erhielt einen freundschaftlichen Schlag auf die Schulter, der ihn zwei Schritte beiseitetaumeln ließ.

„Das ist Constantin", half Philine ihrem völlig überforderten Freund aus. „Wir haben einiges durchgemacht. Entschuldige."

„Unsinn!", rief der Hüne. „In meinem Haus wird sich nicht entschuldigt!"

„Wir sind ja noch an der Tür", gab der Rotschopf schmunzelnd zu bedenken.

„Richtig!" Alfred schenkte seinen Besuchern einen gespielt finsteren Blick. „Warum eigentlich? Ist euch meine Bude nicht gut genug, oder hast du gerne kalte Füße?"

„Du hast uns noch nicht reingebeten", erinnerte Philine breit grinsend. Plötzlich kamen Bilder von einer Tortenschlacht in seinem Wohnzimmer zurück. Teure Ledermöbel voller Vanillesoße ... Wie hatte sie ihre Zeit mit diesem Spinner nur vergessen können?

„Ich bitte niemals", verkündete er. Dann warf er sich Philine über die Schulter und wandte sich zum Gehen.

„Wenn dein Freund auch reinkommen soll, musst du ihn schon selber bitten. Und sag ihm, er soll die Schuhe draußen lassen und die Tür zumachen."

Philine war zu konsterniert, um der Aufforderung nachzukommen. Ein kurzer Blickkontakt mit Constantin zeigte, dass es ihm nicht anders ging. Ob er die Anweisung auch ohne Wiederholung ausführte, bekam sie aber nicht mehr mit. Sie wurde durch den Flur in ein riesiges Wohnzimmer mit Kamin getragen, in dem mehrere Bratäpfel vor sich hin schmorten. Statt seine Fracht abzusetzen, stapfte Onkel Alfred mit ihr eine Wendeltreppe hoch. Philines Verblüffung wich leisem Giggeln, das in breites Grinsen überging. Schließlich stützte sie sich mit dem Ellenbogen auf seinem Rücken auf, wie sie es schon bei ihrem letzten Besuch gemacht hatte.

„Bratäpfel im Sommer?", fragte sie schließlich.

„Wie? Hat man deine Bildung denn so sehr schleifen lassen?", kam es mit gespielter Überraschung zurück.

„Was?"

„Ob Bratäpfel genau das Richtige sind oder nicht, hängt nicht vom Wetter, sondern vom Appetit ab."

„Wieder was gelernt", meinte der Rotschopf schmunzelnd.

Schließlich betraten sie ein Badezimmer, und Philine spürte, wie ihr die Füße erst mit warmem Wasser gewaschen, dann abgetrocknet und eingecremt wurden. Onkel Alfred hatte dabei so eine seltsame Art, die auf unerklärliche Weise kein bisschen unangenehm war. Es war nicht creepy. Es war einfach seine Weise, Nähe zu zeigen. Es war der jungen Frau etwas zu viel, zeigte ihr aber zugleich, wie sehr er sich freute, sie wiederzusehen.

Laut pfeifend verließ er das Bad und trug sie in sein Schlafzimmer hinüber. Nach kurzem Kramen fand er ein Paar dicker weiß und rosa geringelte Socken, die er ihr sogleich über die Füße zog. Dann endlich setzte er sie ab.

„So!", rief er und drückte sie noch mal lachend. „Wenn ich dich komplett anziehe, wird dein Freund mich wohl entleiben, sobald er wieder aufgezogen wurde. Außerdem sind die Bratäpfel beleidigt, wenn ich sie noch länger vernachlässige." Er schob sie auf Armeslänge von sich. „Du kannst alles anziehen, was du findest. In der Schublade dort sind *Fundstücke*. Aber alle gewaschen."

„Okay", konnte Philine nur sagen.

„Bis gleich!" Er wuschelte ihr kurz durch die Haare und ging.

Grinsend sah sie für einen Moment auf die Tür. Immerhin musste sie sich keine Sorgen machen, unwillkommen zu sein.

Dann bemerkte Philine das Foto. Im gesamten Haus hingen diese riesigen Fotografien von nackten Frauen. Einige verlebt und mager, andere extrem muskulös oder zierlich. Die Adelige hatte sie einfach als Teil des Gesamtbildes aufgenommen. Es war vertraut. Fotografie gehörte zu Onkel Alfred wie seine Lautstärke.

Doch dieses Bild zeigte sie selbst. Zwar nicht nackt, sondern im Bikini, aber es war definitiv ein Foto, für das sie posiert hatte. Mit einem Mal fiel ihr alles wieder ein. Vaters Empörung, die Anschuldigungen. Der Streit. Die Vorträge, die Philine von ihm bekommen hatte. Der Grund, warum Jo Onkel Alfred nie kennenlernen durfte ... Sechs Wochen aufregender Sommerferien voller Spaß hatten als Albtraum geendet, der wochenlang anhielt. Offenbar war es so schlimm gewesen, dass sie es bis heute verdrängen musste.

Vater hatte etwas Anrüchiges in den Bildern gesehen. Dabei war Philine damals so stolz darauf gewesen. Heute konnte sie seine Reaktion jedoch nachvollziehen. Die Kamera suchte eindeutig die erwachende Frau in dem Mädchen. Und auch wenn für Philine damals nicht der kleinste Anflug eines unangenehmen Gefühls vorhanden gewesen war, konnte sie natürlich nicht wissen, was ihr Onkel gedacht hatte.

„Das Bild spricht mit dem Betrachter und löst das in ihm aus, was er mitbringt. Das ist das Wesen von Kunst", hatte Onkel Alfred damals zu Vater gesagt. Philines Alter Herr war daraufhin beinahe handgreiflich geworden.

Erst jetzt, nachdem Mélisande etwas Ähnliches über sie selbst und die Mädchenpuppen gesagt hatte, verstand Philine warum. Vater hatte beim Anblick der Fotos etwas gefühlt, was er nicht fühlen wollte.

Aber wie kam sie darauf, dass Onkel Alfred schwul war? Hatte das ihr Vater behauptet?

Sie wusste es nicht mehr. Sie war jedenfalls sicher, nie auch nur den Anflug von etwas Sexuellem zwischen sich und Onkel Alfred gefühlt zu haben. Aber sie konnte ja auch keine Gedanken lesen.

Nachdenklich öffnete sie die *Fundstück-Schublade* und war mit einem Mal ziemlich sicher, dass Onkel Alfred alles andere als schwul war. Sie fand ein ganzes Lager von Damenunterwäsche neben einer Handvoll T-Shirts, Pullis, Blusen, Hosen und Röcken.

Philine entschied sich für ein enges schwarzes T-Shirt und Latzhosen. Zuversichtlich verließ sie das Schlafzimmer. Sie waren willkommen. Selbst wenn Onkel Alfred ihnen nicht weiterhelfen konnte, würden sie sich ein paar Tage bei ihm verstecken können.

Während sie ins Wohnzimmer zurückschlenderte, betrachtete sie die allgegenwärtigen Fotografien. Onkel Alfreds Thema war weibliche Schönheit. Einige Mädchen waren klassische Modeltypen, andere nicht – aber die Kamera stellte sie alle ins bestmögliche Licht. Es war die Arbeit eines wie besessen arbeitenden Künstlers. Würde sich ein von Schönheit besessener Mann vielleicht auch für eine Mädchenpuppe interessieren?

Philine schluckte.

Sie kannte ihn zu wenig, um das ausschließen zu können.

Als sie ins Wohnzimmer zurückkehrte, wurde Constantin gerade in die Feinheiten des Bratapfel-auf-Teller-Anrichtens eingewiesen. Philine beobachtete die ungleichen Männer von der Treppe aus. Onkel Alfred hatte sichtlich Spaß daran, den Jüngeren zu verunsichern.

„Links", meinte er kopfschüttelnd.

„Was meinen Sie mit links?"

„Drehen."

Als Constantin ihn verständnislos ansah, drehte der Gastgeber den Teller eine Nuance nach links. „Wir haben doch schon Abend, junger Mann, oder etwa nicht?"

Die Sorge um den Geisteszustand seines Lehrers war dem Arzt wie ins Gesicht geschrieben, was Onkel Alfred in dröhnendes Gelächter ausbrechen ließ. Erneut wurde Constantin so hart auf die Schulter geschlagen, dass er einen Schritt zur Seite machte.

„Ich sehe, ihr habt euch schon vorgestellt", meinte Philine schmunzelnd.

„Jetzt übertreibst du aber, Prinzesschen", kam es deutlich zu laut zurück.

„Was?"

„Stehst da in deiner Latzhose auf der Treppe und stellst jede Königin in den Schatten." Philine musste lachen, als sie spürte, wie ihr tatsächlich das Blut in die Wangen stieg.

Ihr Onkel kam herüber und reichte ihr die Hand, als wären sie beim Wiener Opernball. Seine Haltung sah in dem rosa Bademantel mehr als nur ein bisschen merkwürdig aus.

„Sie haben wirklich Glück, dass ich ihr Onkel bin", meinte der Gastgeber zu Constantin, während er seine Großnichte zum Tisch führte. „Sonst müsste ich mir wieder Schweine anschaffen, um die Leiche meines Nebenbuhlers verschwinden zu lassen." Philine stimmte in sein Gelächter ein, während Constantin eher verstört wirkte.

„Ich mach doch nur Spaß", erklärte der Hüne. „Ich würde dich nur verschwinden lassen, wenn du mein Prinzesschen zum Weinen brächtest." Er sagte das so ernst, dass selbst Philine das Lächeln aus dem Gesicht fiel.

„Aber nun langt erst mal zu. Ich mache noch ein paar Bratäpfel, und dann gibt's Steak zum Nachtisch."

Philine erwachte aus ohnmachtsähnlichem Schlaf. Als Erstes sah sie sich selbst im Bett liegen. Auf ihrem

Bauch lag das Krümelmonster und schien zu schlafen. Sie zwinkerte zweimal, bis sie sich daran erinnerte, dass die gesamte Decke ihres Schlafzimmers ein Spiegel war. Der Keksgourmet war geschickt auf das Glas geklebt worden.

Bei ihrem ersten Besuch hatte Onkel Alfred sie mit der Illusion voll erwischt, erinnerte sich Philine. Für einen Augenblick glaubte sie wieder zwölf und in den Sommerferien zu sein.

Damals war Onkel Alfreds Art so erfrischend anders gewesen. Sie hatte Freiheit geschmeckt. Etikette gab es hier nicht. Auch Vernunft spielte keine Rolle. Ihr Großonkel war schon damals kindlicher als sie selbst gewesen. Nach all dem Drill, der ihre gesamte Kindheit durchzogen hatte, war es eine lebensverändernde Erfahrung gewesen.

... an die sie sich nur in Bruchstücken erinnerte?

Constantin lag in tiefem Schlaf versunken neben ihr. Es war schon ihre zweite gemeinsame Nacht, ohne dass etwas zwischen ihnen passiert war. Nach dem Essen waren beide so erledigt gewesen, dass die Berührung der Matratze gleichbedeutend mit dem Abflug ins Reich der Träume gewesen war.

Von unten drang leise Musik herauf. Wie spät es wohl war?

Vorsichtig arbeitete sich Philine aus den Federn und zog sich an. Wieso konnte sie sich an so wenig von damals erinnern? Und wie konnten die Erinnerungen beim kleinsten Hinweis plötzlich wieder so klar zurückkommen?

Das Öffnen der Tür geriet zur Demonstration ausgezeichneter Schalldämmung. Für einen Moment wurde

Marilyn Mansons *Tainted Love* erschreckend laut, doch Constantin schlief wie ein Stein.

Philine beeilte sich, die Tür hinter sich zu schließen.

Die große Standuhr im Flur zeigte Viertel nach zwölf. Hoffentlich war Onkel Alfred nicht beleidigt. Sein Besuch kam, fraß und schlief. Sie hatten sich wie Hotelgäste benommen. Sie beschleunigte ihren Schritt, doch auf der Treppe kam ihr ein unangenehmer Gedanke.

Warum hatte Onkel Alfred keine Fragen gestellt?

Philine stand halb nackt mit einem wildfremden Begleiter, ohne Kleidung und mit einem ramponierten Wagen mit französischem Kennzeichen vor der Tür. Und alles, was der Mann tat, war herumzublödeln? Eigentlich war es schon mehr als merkwürdig, dass er sie sofort erkannt hatte.

Hatte er womöglich schon gewusst, was passiert war? Steckte er mit drin? Wollte er sie hinhalten, bis ...?

„Guten Morgen, Prinzesschen!", bollerte der Hüne und schnappte sie von der Treppe. Wieder bekam sie kaum Luft, hatte sogar Mühe, die Umarmung zu erwidern.

„Guten Morgen, Onkel Alfred", presste sie hervor. Sie erwartete, jetzt wieder abgestellt zu werden, doch er hielt sie weiter fest. Dann merkte sie, dass er leise weinte. Tränen passten so gar nicht zu dem Riesen.

„Ist alles in Ordnung?", fragte sie besorgt.

„Was? Ja, natürlich!", rief er und stellte sie wieder ab. „Das sollte der Versuch sein, creepy zu wirken." Er wischte sich mit der Pranke über das Gesicht. In Holzfällerhemd und Jeans sah er wie ein verkleideter Bär aus. „Da muss ich wohl noch etwas üben."

Seine eisblauen Augen waren gerötet, als hätte er die Nacht durchgemacht oder sogar durchgeheult. Philine wusste, dass das erneut ihre Alarmglocken schrillen lassen sollte, aber das taten sie nicht. Sie fühlte, wie sehr dieser Mann sie mochte.

„Pfannkuchen?", fragte er.

„Gern."

Er machte eine Verbeugung, die auch am Hof von Ludwig dem Vierzehnten beeindruckend gewesen wäre, und geleitete sie zum Küchentresen.

„Ich hätte ja auf der Terrasse gedeckt, aber dann hätte ich nicht gleichzeitig Pfannkuchen braten und dir die Bissen in den Mund zählen können." Grinsend holte er den vorbereiteten Teig aus dem Kühlschrank.

„Verstehe."

Während Onkel Alfred sich pfeifend am Herd zu schaffen machte, begannen Philines Gedanken wieder zu ihrem Problem zurückzuwandern. Das Geheimnis ihrer Vergangenheit mit Onkel Alfred war nebensächlich. Sie musste wissen, ob sie ihm trauen konnte. Aber wie sollte sie das herausfinden? Sie konnte ja schlecht fragen, ob er zu einem Nekrophilenring gehörte.

„Darf ich dich was fragen?", setzte sie unbeholfen an.

„Auf keinen Fall!", sagte er mit dem Rücken zu ihr. „Du kennst mich. Ich könnte mich verplappern, und dann erfährst du von all den Leichen, die ich unten im Keller aufbewahre." Philine wurde bleich. „Oder es kommt raus, dass alle James-Bond-Romane autobiografische Berichte aus meinem Leben sind. Womöglich erfährst du sogar, dass ich mal auf einem Modern-Talking-Konzert war, oder ...", er drehte sich, um ihr den ersten Bananen-Pfannkuchen auf den Teller zu schieben, „… ich beichte dir, dass ich nicht Onkel Alfred, sondern Elvis Presley bin.“

Philine grinste, während die Farbe langsam wieder in ihr Gesicht zurückkehrte.

„Oh nein! Jetzt habe ich mich tatsächlich verplappert!“ Er schlug sich die Hand vor den Mund. „Siehst du, wie gefährlich es für mich ist, auf Fragen zu antworten?“

„Ja. Aber es muss doch auch furchtbar sein, mit all diesen Geheimnissen zu leben.“

„Du hast ja keine Ahnung.“ Er nickte in gespieltem Ernst. „Fast so schlimm wie mein Aussehen. Du glaubst ja nicht, wie viele Frauenherzen ich jeden Tag brechen muss, weil ich nicht mit ihnen ausgehen will.“

„Bist du schwul?“ Philine stellte die Frage schneller, als sie darüber nachdenken konnte.

Onkel Alfred entging die plötzliche Ernsthaftigkeit nicht. Stirnrunzelnd sah er sie an. Dann grinste er.

„Also wenn ich schwul wäre, wäre ich entweder ein ziemlich dummer oder neurotischer Schwuler.“

„Wie meinst du das?“

Der Hüne lachte laut auf.

„Ich habe die Wände voller nackter Frauen und eine Schublade für Fundstücke.“ Er goss erneut Teig in die Pfanne. „Also muss ich dumm oder neurotisch sein, wenn ich mit Personen ins Bett gehe und erotische Kunst zu schaffen versuche, die ich nicht erotisch finde.“ Er warf einen Blick über die Schulter. „Besonderer Grund, warum du mich fragst?“ Bevor sie antworten konnte setzte er hinzu: „Ich verstehe natürlich, was meine besondere Ausstrahlung anrichtet. Aber du bist meine Großnichte. Da müssen wir vernünftig sein.“

„Blödmann.“ Philine grinste.

„Ich weiß. Das ist wirklich blöd, Mann. Mich gibt es eben nur einmal.“

Für einen Moment war nur das Brutzeln in der Pfanne zu hören.

„Vater hatte mir erzählt, dass du schwul bist“, erklärte Philine leise.

„Ach, dein Vater …“ Es klang wie der Beginn einer Schimpftirade, aber er klang eher müde als wütend. „Ich habe lange mit ein paar Freunden zusammengelebt. Eine Art Künstler-WG. Und da ich nie mit einer festen Freundin oder Familienplanung aufgelaufen bin, wurde ich als schwul abgestempelt.“ Er wendete den Pfannkuchen. „Ich habe sicher mehr Mädchen flachgelegt als der Rest der Familie zusammengenommen. Verdammte Heuchlerbande.“

„Entschuldige. Ich wollte dich nicht …“ Philine konnte den Satz nicht zu Ende sprechen, bevor Onkel Alfred sich umdrehte und ihr die Pranken auf die Hände legte.

„Du wirst dich nie für irgendetwas bei mir entschuldigen müssen, was unsere Familie zu verantworten hat, verstehst du?“

„Okay.“ Sie lächelte verwirrt.

„Wir haben genug wegen dieser Leute durchgemacht.“

Philine nickte, ohne zu verstehen, was er meinte. Der Hüne wandte sich unterdessen wieder dem Kochen zu. Es dauerte einen weiteren Pfannkuchen, bis Philine es nicht mehr aushielt.

„Ich weiß nicht mehr viel von damals. Was hat man uns denn angetan?“

Onkel Alfred drehte sich zu ihr um. Die eisblauen Augen unter den buschigen Brauen waren feucht. Er wischte sich eine Träne ab, ehe er mit belegter Stimme zu sprechen begann.

„Das ... ist furchtbar.“

„Was meinst du damit?“

„Dass du dich nicht mehr erinnerst.“ Er atmete tief durch, nahm sich einen Kaffee und setzte sich. „Wir waren uns einmal sehr nah.“

Philine nickte. Sie fühlte es seltsamerweise noch immer.

„Als dein Vater dich nach sechs Wochen Sommerferien abholen wollte, hast du in T-Shirt und Slip auf meinem Schoß gesessen und mit mir herumgeblödelt. Dann waren da die Bikini-Fotos. Dein Vater ist völlig ausgetickt.“

„Das weiß ich noch“, meinte Philine. „Also nicht das mit dem T-Shirt, aber wie ungehalten er war.“

„Ungehalten?“ Es blitzte in seinen Augen. „Er war nicht *ungehalten*. Er glaubte ernsthaft, dass wir etwas miteinander hätten. Er sagte, dass er sicher wisse, dass kein Teenie so zutraulich mit einem Vierzigjährigen umgehen würde, ohne dass irgendetwas Dunkles dahinterstecke.“

„Aber deshalb kann ich doch nicht alles vergessen haben“, vermutete Philine.

„Das war noch nicht alles, aber den Rest kann ich mir nur zusammenreimen.“ Er wischte sich mit der Hand über die Augen. „Ich weiß nur nicht, ob ich dir das erzählen sollte.“

„Bitte. Ich muss es wissen.“

Onkel Alfred sah ihr lange in die Augen, bis er weitersprach. Philine spürte, wie ihr ein schwer greifbares Grauen die Kehle hochkroch.

„Offenbar ist er erst richtig ausgeflippt, als ihr zu Hause wart." Seine Stimme war so belegt, dass sie ihn kaum verstehen konnte. „Er hat dich wohl nicht nur einfach immer wieder verdroschen, sondern dich auch tagelang in eurem Verlies eingesperrt. Währenddessen ...", seine Stimme wurde für einen Moment von Schluchzen verschluckt, „währenddessen hat er dich wohl auch mehrfach vergewaltigt."

„WAS?" Philine fiel aus allen Wolken.

„Ich habe davon erst erfahren, als du ins Krankenhaus eingeliefert wurdest." Er verbarg das Gesicht in den Händen.

Wie versteinert saß Philine da. Sie erinnerte sich an absolut nichts davon, aber Onkel Alfreds Ausbruch machte den Horror dennoch real. So etwas konnte man doch nicht wirklich vergessen haben! Zitternd ging sie um die Theke herum und umarmte ihn von hinten.

„Wie dehydriert du ausgesehen hast. Mein kleines Mädchen. Und diese toten Augen", schluchzte er.

„Ich erinnere mich nicht." Sie klang selbst in ihren Ohren verzweifelt.

„Sie haben deinen Vater ebenfalls eingeliefert. Du hast ihm den Bauch aufgeschlitzt, hat die Polizei gesagt." Er schluchzte wieder. „Aber du warst gar nicht da. Da waren nur diese toten Augen und dieses furchtbare Grinsen in deinem Gesicht."

Philine wich das Blut aus den Wangen.

„Ich bin auf deinen Vater losgegangen. Ich habe ihn fast totgeschlagen. Aber er war ja im Krankenhaus.

Keine Ahnung, wie viele Pfleger sie gebraucht haben, um mich aufzuhalten.“

Philine umklammerte Onkel Alfreds Nacken, als könne sie sich daran festhalten. Ihr war so schlecht, dass sie Mühe hatte, das Frühstück bei sich zu behalten.

„Ich bin danach für vier Jahre im Knast gelandet und du in der Geschlossenen. Zwei Jahre warst du da eingesperrt. *Multiple Persönlichkeitsstörung*, hieß es.“

„Ich erinnere mich nicht“, hauchte Philine.

„Keine Ahnung, wie dein Vater es geschafft hat, aus der Sache rauszukommen. Ich nehme an, er hat einige Gefallen eingefordert“, flüsterte Alfred mit fester werdender Stimme. „Als ich aus dem Knast kam, wollte ich Kontakt zu dir aufnehmen, aber deine Ärzte haben mir davon abgeraten. Du seist stabil, und eine Begegnung mit mir könne diese Stabilität gefährden. Also bin ich weggeblieben. Ich wusste, du würdest kommen, wenn du etwas brauchst.“

„Wenn ich mich erinnert hätte.“ Philine sprach so leise, dass sie es selbst kaum hörte.

„Unsere gesamte Familie weiß, was dir passiert ist“, sagte Onkel Alfred. „Aber keiner hat etwas gesagt. Verdammte Heuchlerbande! Deshalb bin ich nirgendwo mehr aufgetaucht.“

Er bewegte den Kopf, als müsse er etwas abschütteln. Dann drehte er sich um. Offenbar wollte er aufstehen, um sie in den Arm zu nehmen, aber Philine war schneller. Wie selbstverständlich setzte sie sich auf seinen Schoß. Onkel Alfred brach lautstark in Tränen aus, und Philine tat es ihm gleich.

Sie wusste nicht, wie lange sie so dasaßen. In ihrem Kopf fuhr alles Karussell. Ihr Vater hatte sie vergewaltigt? Die *andere* war schon lange ein Teil von ihr! Und Onkel Alfred war ihr emotional näher, als ihr Vater es je gewesen war. Und das alles, ohne dass sie es bis eben auch nur geahnt hätte. Wie war das möglich? Sie erinnerte sich nur an die Pseudotherapeuten, die sie mit Drogen vollgestopft hatten ... weil ihre Mutter sich umgebracht hatte.

Plötzlich ergab auch das einen Sinn. Philine konnte sich an ihre Mutter nur als stolze, optimistische Frau erinnern. Ihr Selbstmord schien bis jetzt keinen Sinn ergeben zu haben. Hatte sie sich umgebracht, nachdem sie von Vaters Tat erfahren hatte? Oder war ihr bei ihrem Selbstmord *geholfen* worden? Der Gedanke war erschreckend. Aber jemandem, der seine eigene Tochter vergewaltigte, war wohl alles zuzutrauen.

„Willst du dir nicht wenigstens einen Kaffee nehmen?", fragte ihr *Sitzmöbel* plötzlich und riss sie aus ihren Gedanken. „Besser, als am Treppenabsatz rumzuhängen."

„Entschuldigung", antwortete Constantin etwas linkisch. „Ich wollte nicht stören."

„Ach was", meinte Onkel Alfred. „Ich mache dir auch gleich einen Pfannkuchen. Wenn du auch auf meinen Schoß willst, musst du allerdings noch auf die Warteliste." Sanft hob er Philine von seinen Beinen, um aufzustehen. „Der ist heute für mein Rotschöpfchen reserviert."

Während der Hüne weitere Pfannkuchen briet, trat Constantin zögernd näher. Das Lächeln in seinem Gesicht war mehr als nur ein bisschen angestrengt. Philine erkannte das gleiche Gefühl in seinen Augen, das sie selbst bei seiner Begegnung mit Mélisande empfunden hatte. Und wahrscheinlich waren ihre Bedenken damals genauso unsinnig gewesen wie seine jetzigen. Dennoch freute sich ein Teil von ihr über die Reaktion.

„Onkel Alfred hat mir einiges von früher erzählt", versuchte sie die Stimmung aufzulockern.

Constantin nickte nur.

„Du sollst das mit den Ufos doch für dich behalten", erinnerte der Pfannkuchenbäcker mit gespieltem Ärger. „Sonst kommen die beiden in Schwarz wieder vorbei."

„Aber jeder weiß doch, dass Elvis nicht tot ist, sondern von Aliens entführt wurde." Philine bemühte sich, vollkommen ernst zu bleiben. „Aber mit dem Bart erkennt dich niemand. Also keine Sorge."

„Aber was ist mit meiner Stimme? Ich meine, die läuft euch wie flüssiger Honig in die Seele, und dabei singe ich noch nicht mal." Onkel Alfred schob Constantin einen Speckpfannkuchen auf den Teller, in den er das Illuminatendreieck geschnitten hatte. „Noch einen? Oder soll ich etwas singen?"

„Einen ohne Speck wäre nett." Constantin zeigte ein höfliches Lächeln. In erster Linie schien er jedoch verwirrt zu sein.

„Kommt sofort."

Philine setzte sich neben den Freund und strich ihm über den Arm. „Guten Morgen."

„Guten Morgen", erwiderte Constantin.

„Ist alles in Ordnung?" Die Frage war natürlich überflüssig. Sie wusste genau, was los war.

Bevor es einen seltsamen Moment zwischen ihnen geben konnte, sang ein Chor weiblicher Stimmen eine

Tonfolge. Es klang wie ein Engelschor. Für einen Moment glaubte Philine zu träumen.

„Die Türklingel“, erläuterte Onkel Alfred schmunzelnd und nahm die Pfanne vom Feuer.

Philine lachte auf, doch ihre Heiterkeit währte nur kurz. Offenbar schaltete die Gegensprechanlage automatisch eine Direktverbindung zwischen Haustür und Wohnzimmer.

„Sehen Sie eine Klingel?“ Die Stimme war männlich und Philine sehr gut bekannt.

„Das ist Kommissar Bein! Der Polizist, dessen Partner versucht hat, mich umzubringen!“

„Jemand hat versucht, dich umzubringen?“, fragte Onkel Alfred entsetzt.

„Ja … ich …“

„Ich mach das schon“, versprach der Hüne. Noch nie hatte Philine jemanden gesehen, der schneller zwischen gluckenhaftem Entsetzen und Bärenruhe umschalten konnte. „Verschwindet nach oben.“

„Vielleicht sollten Sie klopfen“, schlug draußen jemand vor.

Tatsächlich wurde geklopft. Ehe aber eine Reaktion möglich gewesen wäre, meldete sich erneut Bein zu Wort.

„Notfalls gehen wir hintenrum.“

„Die Klingel ist in der Fußmatte“, verkündete Onkel Alfred lautstark, während er vermutlich die Tür aufriss. Zugleich verstummte die Direktübertragung, sodass Philine und Constantin nichts mehr von dem Gespräch mitbekamen.

„Wie haben die uns gefunden?“, flüsterte sie. „Oh Gott. Glaubst du, Onkel Alfred ist in Gefahr?“

„Vielleicht klappern Sie nur deine Verwandten ab“, vermutete Constantin. „Reine Routine.“

„Mélisandes Wagen steht vor der Tür!“, schoss es Philine siedend heiß durch den Kopf.

„Er wird sagen, dass wir hier übernachtet haben und er uns danach zum Bahnhof gefahren hat“, versuchte der Freund sie zu beruhigen. „Sie haben keinen Grund, ihm etwas zu tun.“

Philine hoffte inständig, dass er recht hatte. Bisher waren ihre Feinde immer mit äußerster Brutalität vorgegangen. Noch waren allerdings keine Schüsse zu hören. Überhaupt war es unangenehm still.

„Wir hören sie nicht, weil wir in einem sehr massiv gebauten Haus sind“, versicherte Constantin, als könne er Gedanken lesen. Philine nickte still.

Die Zeit schien sich endlos hinzuziehen.

„Meinst du, es gibt einen offiziellen Haftbefehl?“, fragte sie nach einer Weile.

„Ihr könnt runterkommen!“, rief Onkel Alfred von unten. „Sie sind weg, und der Pfannkuchen wird kalt!“ Er klang, als hätte er nur kurz den neugierigen Nachbarn abgewimmelt.

Mit hoch im Hals klopfendem Herzen ging Philine die Treppe hinunter. Auf Constantins Teller wartete ein zweiter Pfannkuchen, während bereits ein weiteres kulinarisches Meisterwerk auf dem Herd brutzelte.

„Alles gut?“, fragte Philine zaghaft.

„Riecht man das nicht?“ Genießerisch zog der Hüne den Pfannkuchenduft in die Nase.

„Ich meine mit der Polizei.“

„Ja, natürlich.“ Er grinste schelmisch. „Die waren sehr freundlich und suchen jetzt in München nach euch.“

„Haben die den Wagen nicht gesehen?“, erkundigte sich Constantin verblüfft.

„Ich habe mir heute Nacht erlaubt, ihn hinter das Haus zu fahren und mit einer Plane abzudecken“, erklärte Onkel Alfred, während er den Pfannkuchen wendete. „Ich hatte den Eindruck, dass er nicht direkt vor dem Haus stehen bleiben sollte.“ Schmunzelnd sah er über die Schulter. „Außerdem habe ich GPS und Notruf-System deaktiviert, weil ich dachte, dass besser auch niemand hinter dem Haus nachsehen kommt.“

Philine wurde bleich. Sie war ihren Gegnern wohl alles andere als gewachsen, wenn sie nicht selbst an so etwas dachte. Ganz abgesehen davon, dass sie auch keinen blassen Schimmer hatte, wie man solche Systeme deaktivierte.

„Was haben die Beamten gesagt?“, fragte Constantin.

„Dolle Truppe“, meinte Onkel Alfred grinsend. „Ein kompletter Zug schwer bewaffneter Männer in Schwarz mit einer Sprechpuppe in Zivil – dieser Bein.“ Er schüttelte den Kopf. „Sie sind auf der Suche nach dir und einem Freund von dir, weil ihr *Zeugen* seid. Na klar.“

„Was hast du Ihnen gesagt?“ Sie nahm einen großen Schluck Kaffee.

„Dass ihr nach München wolltet.“ Er grinste. „Ihr seid nur kurz reingeschneit, habt euch vollgefressen und geschlafen. Und heute wolltet ihr die Mutter von *Thomas*, deinem Begleiter, in München besuchen. Ich dachte mir, dass der Kommissar lieber eine falsche als gar keine Spur verfolgt.“

„Vielen Dank“, sagte Philine, während Constantin zustimmend nickte. In seinen Augen konnte sie jedoch überdeutlich das Misstrauen lesen. Offenbar machte er sich die gleichen Gedanken, die sie sich bis vorhin auch gemacht hatte.

„Warum stellst du eigentlich keine Fragen?", erkundigte sie sich geradeheraus.

Onkel Alfred lachte laut auf.

„Was sollte ich denn fragen?"

„Na ja – wir tauchen hier praktisch nackt mit einem ramponierten Wagen aus Frankreich auf", gab Philine zu bedenken. „Und du findest das verdächtig genug, um den Wagen zu verstecken ... dann kommt die Polizei und fragt nach uns ..."

„Ganz zu schweigen von den Gewehren", ergänzte Onkel Alfred grinsend. Erst jetzt fiel Philine ein, dass sie die Waffen offen auf dem Rücksitz liegen gelassen hatten. Auch Constantin wurde bleich. Wie hatten sie nur so nachlässig sein können?

„Deshalb weiß ich aber noch immer nicht, was ich dich fragen sollte." Er lächelte Philine warm an. „Wenn ich etwas wissen sollte, wirst du es mir erzählen. Ansonsten ist das deine Sache. Du wirst hier immer einen Unterschlupf haben."

Für einen langen Moment sah sie ihm in die Augen. Dann sprudelte plötzlich alles aus ihr heraus. Die Mädchenpuppen, die gedungenen Mörder, die Toten, die Morde ... alles, was auch Constantin wusste, erzählte sie. Nur ihre Begegnungen mit der *anderen* verschwieg sie.

Das sonst so lebendige Gesicht ihres Onkels blieb stoisch, während er aufmerksam zuhörte. Er unterbrach sie nicht, er stellte keine Fragen, und er schien sie auch nicht zu verurteilen. Nicht mal Entsetzen konnte sie in seinen Augen sehen. Er schenkte ihr einfach seine uneingeschränkte Aufmerksamkeit.

Constantin fühlte sich hingegen sichtlich unwohl. Sie konnte ihn verstehen. Seit der Begegnung mit Mélisande wusste sie, wie es sich anfühlte, wenn der Partner plötzlich einem Fremden alles anvertraute.

Partner. Das Wort fühlte sich gut an.

Als sie geendet hatte, stand Onkel Alfred auf und nahm eine Zigarre aus dem Humidor. Für einen Moment drehte er sie zwischen den Fingern. Schließlich enthauptete und entzündete er sie mit ritueller Langsamkeit. Paffend ging er langsam auf und ab.

„Also diese Mélisande klingt schon etwas zwielichtig."

„Sie hat ihr Leben für uns gegeben", erinnerte Constantin kühl.

„Ach komm, Junge." Er schüttelte den Kopf. „Die Frau wusste, wer zu diesem Ring gehört, gab die Infos aber nur häppchenweise inklusive eines Plans heraus, wie die Schuldigen umzubringen sind? Wenn die nicht Teil der Bande war, fresse ich die nächste Zigarre, statt sie zu rauchen."

„Ich werde nicht hier sitzen und dabei zuhören, wie Sie eine Freundin beleidigen, die ihr Leben für uns gegeben hat", erklärte Constantin eisig.

„Glaubst du, Empörung und im Namen einer Toten beleidigt zu sein hilft euch irgendwie weiter? Wenn ihr überleben wollt, müsst ihr so rational wie möglich sein. Denktabus können für euch tödlich enden." Er milderte die Worte mit jovialem Lächeln ab, doch Philine wollte den Konflikt im Keim ersticken.

„Da Mélisande tot ist, spielt es jetzt ja keine Rolle mehr, ob sie Teil des Rings war", mischte sie sich ein.

„Richtig. So egal es ist, warum die Hindenburg in Flammen aufgegangen ist. Die ist ja jetzt zerstört." Onkel Alfred schüttelte grinsend den Kopf. Er schien darauf zu warten, dass bei seinen Gegenübern der Groschen fiel, aber die beiden sahen ihn nur verständnislos an.

„Ach, Leute." Er seufzte. „Für die Wichtigkeit der Frage, woher Mélisande die Mitglieder des Rings kennt oder warum die Hindenburg explodiert ist, ist es völlig Wurst, ob Mélisande oder die Hindenburg noch existieren oder nicht. Die Antworten können in der Zukunft trotzdem über Leben und Tod entscheiden. Ingenieure sorgen seitdem dafür, dass keine fliegenden Wasserstoffbomben Menschen über den Atlantik transportieren. Und ihr solltet dringend herausfinden, wie Mélisande mit den Mädchenmördern zusammenhängt."

„Sie sagte, dass sie in den gleichen Kreisen wie der Nekrophilenring verkehrt", erinnerte Philine und wusste gleichzeitig, dass das keine Antwort war.

„Na klar. Und die haben sich dann beim Sektschlürfen über ihre Hobbys unterhalten", folgerte Onkel Alfred. „Was machen Sie denn so in Ihrer Freizeit", erkundigte er sich näselnd. Er drehte sich um, als antworte er der näselnden Person. „Ich sammle Topflappen aus der Tudor-Zeit. Und Sie?" Wieder drehte er sich. „Ich lasse junge Mädchen ermorden, um mit ein paar Freunden ihre Leichen zu schänden."

„Vielleicht hat sie ihnen zunächst geholfen, ohne zu wissen, um was es geht", schlug Constantin vor.

„Wobei?", fragte der Hüne. „Beim Schmuggeln von Sexsklavinnen, die niemand vermissen würde, beim

Vertuschen der Morde oder bei der Vermittlung eines Präparators, der aus jungen Mädchen Sexpuppen machen kann?“

Der junge Arzt bekam rote Wangen und war sichtlich wütend, konnte aber nichts entgegnen.

„Wenn sie Teil des Rings war, können wir ihre Informationsquellen aber wahrscheinlich nicht nutzen, oder?“, fragte Philine möglichst neutral.

„Dafür müsste man wohl wieder in ihr Anwesen zurück.“ Onkel Alfred schüttelte den Kopf. „Aber wenn die Männer, die euch überfallen haben, auch nur halb so professionell sind, wie du glaubst, haben sie wahrscheinlich alle Beweise vernichtet.“ Nachdenklich kaute er auf seiner Zigarre herum.

„Die Mädchen werden sie nicht finden“, murmelte Constantin leise.

„Die Leichen würden uns auch eher zum Präparator als zu den Auftraggebern führen.“ Der Hüne zuckte mit den Schultern. „Aber der wird euch wohl nichts mehr erzählen – was ihr wohl auch Mélisande zu verdanken habt.“

Constantin stand auf und wollte gehen. Philine legte ihm jedoch die Hand auf die Schulter. Tief durchatmend setzte er sich wieder.

„Du warst doch mit Onkel Walter ...“, die Adelige schüttelte sich, als hätte sie auf etwas Saures gebissen, „... mit Walter von Glockengang befreundet.“

„Ach, ich habe vor Urzeiten ein bisschen Cannabis mit ihm angebaut. Unser Kontakt war eher geschäftlich.“ Endlich gab er das Auf-und-ab-Gehen auf und ließ sich in einen Sessel fallen. „Wie kommst du jetzt auf den?“

„Wir wissen, dass er auch zu der Truppe gehörte." Erfolgreich unterdrückte Philine die Bilder von ihrer letzten Begegnung mit *Onkel Walter.* „Vielleicht kennst du ja jemanden, den er kannte."

„Wie gesagt. Unsere Treffen waren eher geschäftlich. Manchmal waren wir auch auf den gleichen Partys, aber ..." Der Hüne verstummte und starrte für einen Moment ins Nichts.

„Was ist?", fragte Philine beunruhigt.

„Da war mal was", erinnerte sich Onkel Alfred nachdenklich. „So ein unangenehmer Mann. Hedgefonds-Manager, glaube ich. Walter hat ihn mal auf eine Ausstellung von mir mitgebracht."

„Und?"

„Der war auf eine widerliche Weise von einem meiner Bilder fasziniert. Ich hatte eine Fotoserie geschossen. Nackte Models auf alten verfallenen Friedhöfen. Teilweise habe ich sie als Untote zurechtgemacht, teilweise aber auch als Leichen. Ich habe nur ein Bild davon ausgestellt, weil die mir alle etwas am Punkt vorbei waren. Es sollte ja um Schönheit gehen, die über den Verfall triumphiert. Aber es ist eine sehr finstere Serie geworden ..."

„Was ist passiert?", fragte Philine.

„Er wollte das Bild unbedingt haben, aber ich hatte ein ganz ekliges Gefühl dabei und habe es nicht verkauft." Der Riese nickte. „Er war regelrecht besessen davon. Das Ganze war so eindrücklich für mich, dass ich die Serie nie mehr ausgestellt habe."

„Wie lange ist das her?", fragte Constantin, der jetzt ebenfalls aufgeregt schien.

„Vielleicht zwei Jahre. Ich muss noch irgendwo Bilder von dem Event haben." Schnellen Schrittes ging er zu seinem Laptop hinüber.

„Dass dem Mann eines deiner Fotos gefallen hat, ist noch kein Beweis", erinnerte Philine unglücklich.

„Das nicht ... aber vielleicht ist es ein Anfang", meinte Onkel Alfred, während er den Computer durchsuchte.

„Es ist mehr als das", fand Constantin, als ihr Gastgeber endlich das Bild eines gut aussehenden Mittvierzigers mit blonden Haaren und stechenden grünen Augen zum Vorschein brachte. „Das ist Björn Pawlik. Er war früher oft bei Mélisande zu Gast."

„Was?", fragte Philine. „Das war ja einfach."

„Das ist nicht einfach", widersprach Onkel Alfred mit finsterer Miene. „Das ist erst mal nur ein Verdacht. Die Frage ist nur, wie wir sicher sein können."

„Und was wir tun, wenn wir sicher sind", hauchte Philine.

„Das kann nicht dein Ernst sein", meinte Philine entgeistert.

„Wir waren uns doch einig, dass ihr nur verkleidet reinkommt. So erkennt dich niemand." Durch den Bart war nicht klar zu erkennen, ob Onkel Alfred ein Grinsen unterdrückte.

„Ja. Verkleidet. Nicht nackt", erinnerte der Rotschopf.

„Cindy ist eine bekannte Maskenbildnerin und gute Freundin", unterbrach sie der Hüne. „Sie wird ihre Sache gut machen."

„Das glaube ich ja. Aber ich hätte gerne mehr als eine Maske an", begehrte Philine auf. „Niemand wird sehen, dass du nackt bist." Der Riese legte ihr sanft die Hand auf die Schulter. Es hatte etwas erstaunlich Väterliches an sich. „Cindy hat schon Preise für ihr Bodypainting bekommen."

„Aber wenn niemand sieht, dass ich nackt bin, warum kann ich dann nicht wenigstens einen Slip tragen?"

„Zum einen, weil du Teil meiner Ausstellung bist. Und bei meiner Kunst gibt es keine Kompromisse", zählte Onkel Alfred auf. „Und zum anderen, weil Philine von Montenbrück sicher niemals nackt bei einem gesellschaftlichen Anlass der High Society erscheinen würde." Wieder grinste er. „Die Tarnung ist unschlagbar."

Philine gefiel es nicht, aber er hatte einen Punkt. Wenn Björn Pawlik ihr Mann war, kannte er sie und wusste vermutlich auch, dass Onkel Alfred mit ihr verwandt war. Dass er überhaupt bereit war, diese Ausstellung in seinem Anwesen auszurichten, war entweder ein Wunder oder eine Falle.

„Denk nur an Constantin. Dessen Verkleidung willst du bestimmt auch nicht", erinnerte der Ältere.

Nein, den ganzen Abend stillhalten zu müssen, weil man in einem hohlen Grabstein versteckt war, stellte sich Philine noch weit schlimmer vor.

„Glaubst du ...", setzte sie zum vielleicht hundertsten Mal an.

„Ich weiß nicht, ob es eine Falle ist, meine Süße." Er klang nicht genervt, nur etwas ungeduldig. „Wir haben uns entschieden, und jetzt ziehen wir es durch. Herumzuzaudern frisst nur unnötig Energie."

„Ich weiß nicht. Der Mann geht davon aus, dass Constantin und ich ihn umbringen wollen. Du fragst ihn nach einer Location für die Grabsteinausstellung und ..."

„Nicht ich habe nach einer Location gefragt, sondern meine Agentin", verbesserte Onkel Alfred. „Und sie hat nicht ihn, sondern eine gerade von ihm gekaufte Immobilienfirma kontaktiert. Natürlich ist es *reiner Zufall*, dass Pawliks Anwesen der einzige gotische Bau in Privatbesitz ist, der direkt neben einem alten Friedhof liegt."

„Aber er weiß, dass wir ihn suchen", gab Philine zu bedenken, doch der Hüne schüttelte nur den Kopf.

„Er muss davon ausgehen, dass ihr entweder seinen Namen kennt – dann würdet ihr wohl kaum einen großen gesellschaftlichen Anlass planen, um ihn in die Finger zu bekommen. Oder er glaubt, dass mit Mélisande die letzte Spur zu ihm verloren ist. Dann würde er sich noch weniger Sorgen machen."

„Aber ..."

„Philine", unterbrach sie Onkel Alfred und nahm ihr Gesicht in die Pranken. „Die Zeit für Wenn und Aber ist vorbei. Und ich bin bei dir. Ich werde niemals zulassen, dass dir jemand etwas tut. Okay?"

Philine nickte. Sie verstand sich ja selbst nicht. Sie war sonst nie so zögerlich gewesen. Wenn etwas entschieden war, dann war es entschieden. Vielleicht versuchte sie zu bremsen, weil Constantin und Onkel Alfred so unvorsichtig voranpreschten.

„Und jetzt geh und mach dich nackig", befahl er lachend.

Sechs Stunden später stand Philine tatsächlich bis auf eine Totenkopfmaske splitterfasernackt auf einer

Vernissage und servierte Sekt. Ihr Körper wurde nur von einer Schicht schwarzer Farbe, auf die ein Skelett gemalt war, verborgen. Erstaunlicherweise war das Gefühl nicht nur unangenehm, sondern auch seltsam belebend. Gemeinsam mit drei anderen Mädchen in gleicher Aufmachung war sie zugleich eine der Hauptattraktionen des Abends und nur ein Detail des Hintergrunds. Sie wurde angestarrt, ohne gesehen zu werden. Es war nicht *ihr* Körper, der bestaunt wurde, sondern ein Teil des Gesamtkunstwerks.

Das Erlebnis war so ablenkend, dass Philine sich noch nicht allzu große Gedanken über den Verbleib des Gastgebers gemacht hatte. Sie wusste nur, dass er oben in seinen Privaträumen war und sich zurechtmachte. *Blondie*, wie Onkel Alfred ihn nannte, kam zu seiner eigenen Party zu spät, weil er eitel war. Diva war womöglich ein besserer Spitzname.

Anwesend waren dafür viele andere, die sie gut kannte. Gerade nahm sich Tobias Schmidtmaier, ein guter Bekannter, der ihre Liebe zu schönen Autos teilte, einen Sekt von ihrem Tablett. Herbert Drösel, ein Anwalt, mit dem Philine zur Schule gegangen war, fachsimpelte mit Onkel Alfred, und ihr Hausarzt Dr. Schröter sah aus, als führe er eine gründliche Ferndiagnose bei einer von Philines *Kolleginnen* durch.

Aber wo blieb Pawlik? War es doch eine Falle?

Nicht weniger drängend war die Frage, ob Onkel Alfred schon etwas herausgefunden hatte. Während sie und die anderen Mädchen bemalt worden waren, hatte er versuchen wollen, beim Aufbau der Vernissage etwas herumzuschnüffeln. Idealerweise hätte der Plan vorgesehen, den falschen Grabstein mit Constantin darin in einem Privatbereich zu *vergessen*. Leider war Constantins Versteck gut sichtbar Teil der Ausstellung, und es hatte noch keine Gelegenheit gegeben, sich mit ihrem Onkel auszutauschen.

Immerhin lenkten sie ihr nicht vorhandener Aufzug und vor allem ihre Aufgabe so gut ab, dass sich die Unruhe in Grenzen hielt. Tatsächlich ertappte sie sich sogar dabei, mit dem Blick an dem einen oder anderen Foto hängen zu bleiben. Die Friedhofsbilder waren zugleich abstoßend und ästhetisch. Erotisch und verstörend. Sie krochen dem Betrachter unter die Haut. Das Gefühl war auf gewisse Weise mit dem verwandt, was sie beim Betrachten der Mädchenpuppen empfunden hatte. Jeder, der Teil der Bande war, würde ein solches Bild haben wollen.

Eines der abgebildeten Mädchen servierte in der gleichen Maske wie sie selbst gerade Häppchen. Wie sie sich wohl fühlte?

Endlich erschien der Gastgeber auf der Bildfläche. Die Art, wie er die Treppe herunterkam, ließ keinen Zweifel am Grund seines Zuspätkommens. Es war tatsächlich Eitelkeit. Allerdings nicht die Art, die ihn zwang, sich stundenlang herauszuputzen. Vielmehr genoss er es offensichtlich, die vermutlich eigens dafür gebaute Treppe herunterzustolzieren. Für einen Moment wurde er zum Mittelpunkt der Veranstaltung. Er grüßte, als sei er der eigentliche Star des Abends, der dem einfachen Volk bescheiden zunickte. Fatzke. Philine fand es auffällig, dass er womöglich der einzige Besucher der Ausstellung war, der ohne Begleitung kam.

Blondie war kaum zur Hälfte mit dem Zelebrieren seines Auftritts durch, als Philine ihren Irrtum erkannte. Sie erstarrte.

Bein. Er kam in einem unauffälligen grauen Anzug die Treppe herunter. Während die *Diva* die Aufmerksamkeit auf sich zog, ließ er den Blick über die Gäste schweifen. Prüfend sah er jedes der Totenkopfmädchen an und suchte offenbar nach bekannten Gesichtern in der Menge.

Es war doch eine Falle!

Kein Wunder, dass Pawlik, ohne zu zögern, sein Haus zur Verfügung stellte. Wo sonst konnte er so einfach Vorkehrungen treffen, ihre Leichen verschwinden zu lassen? Sie warf einen Blick zu Onkel Alfred hinüber, aber der Riese zeigte keinerlei Anzeichen auch nur der geringsten Beunruhigung. Im Gegenteil schien er sich im Reich der Wichtigtuer und des Small Talks pudelwohl zu fühlen. Er war ein begnadeter Schauspieler.

„Ruhig bleiben", murmelte Philine.

War Beins Anwesenheit vielleicht Zufall?

Eher nicht. Wahrscheinlich hatte er das GPS von Mélisandes Wagen bis zu Onkel Alfreds Haus verfolgt. Danach verliert sich die Spur. *Zufällig* lädt sich der Hüne aber zwei Tage später ins Haus des letzten verbliebenen Monstrums ein ...

Philine hatte es geahnt. Ihr Plan war viel zu offensichtlich gewesen.

Immerhin war Beins Anwesenheit aber ein Indiz, dass Pawlik mit drinsteckte. Und er würde sie kaum vor den Augen einer solchen Menschenmenge ermorden. Außerdem musste er sie erst mal erkennen, um sie umbringen zu können. Constantin war mit den Waffen in einem Stein versteckt, und sie konnte sich nicht mal selbst von den anderen Totenkopfmädchen unterscheiden. Sie würden am Ende der Veranstaltung einfach wie alle anderen hinausspazieren.

Sie warf einen Blick auf die Ausgänge. Zu ihrem Erschrecken waren an jedem von ihnen je zwei große Männer in schwarzen Anzügen aufmarschiert. Sie spürte, wie ihre Hand zu zittern begann.

Reiß dich zusammen, befahl ihr eine innere Stimme. *Ihr habt euch auf diese Möglichkeit vorbereitet.* Philine wusste nicht, ob es die *andere* war, aber das spielte im Moment auch keine Rolle.

Sie kehrte in die Küche zurück, stellte den Sekt ab und belud ihr Tablett mit einer edlen Karaffe mit noch edlerem Scotch und mehreren Gläsern. Ihn Onkel Alfred anzubieten, war das verabredete Zeichen dafür, in der Falle zu sitzen. Nicht, dass der Mann nicht schon selbst darauf gekommen sein würde.

Immerhin wurden ihre Hände wieder ruhiger. Sie hatten einen Plan und damit alles unter Kontrolle.

Als sie zum Empfang zurückkehrte, sah sie ihr Ziel in ein angeregtes Gespräch mit *Blondie* versunken. Eigentlich hatte sie geplant, auf dem Weg zu ihm an Constantins Stein vorbeizugehen, um auch ihn mit unauffälligem Klopfen zu alarmieren. Leider stand Bein genau neben ihm. Vielleicht wäre ihr Vorhaben dennoch in die Tat umsetzbar gewesen, aber sie hatte nicht die Nerven dafür.

Es ist das Risiko nicht wert, bestätigte eine innere Stimme. Sie wusste nicht, ob es die *andere* war. Sie wusste nicht mal, ob sie sich das wünschte.

Ohne weitere Zwischenfälle erreichte sie Onkel Alfred, der sich anscheinend blendend mit dem Gastgeber verstand.

„Außergewöhnlich", meinte Blondie gerade. „Ganz, ganz, GANZ außergewöhnlich."

„Ich bitte Sie", bat Onkel Alfred bescheiden abwinkend. Wenn er High Society spielte, hatte er tatsächlich etwas Weibisches an sich.

Stumm, wie alle Skelettmädchen, trat Philine an die beiden heran und präsentierte ihren Whisky.

Onkel Alfred ließ sich nicht das Geringste anmerken. Seine Augen leuchteten wie die eines kleinen Jungen unter dem Weihnachtsbaum.

„Oh, darf ich Ihnen etwas wirklich ganz, ganz, ganz Besonderes anbieten?", fragte er den Gastgeber. „Das ist ein Scotch, den ich aus einer kleinen schottischen Privatbrennerei mitgebracht habe. Über dreißig Jahre gereift, feinster Single Malt." Er nahm die Karaffe vom Tablett, um Pawlik daran riechen zu lassen.

„Ausgezeichnet", meinte der Gastgeber. „Sie wissen wirklich, wie man mich verwöhnt. Kunst und guter Scotch sind meine Leidenschaft."

„Sie haben eine Entschuldigung verdient, nachdem ich es Ihnen beim letzten Mal verwehrt habe, eines meiner Bilder zu kaufen", sagte Onkel Alfred, während er zwei Gläser einschenkte. Pawlik wollte schon zugreifen, entschied sich dann jedoch dagegen.

„Nicht hier", bat er. „Wir wollen einen so edlen Tropfen doch nicht mit dem Pöbel teilen."

Die Aussicht, dass ihr Onkel unter einem Vorwand an einen weniger öffentlichen Ort gebracht werden könnte, ließ bei Philine den Schweiß ausbrechen. Doch der Hüne zeigte nicht den geringsten Anflug von Beunruhigung.

„Hätte ich geahnt, dass Sie meine Begeisterung so
sehr teilen, hätte ich Ihnen ein eigenes Fässchen mitgebracht.“

„Es ist nicht nur das“, gab *Blondie* zu. „Als Sie mir bei
unserem letzten Treffen den Verkauf verweigert haben, hatte ich den Eindruck, dass Sie mich für einen
Kretin halten. Ich wollte Ihnen zeigen, dass Sie sich geirrt haben.“

„Nein, das war es nicht. Es hatte persönliche Gründe“,
log Onkel Alfred so brillant, dass sogar Philine ihm wider besseres Wissen glaubte. „Das abgebildete Model
hatte sich zwei Tage vorher mit dem Motorrad totgefahren. Es war mir einfach unmöglich, das Bild wegzugeben, verstehen Sie?“

„Das ist ja furchtbar“, heuchelte der Manager mit den
schauspielerischen Fähigkeiten einer Palette Klobrillen.

„Es tut mir sehr leid, dass Sie es persönlich nehmen
mussten.“ Onkel Alfreds Zerknirschtheit war oscarreif.
Tatsächlich schien auch ihr Gastgeber die Darbietung
ein Stück weit zu glauben und winkte großmütig ab.

„Dennoch möchte ich Ihnen gerne meine größten
Schätze zeigen. Ich bin sicher, dass nur ein Künstler
wie Sie selbst die wahre Schönheit meiner Stücke zu
würdigen weiß“, sagte er.

Jetzt war Philine sicher, dass Pawlik tatsächlich versuchte, Onkel Alfred vom Rest der Veranstaltung zu
trennen. Das war ein schwerer taktischer Fehler. Es
hatte noch keine Reden und keine Führung gegeben.
Die Veranstaltung hatte noch gar nicht richtig

angefangen. Jetzt den Künstler verschwinden zu lassen, würde Fragen aufwerfen.

Andererseits ging es Pawlik wahrscheinlich darum, den Aufenthaltsort von Constantin und ihr herauszufinden. Am Ende der Veranstaltung mochte das zu spät sein, weil sie womöglich gut verkleidet mit den restlichen Gästen die Party verlassen konnten.

„Sehr gerne", log Onkel Alfred erneut meisterhaft. „Wollen wir das vielleicht am Ende des Abends tun? Ich würde Ihnen gerne meine Arbeiten zeigen."

„Ach, kommen Sie." Pawlik lachte aufgesetzt. „Wenn ich Ihnen meine Kronjuwelen zeige, können Sie mich auch viel besser dabei beraten, welche Ihrer Werke ich mir anschaffen sollte. Sie werden nämlich im gleichen Raum hängen."

„Ich fühle mich geehrt", entgegnete der Hüne. „Ich kann es kaum erwarten."

Blondie wollte ihn schon beim Arm nehmen, um seinen Gast diskret aus dem Raum zu schieben, als Onkel Alfred sich an die Gäste wandte.

„Meine Damen und Herren!" Sein lautes Organ übertönte spielend den Geräuschbrei aus Stimmen und leiser Musik. „All Ihre Komplimente haben dazu geführt, dass ich mittlerweile selbst daran glaube, ein großer Künstler zu sein. Bevor ich gleich durch meine Arbeiten führe, wird mich unser großzügiger Gastgeber für einen Moment in seine Kunstsammlung entführen, wo ich im Angesicht wahrer Meister auf den Boden der Tatsachen zurückfinden werde. Das kann dem weiteren Verlauf des Abends, insbesondere in Hinsicht auf Preisverhandlungen, nur förderlich sein."

Höfliches Lachen antwortete. Das Lächeln im Gesicht ihres Gastgebers deutete jedoch eher auf einen Schließmuskelkrampf als auf Heiterkeit hin.

Philine war erleichtert. Alle Gäste wussten jetzt, dass Pawlik den Star des Abends mitnahm. Spätestens jetzt konnte er ihn nicht mehr einfach so verschwinden lassen.

Der Gastgeber machte jedoch keinen Rückzieher. Noch immer mit dem Grinsen eines Schimpansen im Gesicht führte er Onkel Alfred die Treppe in den Privatbereich hinauf. Philine wollte ihn auf keinen Fall allein lassen und lud sich selbst ein, mitzugehen. Immerhin sollte der Whisky ja unter Ausschluss der Öffentlichkeit serviert werden, und das war schließlich der Job eines Totenkopfmädchens.

Tatsächlich störte sich niemand daran, dass sie den Männern folgte. Sie blieb nicht allein. Auch Bein löste sich aus der Menge und kam die Treppe hinauf. Philine hatte ein Gefühl, als lege sich eine Schlinge um ihren Hals. Das Gefühl verstärkte sich noch, als im ersten Stock zwei weitere große Männer in schwarzen Anzügen zu ihnen stießen. Onkel Alfred war unbewaffnet, und ihre eigene Verkleidung kam naturgemäß ebenfalls ohne Taschen. Die einzige Verteidigung blieb, die Tarnung aufrechtzuerhalten.

Pawlik führte seinen Gast einen langen Flur entlang und bog in eine Art Kaminzimmer ab. Die Feuerstelle schien voll funktionsfähig zu sein. Mithilfe eines Funkbefehls seiner Armbanduhr ließ der Hausherr jedoch den Boden beiseitegleiten. Darunter wartete eine rustikale Wendeltreppe aus Holz. Zugleich kippte die obere Hälfte des Kamins zurück, sodass auch ein ausgewachsener Mann problemlos hinuntersteigen konnte. Das Ganze musste unglaublich teuer und schwer zu konstruieren gewesen sein.

Offenbar machte sich Pawlik aber nicht die geringsten Sorgen darüber, dass der Gast oder die Serviererin seine Geheimnisse ausplaudern würden.

Er will euch umbringen, schoss es ihr durch den Kopf. *Aber bei so vielen Zeugen kann auch einer wie er nicht damit davonkommen*, sagte sie sich. Andererseits war er vielleicht zu dumm, um das zu wissen. Oder Philine kannte nicht alle Fakten.

Die Treppe reichte weit tiefer nach unten, als sie erwartet hatte. Mit Sicherheit führte sie durch das Erdgeschoss hindurch in den Keller. Möglicherweise sogar tiefer hinab. Die Konstruktion ergab durchaus Sinn. Wer den Zugang zu einem geheimen Keller suchte, würde damit im Erdgeschoss oder Keller anfangen. Niemand würde im ersten Stock suchen. Hinzu kam, dass man den Hohlraum unter dem Kamin durchaus für einen vergessenen Schornstein halten konnte. Das Haus war alt.

Pawlik blieb vor einer mannshohen Tresortür – ähnlich denen, die man im Keller von Banken fand – stehen. Ein Handflächenscanner entriegelte das Monstrum und ließ es beiseiteschwingen. Dahinter wartete ein undurchsichtiger schwarzer Vorhang.

„Geheimnisvoll", sagte Onkel Alfred. „So habe ich mich das letzte Mal kurz vor der Bescherung gefühlt."

„So fühle ich mich immer, wenn ich hierherkomme." Das Grinsen im Gesicht des Gastgebers wirkte jetzt deutlich echter. Er freute sich auf irgendetwas. Philines Magen zog sich unangenehm zusammen. „Würden Sie kurz das Licht löschen? Für den Effekt." Er wies auf den Lichtschalter.

„Natürlich." Die Beunruhigung wurde nun auch im Gesicht des Hünen sichtbar. Dennoch kam er der Aufforderung nach.

Die Welt versank in vollkommener Dunkelheit.

„Meine Herren – ich präsentiere mein Allerheiligstes." Effektvoll, als hätte er es geübt, schlug Pawlik den Vorhang beiseite.

Onkel Alfred zog hörbar die Luft ein. „Oh, mein …" Der Satz verklang im Nichts.

Auch Philine, die schon einiges gesehen hatte, wurde von Pawliks *Kunstausstellung* überrascht. Es handelte sich um einen von Marmorsäulen getragenen Raum, der an eine kaiserliche Gruft aus dem Viktorianischen Zeitalter erinnerte. Drei nahezu mannshohe Kerzenleuchter mit zwölf Armen waren die einzige Beleuchtung. Mehrere kunstvolle Reliefs schmückten die Wände. Eine nackte Frau mit Totenschädel und langen Haaren erdrosselte eine weitere nackte Frau. Nackte Menschen, die mit Skeletten tanzten. Der grimme Schnitter ritt auf einem skelettierten Einhorn. Eine nackte Frau mit Fledermausflügeln, die von einer skelettierten Schlange umschlungen wurde … Als Kontrast dienten schwere, blutrote Vorhänge, hinter denen sich mit Sicherheit noch die eine oder andere Nische verbarg, und ein flauschiger Läufer in der gleichen Farbe.

Statt Särgen waren mehrere makabere Möbelstücke ausgestellt. Eine im gotischen Stil gearbeitete Garrotte aus dunklem Metall, ein Galgen, an dem es statt Falltür eine Kurbel gab, und eine eiserne Jungfrau. Den Mittelpunkt bildete eine Art Opferaltar, wie man ihn aus

Horrorfilmen kannte. Allerdings war dieser hier – wie alle Objekte – mit schwarzem Leder bezogen und mit Fesseln ausgestattet. Philine wollte sich nicht ausmalen, inwieweit die Stücke wirklich benutzt wurden.

Die Hauptattraktion waren aber zweifellos die beiden Mädchen*puppen*. Eine von ihnen fast noch ein Kind, die andere vielleicht Mitte zwanzig. Geschickt verborgene Drahtgestelle hielten sie aufrecht, sodass sie in einer lasziven Tanzpose erstarrt waren.

Philine spürte, wie die unirdische Perfektion der beiden Blondinen nach ihr greifen wollte, grenzte sich aber bewusst ab. Das hier hatte nichts mit Schönheit zu tun, sondern war einfach krank. Sie warf Onkel Alfred einen Blick zu. In seinen Augen war nichts als Abscheu zu sehen. Die Mädchenpuppen lösten nichts anderes in ihm aus. *Kunst spricht mit dem Betrachter und löst das in ihm aus, was er mitbringt. Das ist das Wesen von Kunst"*, erinnerte sie Mélisandes imaginäre Stimme. Hätte sie nicht ohnehin schon mit der Angst zu kämpfen gehabt, wäre ihr wohl schlecht geworden.

Philine riss sich zusammen und konzentrierte sich auf das Wesentliche. Immerhin wussten sie jetzt sicher, dass Pawlik ihr Mann war.

Noch wesentlicher war jedoch, dass Bein plötzlich so nah hinter ihr stand, als wolle er eine Zeitung zwischen seinem Bauch und ihrem Rücken einklemmen. War sie enttarnt? Und wenn? Was hätte sie tun können? Einer der Anzugträger – der Bodybuilder – hatte sich an der Tür postiert. Sein glatzköpfiger Kollege hielt sich neben Pawlik.

Stoisch blieb sie in ihrer Rolle. Sie war nur eine hübsche Studentin, die sich auf unkonventionelle Weise etwas dazuverdiente. Eine Studentin, die nicht wissen konnte, es mit Leichen zu tun zu haben. Sie musste nur so tun, als halte sie die Mädchen für Puppen und den Rest für den Hobbyraum eines durchgeknallten Geldsacks.

„Atemberaubend, nicht wahr?“, vergewisserte sich der Hausherr, während er der jüngeren Leiche über die Innenseite des Oberschenkels strich. „Fassen Sie sie ruhig an.“

„Danke“, lehnte Onkel Alfred höflich ab. „Die Mädchen sind wirklich sehr kunstvoll gemacht. Mir sind sie aber etwas zu echt, wenn Sie verstehen, was ich meine.“

Pawlik drehte sich zu ihm um und verschränkte die Arme vor der Brust. Für einen Moment herrschte unangenehmes Schweigen.

„Ach, kommen Sie, Teufelshöhe. Lassen Sie das Versteckspielen sein.“

„Was meinen Sie?“ Onkel Alfred schauspielerte meisterhaft, doch seine Maske bekam Risse. Zumindest Philine konnte sehen, dass er sich verstellte.

„Sie können es wirklich sein lassen“, versicherte Pawlik. „Es war denkbar, dass Ihre Großnichte bei Ihnen Zuflucht gesucht, Ihnen aber nichts von meinem Projekt erzählt hat. Seit Sie sich zu mir nach Hause eingeladen haben, ist aber wohl offensichtlich, dass sie geplaudert hat.“

„Ich weiß noch immer nicht, was Sie meinen“, erklärte der Hüne steif.

„Es gibt eigentlich nur zwei Möglichkeiten, warum Sie hier sind“, erläuterte Pawlik unbeirrt. „Entweder wollen Sie mich zur Strecke bringen, oder – was ich als weitaus wahrscheinlicher ansehe – Sie wollen Teil des Projektes sein."

„Beruhigend", sagte Onkel Alfred. „Darf ich fragen, warum Sie die Umstände zu meinen Gunsten auslegen?"

Philine begriff, dass er auf Zeit spielte. Selbst wenn Pawlik ihn als Verbündeten betrachtete, würde das kleine Serviermädchen verschwinden müssen. Der Chefperverse war so reich, dass er sich so gut wie alles leisten konnte – nur keine Zeugen. Sie musste hier raus!

„Ach, das ist doch naheliegend." Er hatte einen dozierenden Ton an sich, den man sonst nur in alten Sherlock-Holmes-Filmen zu hören bekam, wenn der Täter überführt wurde. „Zum einen sind Sie nicht dumm genug, um mir eine so offensichtliche Falle zu stellen. Kaum wurden Sie von Ihrer Großnichte besucht, als Sie Kontakt suchen? Das ist zu offensichtlich. Zudem kann niemand, der nicht dieses besondere Fluidum fühlt, solche Fotos machen. Sie haben eine Künstlerseele – wie ich. Sie sind hungrig nach neuen Kicks und unvergleichlichen Eindrücken."

„Tja. Was soll ich sagen?" Onkel Alfred lächelte schief und zuckte mit den Schultern. „Sie haben mich durchschaut."

Pawlik grinste diabolisch und tätschelte dem Riesen die Schulter. Dann nickte er dem glatzköpfigen Anzugträger zu.

Mit einer geschmeidigen Handbewegung zog der Mann ein Handy aus der Tasche und begann zu filmen.

„Was wird das?", fragte Onkel Alfred irritiert.

„Ganz einfach. Damit wir uns vertrauen können, sollten wir gegenseitige Leichen im Keller haben. Meine haben Sie schon gesehen." Das diabolische Grinsen in Pawliks Gesicht vertiefte sich. „Jetzt will ich auch Ihre sehen."

„Ich verstehe nicht …"

„Ganz einfach. Sie töten die Kleine und ficken sie dann", erklärte der Gastgeber mit einem Nicken zu dem vermeintlichen Serviermädchen hinüber.

Gleichzeitig fühlte Philine, wie ihr ein Riemen um den Hals gelegt und ruckartig zugezogen wurde. Es war schwer zu sagen, was schlimmer war: der Schmerz oder das Gefühl, keine Luft zu bekommen. Darüber zu entscheiden war auch das Einzige, was sie zur Situation beisteuern konnte.

In dem Moment, als ihr das Leder in die Haut schnitt, bekam ihr Körper ein Eigenleben. Es war, als hätte die *andere* nur auf ihren Einsatz gewartet. Statt wie ein normaler Mensch in dieser Situation das Tablett fallen zu lassen, griff sie eines der Gläser und entleerte es über ihre Schulter in die Augen ihres Angreifers. Bein schrie, als hätte sie ihm ein glühendes Eisen ins Auge gerammt, und ließ sofort los.

Geistesgegenwärtig riss Onkel Alfred den Glatzkopf am Arm und versuchte, den Gegner mit einem Judowurf über die Schulter zu schleudern. Bedauerlicherweise stellte Pawlik offenbar keine Lappen ein. Mit beeindruckender Geschmeidigkeit riss Glatze sich los und griff nach der Waffe in seinem Schulterhalfter.

Onkel Alfreds Reaktion war die eines Hippies aus dem Sommer der Liebe. Er warf sich auf den Sicherheitsmann und umarmte ihn wie ein Bär. Gemeinsam fielen die beiden zu Boden.

Philine wusste nicht, was der Muskelmann am Eingang tat, und konnte sich auch nicht umdrehen, weil sie nur Passagier im eigenen Körper war. Dafür konnte sie jedoch in aller Ausführlichkeit den verblüfften Ausdruck in Pawliks Gesicht sehen. Der Manager sah aus, als hätten die Naturgesetze plötzlich ihre Wirkung verloren.

Die Überraschung wurde ihm mit dem Einschlag der Karaffe aus dem Gesicht gebügelt. Die *andere* hatte perfekt gezielt. Das feine Glas zersplitterte an Pawliks Stirn und überschwemmte seine Augen mit einer Mischung aus feinsten Glassplittern und hochprozentigem Alkohol. Der Schrei ging Philine durch und durch, aber etwas in ihr, etwas so Finsteres, dass sie es nicht wahrhaben wollte, gluckste zufrieden.

Pawlik stolperte brüllend rückwärts, bis er einen der Kerzenleuchter umriss und augenblicklich in Flammen stand. Blind vor Schmerz und Entsetzen taumelte die menschliche Fackel kreuz und quer durch den Raum. Das steinerne Gewölbe warf seine fürchterlichen Schreie dämonisch verzerrt zurück. Wie Echos aus der Hölle.

Philine spürte das Adrenalin durch ihren Körper rauschen. Fühlte, wie das, was sie als Angst und Grauen wahrnahm, für die *andere* zur sexuellen Ekstase wurde. Ihr Körper kreiselte mit schwindelerregender Geschwindigkeit herum. Bein. Bein musste bestraft werden.

Der Polizist war bis zur eisernen Jungfrau zurückgetaumelt und versuchte verzweifelt, den Alkohol aus den Augen zu bekommen.

Warum schrie er nicht mehr? Ein seltsam irrationaler Zorn flackerte in Philine auf. Oder in der *anderen*? Es wurde schwer, die Grenzen zu erkennen. Jedenfalls sollte er gefälligst schreien, wie es sich gehörte! Wütend griff sie nach der Waffe des Beamten. Sie würde ihm Grund zum Schreien geben!

Leider war Bein trotz seiner momentanen Blindheit geistesgegenwärtig genug, den ersten Zugriffsversuch abzuwehren.

Über Philine schlug eine solche Welle aus Zorn zusammen, dass sich ihr Blickfeld verengte. Vor Wut kreischend hämmerte sie ihm die Handfläche ins Gesicht. Überdeutlich fühlte sie, wie seine Nase brach.

Bein taumelte aufheulend weiter zurück, bis er von den Stacheln der aufgeklappten eisernen Jungfrau gestoppt wurde. Philine sah seine Augen groß werden. Obwohl er praktisch blind war, entging ihm die Gefahr in seinem Rücken nicht. Offenbar in Erwartung, dass sie den schweren Deckel des Mordinstruments zuschlagen und ihn damit aufspießen würde, riss er die Arme hoch.

Selbst Philine erwartete, ihre Hände nach dem Deckel der eisernen Jungfrau greifen zu sehen. Stattdessen rissen sie dem Polizisten jedoch die Waffe aus dem Holster. Einen Moment später schoss sie dem Mann eine Kugel zwischen die Beine.

Kein Zögern, kein Darübernachdenken ... nur Handeln. Und ein überwältigender Blutdurst, den sie zwar empfand, der sich aber nicht wie ihrer anfühlte. Wer auch immer sie war – sie war nicht sie selbst.

Den Schrei zu beschreiben, den Bein von sich gab, war Philine nicht möglich. Er schien nur ein Widerhall des Chaos in ihrer eigenen Seele zu sein. Instinktiv griff der Polizist nach der Wunde. Ehe er begreifen konnte, was ihm soeben passiert war, schlug Philine die Tür des Mordinstruments zu. Ein Schwall hellroten Blutes spritzte durch das Guckloch in Philines Gesicht.

Wahrscheinlich lachte sie, wusste es aber nicht genau. Die *andere* wirbelte auf der Suche nach neuen Opfern um die eigene Achse. Sie war noch lange nicht fertig! Wie eine nackte Rachegöttin stand sie in der mittlerweile lichterloh brennenden Gruft. Die Gobelins standen in Flammen, und der Läufer trug das Feuer gerade durch die Tresortür ins Treppenhaus.

Sie mussten hier raus, aber die Göttin hatte ihren Blutdurst noch nicht gestillt.

Der Glatzkopf hatte Onkel Alfred mittlerweile niedergerungen. Er saß auf ihm und schlug dem Gast immer wieder ins Gesicht. Der zweite Muskelmann versuchte unterdessen mit einer Decke, seinen brennenden Chef zu löschen. Pawlik zuckte zwar noch, aber Philine bezweifelte, dass er in dieser Form weiterleben konnte oder wollte. Die *andere* wollte ihn so lange wie möglich brennen sehen.

Zwei Schüsse hallten durch die Gruft und ließen den Kopf des Leibwächters mit der Feuerdecke wie eine Melone zerplatzen. Der schwere Körper fiel beiseite und klemmte den noch immer in Flammen stehenden Hausherrn unter sich ein.

Die Mündung der Waffe schwenkte herum und spie dem Glatzkopf den Tod ins Gesicht. Noch während er fiel, richtete die *andere* die Waffe auf Onkel Alfred.

„PHILINE!", schrie er entsetzt.

Für einen Augenblick fürchtete die Zuschauerin im eigenen Körper das Schlimmste. Die *andere* fühlte maßlose Enttäuschung darüber, dass das Blutbad bereits zu Ende war. Ihr Finger streichelte den Abzug. Zuckte. Wollte das Gehirn des geliebten Onkels über den Boden spritzen.

Aber es war nicht *ihre* Enttäuschung.

Von einem Moment zum anderen war sie wieder sie selbst. Wurde von der *anderen* in diesem Chaos, mit all ihrer Angst, mitten im Feuer, allein gelassen.

Jetzt erst bemerkte sie, dass sie hustete und kaum aus den tränenden Augen schauen konnte.

„Die Puppen!", rief Onkel Alfred. „Wir brauchen die Puppen als Beweise!"

Die Hitze war unerträglich, und sie konnte vor lauter Angst kaum einen klaren Gedanken fassen. Aber sie begriff, dass er recht hatte. Sie packte die jüngere der beiden Leichen und rannte, so schnell es nur ein bis zur Unterlippe mit Adrenalin gefluteter Körper vermochte, zum Ausgang. Fast blind tastete sie sich durch den Raum, verbrannte sich die nackten Füße am heißen Boden und eine Hand an der Stahltür. Doch dann stand sie endlich vor den Stufen in die Freiheit.

„LOS, LOS, LOS!", hustete Onkel Alfred hinter ihr mehr, als er schrie, und peitschte sie damit geradezu die Stufen hinauf. Das Treppenhaus arbeitete wie ein Schornstein für das Feuer. Heißer Rauch schoss an ihnen vorbei in die Höhe. Die Flüchtenden fühlten sich wie Schinken im Buchenrauch.

Kurz bevor die Hitze nicht mehr zu ertragen gewesen wäre, erreichte Philine das Kaminzimmer. Sofort wurde die Luft besser, in Sicherheit waren sie aber noch lange nicht. Die heißen Gase hatten offenbar mehrere Papiere in Brand gesetzt. Die Vorhänge standen bereits in Flammen, und das Feuer begann über das Bücheregal zu lecken.

„FEUER!", brüllte Onkel Alfred aus vollem Hals, während sie aus dem Zimmer stürmten. „FEUER! ALLES RAUS!"

Im Erdgeschoss wurden panische Rufe laut. Menschen rannten durcheinander. Alle brachten sich in Sicherheit. Doch Philines Körper klappte einfach zusammen. Würgend und hustend fiel sie auf die Knie. Ihren Onkel konnte sie nur noch schemenhaft durch den Tränenschleier wahrnehmen.

„Mein Gott, Kleine", sagte er hustend. „Soll ich dich tragen?"

„Es geht schon", log sie. Halb unter Schock, halb wütend auf ihre Schwäche, versuchte sie hochzukommen. Verzweifelt tastete sie nach der Mädchenpuppe.

„Das wird nichts." Onkel Alfred warf sie sich über die Schulter. „Dann müssen die beiden eben hierbleiben. Ist vielleicht besser so."

Doch dann war Constantin plötzlich da. Durch den Tränenschleier konnte sie ihn nicht sehen, aber sie fühlte einfach, dass er da war.

„Ist sie verletzt?" Die Sorge in seiner Stimme machte all den anderen Wahnsinn um sie herum nur noch halb so schlimm.

„Nicht ernsthaft", meinte Onkel Alfred würgend. „Sie muss nur hier raus. Versuch die Puppen mitzunehmen. Wir brauchen Beweise!"

Philine wusste, dass sie bei Bewusstsein blieb. Die Flucht durch das verqualmte Anwesen verschwamm jedoch zu einem einzigen verwirrenden Albtraum. Ihre

nächste klare Erinnerung war, wie sie im Heck eines
Krankenwagens saß und nicht wusste, ob sie die Sau-
erstoffmaske abnehmen sollte, um die angebotene Erb-
sensuppe zu essen.

Epilog

Sechs Monate waren eine lange Zeit. Aber das Sanatorium hatte Philine erstaunlich gutgetan. Die Schweizer Alpen waren nah genug, um nicht aus der Welt zu sein, und zugleich weit genug von ihrem gewohnten Leben entfernt, um alles aus einer neuen Perspektive sehen zu können. Zugleich wurden all ihre traumatischen Erlebnisse unwirklicher. Verloren ihren Schrecken, als hätte sie nur einen besonders gut gemachten Horrorfilm gesehen. Nichts als furchtbare Bilder, die sie zwar den Schlaf kosteten, aber schlussendlich nur ein Traum waren.

Das Trauma schien im gleichen Tempo zu heilen wie ihre verbrannten Füße und ihre Hand. Die Therapeuten leisteten gute Arbeit.

Viel wichtiger war aber, dass alle, die ihr etwas bedeuteten, außer Gefahr waren. Auch wenn die Mädchenpuppen und damit die Beweise im Feuer geblieben waren, existierte der Nekrophilenring nicht mehr. Bein war tot, und selbst wenn es noch Schergen bei den Behörden geben sollte, hatten die keinen Grund mehr, etwas gegen sie zu unternehmen. Im Gegenteil. Alle Beteiligten würden daran interessiert sein, dass die offizielle Lesart erhalten blieb: Mehrere unzusammenhängende Morde an reichen Leuten, die nie aufgeklärt werden würden, und ein Brand, der aus ungeklärten Gründen in einem skurrilen Keller ausgebrochen war.

Was blieb, war die Angst vor der *anderen*. Philine traute sich nicht, mit den Seelenklempnern über ihr Alter Ego zu reden. Sie wollte nicht hierbehalten oder in ein Irrenhaus überführt werden. Dass sie in all der Zeit nicht in Erscheinung trat, machte die Erinnerung an die *andere* sogar noch etwas unheimlicher. Gab es sie überhaupt?

Aber vielleicht bist du nicht du, hatte die *andere* damals in Leusings Villa zu ihr gesagt. *Vielleicht bist du ich.*

Die Worte gingen Philine nicht mehr aus dem Kopf. Machten ihr Angst.

Das einzige Gegenmittel waren die Besuche von Jo, Constantin und Onkel Alfred. Solange sie eines der vertrauten Gesichter um sich hatte, war Philine sicher, dass sie sie war. Der Trick war vermutlich, sich einfach selbst zu vertrauen. Sie musste den Wahnsinn hinter sich lassen. Ein für alle Mal damit abschließen. Sie war zuversichtlich, dass ihr das mit der Zeit gelingen würde. Und wenn Zeit allein nicht reichte, würde sie sich eben zu Hause einen guten Psychologen suchen.

Gegen Ende ihres Aufenthalts wurden Jos Besuche immer seltener und hörten schließlich ganz auf. Kein Wunder. Die Kleine hatte ihr eigenes Leben und wusste, dass die große Schwester ihr bald wieder im Nacken sitzen würde. Auch die Besuche von Onkel Alfred wurden seltener und immer normaler. Unaufgeregter. Sie hatten es überstanden, und bald würden sie einfach Teil einer harmonischen Familie sein.

Nur Constantin kam mindestens zweimal die Woche vorbei. Und seine Besuche waren eher das Gegenteil von *unaufgeregt*. Er wollte Sex. Nein. Sie beide wollten Sex. Dringend wie zwei hormonverseuchte Teenies bei der ersten großen Liebe. Fast wäre es mitten auf der Terrasse passiert, aber sie wurden erwischt. Es war bei einer Hand an ihrem Busen geblieben, die sie immer noch zu fühlen glaubte.

Und jetzt, als sie endlich in ihrem Porsche saß und auf dem Weg nach Hause war, konnte sie an nichts anderes mehr denken. Sie würde einen kurzen Zwischenstopp in der Burg einlegen, ihr Gepäck dalassen und sofort zu Constantin weiterfahren. Sie ertappte sich dabei, das Gaspedal weiter als erlaubt durchzutreten, und konnte sich nur mit Mühe bremsen. Schließlich lachte sie über sich selbst. Erst war sie zu schüchtern gewesen, um mit ihm ins Bett zu gehen, und hatte sich über die eigene Feigheit hinweggetäuscht, indem sie die Gefahr durch die Häscher vorgeschoben hatte. Dann war sie ein halbes Jahr im Sanatorium verschwunden und zu feige gewesen, ihn in ihr Zimmer zu schmuggeln, weil man „das ja nicht tat“. Zu allem Überfluss wollte sie auch erst ihr Gepäck abladen, bevor sie bei ihm auftauchte. Das alles wollte sie instinktiv durch eine selbstmörderische Fahrweise ausgleichen, die sie vielleicht zehn Minuten früher bei ihm ankommen lassen würde.

Vielleicht wäre sie doch besser in einer Klapsmühle aufgehoben, dachte sie amüsiert.

Schlussendlich fuhr sie nicht nach Hause, sondern doch direkt zu Constantin. Als das Haus in Sicht kam, fühlte sie sich das erste Mal wieder richtig frei. Glücklich, ohne die geringste Sorge. Sie würde jetzt dort hineingehen und ihren Traummann nach allen Regeln der Kunst vernaschen. Der 911er schien es genauso eilig zu haben. Mit aggressivem Knurren preschte der Sechszylinder den Hügel hinauf. Nahm die Kurven, als wäre die Straßenverkehrsordnung nur eine Sammlung von Vorschlägen. Dennoch schien sich der Weg endlos hinzuziehen. Als der Sportwagen endlich auf dem Vorplatz hielt, stand Constantin schon in der Tür. Er musste vor lauter Ungeduld aus dem Fenster gesehen haben. Dabei waren sie gar nicht fest verabredet gewesen.

Er fühlte wie sie.

Philine hätte vor Glück weinen können. In der Eile, endlich aus dem Auto und in seine Arme zu kommen, vergaß sie den Gang rauszunehmen und den Motor auszuschalten. Sie riss einfach die Tür auf und nahm die Füße von den Pedalen. Der abgewürgte Motor protestierte und ließ den Wagen einen Satz nach vorn machen.

Um dem Auftritt die Krone aufzusetzen, vergaß sie auch noch vor dem Aussteigen den Anschnallgurt zu lösen und zappelte einen Moment wie eine auf dem Rücken liegende Schildkröte.

Hormonverseuchter Teenie passte wohl ganz gut zu ihrem Benehmen. Entsprechend ihrer Altersgruppe brach sie in prustendes Gelächter aus.

Ehe sie sich aus dem Wagen befreien konnte, war Constantin über ihr. Geschickt befreite er sie aus dem Auto und nahm sie auf die Arme, als wäre sie gewichtslos. Auch er lachte, doch sie spürte seine Erregung. Er zitterte regelrecht.

Übergangslos hatten ihre Münder besseres als lachen zu tun. Philine schlang ihre Beine um ihn und küsste ihn gierig. Es war, als hätte sie ein wildes Raubtier in dem feinsinnigen Mann erweckt.

Noch auf dem Weg zum Haus begann er, ihr die Klamotten vom Leib zu reißen. Seine Hände schienen überall zu sein. Seine animalische Seite zündete das

Gegenstück in ihr. Sie fielen regelrecht übereinander her. Sie schafften es kaum bis ins Haus, ehe er in sie eindrang.

Es war wie in einem jener absurden Filme, in denen die Pärchen an den unbequemsten Orten Sex hatten, weil es aufregender war. Dass sich Philine und Constantin nicht im Bett, sondern erst hängend an der Garderobe, dann stehend im Wohnzimmer und schließlich auf dem Küchentisch aneinander abarbeiteten, war allerdings nackte Verzweiflung. Das Bett war einfach viel zu weit entfernt.

Philine wurde buchstäblich durch das gesamte Erdgeschoss genagelt. Sie rissen Lampen um, räumten Tische ab und zerdepperten Blumentöpfe. Es war nicht einfach der beste Sex ihres Lebens – es war Sex, von dem sie geglaubt hatte, dass es ihn nur im Märchen gab.

Als sie endlich erschöpft aneinandergekuschelt auf dem Wohnzimmerteppich lagen, schien die Welt einen Augenblick nur für sie angehalten zu haben.

Schließlich war es Constantin, der die Stille mit leisem Lachen beendete.

„Wir haben die Haustür offen gelassen."

„Und die Autotür", ergänzte Philine grinsend.

Er drehte ihr das Gesicht zu.

„Das war mein erstes Mal."

„Was?", fragte Philine entgeistert. Der Mann war ein Künstler im Bett – oder vielmehr außerhalb des Bettes. Nie im Leben war das sein erstes Mal.

„Dass ich die Tür aufgelassen habe", erklärte er. „Ich bin viel zu paranoid für so was."

Philine giggelte.

„Vielleicht bin ich nicht gut für dich."

Plötzlich wurde er ernst. Mit diesen ruhigen, seelenvollen Augen, in die sich Philine so schnell verliebt hatte, sah er sie an.

„Du bist das Beste, was mir je passiert ist. Die Einzige, die mich wirklich versteht."

Die Worte waren so aufrichtig, dass sie Philine bis tief in die Seele reichten. Sie zerdrückte eine Träne und küsste seine Brust.

„Ich habe etwas für dich", sagte er mit blitzenden Augen.

„Ich liebe Geschenke", gab Philine kichernd zu. Seltsam. Bei anderen Menschen wäre in so einem Fall ihr erster Gedanke gewesen, dass sie nichts für ihn hatte. Aber so ein Blödsinn spielte bei ihnen beiden keine Rolle. Geschenke sollten Geschenke sein, keine Tauschgeschäfte. Seltsam, dass ihr das erst jetzt bewusst wurde.

„Etwas für die Ewigkeit." Er sah sie so verliebt an, dass ihr der Magen flau wurde.

Ein Ring, schoss es ihr durch den Kopf. *Er macht dir einen Antrag.*

„Komm." Geschmeidig, als kenne seine Ausdauer keine Grenzen, stand er auf und zog sie auf die Füße. Ihre Beine zitterten noch immer so sehr, dass sie kaum stehen konnte. Also nahm er sie kurzerhand auf den Arm und trug sie mühelos die Treppe hinauf.

„Die Schwelle", witzelte Philine. „Man trägt das Mädchen nicht die Treppe hoch, sondern über die Schwelle. Und vorher heiratet man sie."

Sein Blick ließ keinen Zweifel daran, dass er genau das vorhatte.

„Bevor man das tut, muss sie aber erst mal Ja sagen“, meinte er mit einem Blick, der ihr bis tief in den Bauch fuhr. „Und ein Feenwesen wie du kann auch nicht erwarten, dass es das Brautkleid bis zur Schwelle schafft.“

„Vielleicht sollte ich eins aus Kevlar anschaffen“, schlug sie vor.

„Ich hätte dich nicht für eine Sadistin gehalten.“ Er lächelte verliebt und küsste sie sanft auf die Lippen.

Endlich setzte er sie vor dem Zimmer ab, in dem sie bei ihrem ersten Besuch aufgewacht war. Die Tür war von einem breiten roten Band blockiert, das mit einer riesigen roten Schleife gebunden war.

„Du schenkst mir ein Zimmer?“, fragte sie lachend.

„Einen Raum“, sagte er ernst, während er ihr feierlich eine Schere reichte. „Einen Raum in meinem Leben, einen Raum in meiner Seele. Den einzigen Raum, den ich habe.“ In seinen Augen stand eine Form von bedingungsloser Nähe, die noch weit über die Worte hinausging.

Es war die schönste Liebeserklärung, die Philine je gehört hatte. Unfähig, eine passende Antwort zu finden, nahm sie die Schere entgegen. Mit den Tränen kämpfend, lächelte sie ihn an.

„Mach dein Geschenk auf“, bat er, ebenfalls den Tränen nah.

Sie nickte und drehte sich um. Feierlich, als weihe sie ein Schloss ein, durchschnitt sie das Band und öffnete die Tür.

Dann stockte ihr der Atem. Für einen Moment blinzelte sie, unfähig, zu verarbeiten, was sie sah.

Constantin hatte das gesamte Zimmer umgebaut. Vor den Fenstern hingen edle weiße Satinvorhänge mit

Rüschen, die Constantin vermutlich in Versailles gestohlen hatte. Decke und Wände waren hinter facettierten Spiegeln verborgen, sodass das Licht des riesigen Kronleuchters an jeder Kante in feinste Spektren aus Elementarfarben aufgespalten wurde. Direkt unter dem Kronleuchter hing ein riesiges Herz aus Glas, in das die Worte „Willst du mich heiraten?" eingraviert waren. Darunter stand ein Altar.

Allerdings war dieser Altar wohl nicht dazu gedacht, sich das Jawort zu geben, denn es lag ein nacktes, atemberaubend schönes Mädchen darauf.

Es war Jo. Ihre strahlend blauen Augen waren bis in alle Ewigkeit in dem ansteckenden albernen Lachen erstarrt, für das sie von jedem so geliebt wurde.

Philine war unfähig, einen klaren Gedanken zu fassen. Als sie endlich begriff, was sie sah, glaubte sie erst, sich übergeben zu müssen. Dann war sie beinahe erleichtert. *Das ist ein Albtraum,* wurde ihr bewusst. *Du musst nur aufwachen.*

„Sie ist eine Göttin, nicht wahr?" Constantin klang verzückt.

Ein seltsamer Ekel vor seinem Tonfall stieg ihr in die Kehle. Nein, das konnte, das durfte nicht real sein. *WACH AUF!,* brüllte sie sich innerlich an, während sie nur stocksteif dastehen konnte.

„Ich denke, sie ist mit Abstand die schönste meiner Töchter." Er schlang seine Arme um ihre nackten Schultern. „Unsere Tochter. Die schönste von allen. Wie es sein sollte."

Langsam drehte sie sich zu ihm um. Selbst durch den Tränenschleier konnte sie sein entrücktes Grinsen noch überdeutlich erkennen.

„Ich wusste, dass du die eine bist, die mich versteht“, meinte er. „Ich habe gesehen, dass du meine Kunst verstehst. Ich hätte dir schon viel früher alles sagen müssen, aber ich glaube, tief in dir wusstest du es schon die ganze Zeit. Aber ich war feige. Erst als du unter Einsatz deines Lebens meine letzten beiden Töchter aus den Flammen gerettet hast, habe ich meine Feigheit überwunden.“ Er legte den Kopf schief. „Ich hoffe, du kannst mir verzeihen.“

„Du hast all diese Mädchenpuppen gemacht?“, fragte Philine mit versagender Stimme.

„Ja.“ Er öffnete die Arme, als müsse sie ihm dafür um den Hals fallen. Nachdem sie ihn nur weiter anstarrte, ließ er die Arme wieder sinken. „Ich glaubte, die Männer wüssten meine Kunst und die Erhabenheit meiner Töchter zu würdigen. Aber diese Barbaren haben sie für ihre niederen Triebe missbraucht, statt sie anzubeten, wie es sich gehört. Die Mädchen sind unwirklich anmutige Denkmäler der Schönheit. Nur Tiere haben unzüchtige Gedanken, wenn sie sie ansehen.“

Philine hatte das Gefühl, als bestünden seine Worte aus brennendem Öl, das ihr Herz verbrannte. Sie glaubte, keine Luft mehr zu bekommen.

„Wusste Mélisande …?“

„Natürlich. Sie war von Anfang an von meiner Kunst begeistert. Hat meine Forschungen finanziert.“ Er lächelte wehmütig. „Sie hat nie nur den einfachen Pathologen in mir gesehen, sondern immer den Künstler. Schließlich hat sie ihren Freunden die Mädchen gezeigt. Sie konnte ja nicht ahnen, dass sie es mit barbarischen, triebgesteuerten Monstern zu tun hatte. Außer dir war mir nie jemand so nah wie sie." Er streichelte ihre Wange, ohne dass Philine es wirklich wahrnahm.

„Dann warst du das in der Ruine?", fragte sie würgend.

„Ja." Er schüttelte lächelnd den Kopf. „Ich bin so froh, dass du dich so gewehrt hast. Als ich dich bewusstlos in meiner Gewalt hatte, konnte ich dich gründlich untersuchen. Ich hatte schon dein Körperhaar entfernt, als ich entdeckte, dass du keine Jungfrau mehr warst." Er lachte laut und befreit. So, als redete er über ein albernes Missverständnis, das beinahe eine Katastrophe ausgelöst hätte. „Also bist du nicht mehr als eine meiner Töchter infrage gekommen. Ich war so erleichtert, weil du das schönste Mädchen bist, das ich je gesehen habe. Das eine Mädchen, mit dem ich meine Wollust ausleben möchte." Wieder lachte er. „Meine dunkle Seite."

Er beugte sich hinunter zu ihr und küsste sie. Voller Verzweiflung erwiderte sie den Kuss, so als suche sie in seinem Mund nach dem Constantin, in den sie sich verliebt hatte. Nach wenigen Herzschlägen begriff sie jedoch, dass sie ihn nicht finden würde. Es hatte ihn nie gegeben.

Ihre Verzweiflung schlug in Ekel um. Ekel in Horror und dann ... dann fiel Constantin röchelnd auf die Knie. Ungläubig tastete er nach der Schere, die bis zum Anschlag in seinem Hals steckte.

Sein Blick war wieder der des sanftmütigen Arztes, in den sich Philine verliebt hatte. Schluchzend sank sie auf seinen Schoß und drückte ihn, so fest sie konnte, an sich. Weinte um den Mann, den es nie gegeben hatte.

Philine wusste nicht, wie lange sie so auf ihm saß. Die Leiche in ihren Armen war lange erkaltet und das Blut zu einer rötlich braunen Schicht verkrustet, als sie ihn endlich auf Armeslänge von sich schob.

Als Leiche war Constantin Eisenbauer nicht von Constantin Hyde zu unterscheiden. So gesehen war ein Teil des Constantins, in den sie sich verliebt hatte, real. Vorsichtig, ja geradezu zärtlich, zog sie ihm die Schere aus dem Hals.

Wie schön er war.

Vielleicht ... vielleicht fand sie seine Aufzeichnungen ... vielleicht konnte sie doch ein Stück von ihm behalten ...

Mit breitem Grinsen und unnatürlich weit aufgerissenen Augen stand sie auf und begann, das Haus zu durchsuchen.

Triggerwarnung (Achtung Spoiler!)

Dieser Roman enthält potentiell triggernde Inhalte:

Leichenschändung, Nekrophilie, explizite
Darstellung körperlicher und seelischer Gewalt,
Selbstverletzung